新潮文庫

# オークブリッジ邸の笑わない貴婦人

―新人メイドと秘密の写真―

太田紫織著

Contents



英国文化監修／村上リコ

## アイリーン・メイディ（愛川鈴佳《あいかわすずか》）

高校卒業後、札幌の家政婦派遣会社に就職した21歳。
昔気質の祖母に仕込まれた家事が性に合い、
自分でも家政婦の仕事を天職だと感じてきた。

## 奥様（楢橋《ならはし》タエ）

人生の終わりを、完全に再現された英国ヴィクトリア朝時代の
生活の中で過ごすことを願い、
北海道・旭川市に隣接する東川町に移り住む。
アイリーンがメイドとして働くことになったオークブリッジ邸の女主人。

## ユーリさん（楢橋優利《ならはしゆうり》）

アイリーンを雇い入れた楢橋家の長男、タエの孫。
札幌でIT関係の企業を経営しているが、
オークブリッジ邸では執事として仕えている。
アイリーンの厳しい教育係。

## *Characters*

### エドワード様

天真爛漫な性格で、気儘な暮らしを送っている楢橋家の次男。
30歳を目前にして定職に就かず、
兄のユーリさんを悩ませている問題の放蕩児。

### スミス夫人

東京から引っ越して来て、夫婦で農園を始めた
オークブリッジ邸のよき理解者。
生活必需品や食材を仕入れて届けてくれている。

### ミセス・ウィスタリア

本州でレストランを経営していたが、
ある事情により「もう他人には料理をしない」と決意した。
しかし、スミス夫人の紹介でアイリーンに料理を指導することに。

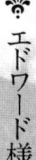

# オークブリッジ邸の笑わない貴婦人

## 新人メイドと秘密の写真

# プロローグ

たぶんこれから何十年も先、私がおばあちゃんになった時、「一番辛《つら》かった仕事は?」と聞かれたら、躊躇《ためら》うことなくこう答えるだろう。オークブリッジ邸にお仕えした日々だったと。写真の中、眉間《みけん》にしっかり皺《しわ》を刻んだ自分がそう告げる。

砂時計の砂が、逆さまに流れたようなあの時間だと。

だけどきっと、人生を最期《さいご》に振り返る時、「では一番の喜びの日々は?」と聞かれたら、やっぱり私はこう答えると思う。オークブリッジ邸でメイドとして奥様にお仕えした、あの愛《いと》おしい毎日だと。

働く以外のことは許されない、延々と繰り返される日常。

蜜蠟《ビーズワックス》の溶ける匂《にお》い、床に響く足音、真っ白なリネンとラベンダーの香り……。

目を閉じれば、隅々まで思い出せる。何もかもが回りくどくて、重々しくて、わざとらしくて――そして美しかった。

朝起きて一番にキッチンに降りて、銅製のヤカンでお湯を沸かす。

奥様にいただいた懐中時計が示している時間は、午前五時二十分。

太陽は私より早起きで、吹き抜けになった天井の高いキッチンには、眩《まぶ》しい朝の光が差し込んで、壁に下げられた銅鍋《どうなべ》をキラキラと輝かせていた。

それはもちろん前日の夜、私が酢と塩で手をキリキリと荒らしながら、必死に磨いたからだ。

たらいに沸かしたお湯をあけ、少し水で調節してから、手と顔を洗い、塩で歯を磨く。すみれの顔クリームの香りを心地良く思いながら、自分の部屋に戻って、薄いグリーンのコットンドレスに着替える。白いキャップと胸当て付きのエプロンも忘れない。

コルセットは窮屈だけど、気持ちが引き締まって嫌いじゃない。長いスカートにもようやく慣れた。階段《ステアケース》から落ちた時についた痣《あざ》は、まだ膝《ひざ》に何個も残っているけれど。

朝の身支度にそう時間をかけているヒマはないのに、鏡の前で毎朝、どうしても一筋残ってしまう癖っ毛にちょっとだけ手こずる。

準備が整うと、心も入れ替わる。夢の中での自分は、大抵まだ別の時代にいるから。

コルセットで固められた、膨らまない肺いっぱいに深呼吸を一つする。夕べ灯した蜜蠟燭《ビーズワックス・キャンドル》の香りが、鼻孔をくすぐる。これがアイリーンの時代の香り。

私はアイリーン・メイディ。

オークブリッジ邸で奥様にお仕えする、たった一人のヴィクトリアンメイド。

私は大切なお方に尽くすために、緑色の羅紗《グリーンベーズ》で覆《おお》われたドアを開け、階上《アップステアーズ》へ向かう。

午前中の仕事は、掃除がメインだ。奥様を起こさないように、息を潜めてそっと家中を磨く。特に執事のユーリさんは、正面玄関のドアノブがピカピカ金色に輝いていないと、私に容赦なくやり直しを命じる。

勿論《もちろん》、大広間《ホール》の床も同様に、階段の手摺《てす》りも家具も、専用の磨き粉《ポリッシュ》で磨かなければならない。部屋や階段の隅に埃《ほこり》や蜘蛛《くも》の巣なんて、言語道断だ。

それでも幸いにして、奥様もユーリさんも、毎日私一人で家中すべてをピカピカにしろとまでは言わない。毎日の掃除は奥様の目に触れる場所だけでいい。

客室やビリヤードルームは、数日に一度か、来客を予定している時だけで許してもらえる。そして、この屋敷に頻繁に来客はない。

私の毎日は、時計仕掛けのスケジュールで進む。よく油の差された時計のようにと、ユーリさんはそんな風に表現する。

奥様が私に懐中時計を与えて下さったのもそのためだろう。良いメイドは時計の針のように正確に、規則正しく動かなければならないのだ。

いつも通り始めにキッチンでお湯を準備してから、一階の清掃を終わらせ、仕上げにドアノブを磨いていると、車の音が近づいてきた。

聞き慣れたエンジン音。この場所にはそぐわないという理由から、少し離れた所に車が止まる。長身の男性が降りて、お屋敷に向かってくる。

年齢は三十代前半。黒いモーニングスーツに黒いベスト……すらりと背が高く、肩幅の広い彼に、黒いスーツはよく似合う。

彼は私を見つけて微《かす》かに目を細め、口角を上げた。立ち振る舞いや口調は柔らかい印象なのに、不思議と凜《りん》とした冷たさが同居している。その目元までがにっこりと笑うところは、まだ見たことがない。

「おはようございます、ユーリさん。随分お早いですね」

「残していった仕事が気になって、夜明けと共に家を発《た》ってしまいました」

そう答えながら、彼は私の磨き終えたドアノブを確認した。幸い頷《うなず》くだけで何も言われなかったのでほっとする。別に彼が怖いわけではなく、ただ自分の不出来を指摘されるのが悔しいのだ。

「それはお疲れでしょうから、今お茶を淹《い》れます――朝食をご用意しますか？」

「お茶はいいですよ。朝食は貴方《あなた》もまだでしょう。その時一緒に簡単な物を用意して下さい……そうだ。食用のローズウォーターを買ってきました」

玄関の清掃が終わっていることを確認し、ユーリさんが私を裏口の方へと促す。使用人は正面玄関を使用してはならない決まりだ。

「本当ですか？　良かった！　これでターキッシュデライトが作れます」

「薔薇《ばら》のゼリーや、ソルベにしてもいいでしょう。そろそろ暑い季節ですから」

彼が差し出してくれた瓶を受け取り、歩きながら蓋《ふた》を開けて匂いをかぐ。無色透明だけれど、鼻を近づけるまでもなく、周囲に濃密で芳醇《ほうじゅん》な薔薇の香りが立ちこめた。

薔薇が大好きな奥様にきっと喜んでもらえるだろう。

匂いに引き寄せられたのか、白い蝶《ちょう》がふわりと私の周りを飛んだ。

「アイルランドでは、白い蝶は、亡《な》くなった人がこの世に戻ってくる時の姿と言われているそうです」

「亡くなった人、ですか」

迷信深い、アイルランドらしい言い伝えだと思った。

「きっと祖母……いえ奥様がどうしてるか心配して、旦那《だんな》様が戻ってきているんでしょう……私たちを監視しているのかもしれないですね」

「お化けが監視……ですか」

言い伝えと言われても私には少し怖い。お化けの類《たぐ》いにからきし弱いのだ。

「アイリーン。悠長にしている時間はありませんよ、間もなく奥様も起きてこられます」

そうだった。ぼんやりと蝶を見上げていた私は、慌《あわ》ててお屋敷の仕事に戻った。死者の蝶に監視されるというのは、なんだか気味が悪いけれど、不思議とそんな言葉が似合うのは、このオークブリッジ邸に古めかしくも、神秘的な雰囲気が漂っているからだろう。

お屋敷は今日も青い空と、連なる山の稜線《りょうせん》を背負い、どっしりと重厚な存在感をしめしている。

朝食の準備をしなければ。私はユーリさんを追いかけるように、裏口へと向かった。

ローズウォーターの他に、ユーリさんが色々なフルーツを買ってきてくれたので、奥様にはミューズリーを用意することにする。

あまり食欲をそそらないオート麦も、ヨーグルトとさいの目に切ったたっぷりのフルーツと和《あ》えれば、とても食べやすくて美味《おい》しくなる。食が細く、朝重い物は召し上がってくれない奥様にピッタリだ。

あらかじめオート麦を、レモン汁と砂糖で味を調えた牛乳に浸していると、裏口ドアに来客があった。

「おはよう！　今日もいい天気ね」

「おはようございます、スミス夫人」

裏口から訪ねてきてくれたのは、近くで農園を経営しているスミス夫人だった。十五歳の娘さんがいるようには思えない、若々しくてはつらつとした女性で、話をするだけでいつもこっちまで元気になる。

「卵、早めに欲しいって言ってたから、産みたてを持ってきたわ。ほら、まだ温かいでしょ？」

「助かります。うっかり、昨日のうちに使い切ってしまって」

そう言って手渡された籠《かご》から、言われるまま卵を一つ手に取ると、確かにほんのり温かい。思わず笑みがこぼれる。

そんな私を見て、スミス夫人もにっこりと笑った。野菜を作る傍ら、ニワトリを飼育している彼女の農園から、こうやっていつも新鮮な卵を届けてもらったり、屋敷での生活に必要なすべてを仕入れてもらっている。

「でも本当に良かった。お夕食にコンソメスープをお出ししようかと思っていたんです。この卵があれば、透き通った金色のスープが作れます」

コンソメを作るとき、材料に卵白を纏《まと》わせて煮ると、卵白がアクや余分な脂肪を固めてくれるのだ。

そのまま食べても十分美味しい卵をそんな風に使うのは、少し贅沢《ぜいたく》な気もする。でも、この時代は今のように保存技術は進んでいなかった。料理に新鮮な食材をふんだんに使うのは、むしろ当たり前のことなのだ。

「スフレもオススメよ。あ、それとベーコン。うちの人が作ったヤツ、食べてみて」

「嬉《うれ》しい！　ベーコンと卵を、パセリと一緒にタルト型で焼いてもいいですね、奥様が喜ばれるといいのだけれど」

適度な脂肪でテラテラと輝く、褐色に燻《いぶ》されたベーコンの塊に、空腹感が高まる。

さあ、いったいどんな風に料理しよう、どんなレシピがあるだろう——ウキウキしながら、他にも彼女が用意してくれた新鮮な牛乳や、パリパリみずみずしいレタスを見ていると、不意に私を見つめるスミス夫人の視線に気がついた。

「……なんですか？」

「ううん。なんだかすっかり今の生活が板についていると思って」

「……そうでもないですよ、朝目覚めると、いまだに混乱します」

微笑《ほほえ》む彼女の言葉に、頬が上気するのを感じた。私はエプロンの端を指で弄《もてあそ》びながら、うつむき加減でもごもご答えた。

「不自由はない？　TVもスマホも禁止でしょ？」

「そうですね。当然十九世紀には、どっちもありませんから」

頷く私に、彼女が顔を顰《しか》める。

「本当にそれ、辛くない？」

「どうでしょうか、のんびりTVを見る時間はありませんし」

「でも本当は、見たい番組とかあるでしょ？」

「……そうですね、しいて言えば、ファイターズの試合が気になって仕方がありませんし」

彼女の質問に、とうとう私はこっそりと本音を伝えた。もっぱら見るのが専門とはいえ、私は野球が好きだ。稲家《いなげ》選手の大ファンなのである。

「あー、そういえば昨日、稲家が打ったのよ、単独《ソロ》だけどホームラン」

「えええ！　昨日はスタルヒン球場だから、見に行くって仰《おつしや》ってましたよね？」

「そうそう、娘と行ってきたんだけどね――」

旭川《あさひかわ》のスタルヒン球場は、ここから車で一時間もしないだろう。行こうと思えば行けた試合で、大好きな選手が活躍したと聞いて、私はつい黄色い声を上げてしまった。

おもむろに後ろで、コホン、とわざとらしい咳払《せきばら》いが聞こえる。

「あ」

慌てて後ろを振り向くと、眉間に皺を刻んだユーリさんが立っていた。

「あはは、ごめんねえ、怒らないでね、ね？」

スミス夫人が、顔の前で手を合わせて、ユーリさんに謝る。彼は苦笑いを浮かべて首を振った。それ以上、この話はしたくないという体だ。

「じゃ、また何かあったら、すぐに連絡して頂戴《ちょうだい》ね」

スミス夫人が、更にユーリさんの機嫌を損ねないよう、私に手を振って逃げるように去って行く。私は頭を下げた。

裏口のドアがパタンと閉じると、ユーリさんがやれやれという風に息を吐くのが聞こえた。

「……すみません」

「いえ」

食材の入った二つの籠のうち、重い方をユーリさんが片手に提げて、キッチンへと歩き始める。私は卵の籠を手に従った。時計を見ると、もう午前八時を過ぎている。

急いで奥様の朝食の準備を整えながら、同時進行で自分たち用にベーコンエッグと桃のシロップ漬け、レタスサラダ、そしてミルクティーを用意する。

奥様のベルを気にしながら、使用人用《サーヴァント》ホールに料理を並べていると、ユーリさんも席に着いた。

本当なら食事中の会話は好ましくないそうだ。けれど仕事の話となれば別で、私は彼の不在の間の生活を報告する。

「先程の話ですが、……辛いですか?」

ひとしきり話し終えると、それまで黙って耳を傾けていた彼が、唐突にそう訊《き》いた。

「え？」

「ここでの生活です」

私はベーコンエッグに入れたナイフの動きを、一瞬止めてしまった。『ベーコンエッグ』といっても、私の知っているそれとは全く違う料理だ。アスパラベーコンとチーズを挟んだクランペット《パン》に、卵のソースをかけたもの。

今が旬《しゅん》のアスパラは、柔らかくてとても甘い。ベーコンのとろっとした油分と塩分、そして香ばしい香りが、更にその繊細な風味を際立《きわだ》てた。チェダーチーズの濃厚さにも負けていない。

私の少し苦手なクランペットの酵母の香りも、ふんわりとしたオランデーズソースのお陰で、程良く和らげられている。

「……………」

私は朝食を味わうふりをして、少し答えに悩んだ。

「そんな風に見えますか？」

悩んだ末、逆に問い返してしまった。彼は答えに迷うように口元を片手で覆った。意地悪な返しだったと思った。

「……大丈夫です。これが私の今の仕事ですから」

それは決して嘘《うそ》じゃなかったのだ。始めは毎日が大変だったけれど、その苦労は今までの人生で知りえなかった苦労だ。戸惑いはあっても初めての挑戦に心が躍り、失敗は日常茶飯事だったけど、上手《うま》くいった時はことさらに嬉しかった。

「二十一世紀育ちの愛川鈴佳《あいかわすずか》にとっては慣れない苦労でも、十九世紀に生きているアイリーン・メイディにとっては、これが当たり前なんじゃないですか？」

私は微笑んでそう答えた。丁度その時、壁のベルが鳴った。プレートを確認するまでもなく、奥様の寝室からの呼び出しだった。

# 第一話　緑羅紗扉《グリーンベーズドア》の向こう側

すべての始まりは、あの年の五月一日。

その突拍子もない話は、メイ・デーの朝、本当になんの前触れもなく私に降りかかってきた。

もう少し詳しく言うなら、母の葬儀を終えて一年と半年、ただただ必死に仕事をして、毎日をやり過ごしていた頃のことだ。

高校卒業後、私が選んだ勤め先は、祖母の親友が経営する家政婦の派遣会社だった。昔気質《むかしかたぎ》の祖母に家事を仕込まれた私にとって、家政婦の仕事は天職だった。様々なお宅で働くことは大変だったけれど、資格も学歴もない私にとって、他に勤められる所もやりたいと思う職業もなかった。

若いというだけで訪問先に断られたこともあるし、思い出したくない、よくないこともあった。それでも結局続けているのは、私はもともと家のことをするのが好きだからだ。

部屋が散らかっていると心が荒《すさ》んでしまう。空気はすっきりしている方がいい。きちんと洗い上げられた衣服は気分が弾む。美味《おい》しい食事は日常を潤《うるお》わせる。

なにより、働かなければならなかった。

私の母はきっちりとした祖母とは対照的に、お金と男性にだらしがなくて、母親らしいことを何一つしてくれなかった。

それでも末期の癌《がん》だと知った時は悲しくて、母が亡《な》くなるまでの四ヶ月間、私は彼女のために色々なことをしたし、最初で最後の親子らしい時間を過ごせた。

だけどその後残されたのは、母が知り合いに作った一二〇〇万という借金だった。

二人で行った旅行の費用。心配するなと母は言ったけれど、結局はそれもすべて他人に借りたお金だった。二人分の生活費も、治療費も。母は生命保険どころか、健康保険すら支払っていなかったのだ。

返さなくていいと言ってくれた人もいたけれど、汗水垂らして働くことを知らなかった母と同じだと思われるのが嫌だったし、私は母にとても怒っていた。だからこそ、すべてきっちり返して行くことにしたのだ。――母がいなくなった喪失感を、埋めるためだったのかもしれない。

自分で言うのもどうかとは思うが、私はとても勤勉だ。というか、仕事以外に愉《たの》しみのない人間だ。仕事を終えて家に帰ってすることと言えば、お風呂《ふろ》で一日の反省と、録画していた料理番組を見て、主婦雑誌やレシピ本を手に、料理の試作をすること。唯一《ゆいいつ》の例外は野球観戦ぐらいで、趣味は縫い物、編み物だ。今は祖母の古い着物をほどいて、パッチワークを作っている。

とにかく毎日、家のことしかできない人間、それが私、愛川鈴佳《あいかわすずか》。

人付き合いもあまり得意な方じゃない。仕事と同じで、面白みのない人間だとも思う。

勤め先の水谷《みずたに》ホームワークスは、祖母の親友・水谷夫人が経営している。いつも親身になって、世話をしてくれる優しい人だ。

その頃、あるお宅で一年ほど勤めた私は、一家の引っ越しが理由で、突然居心地の良い派遣先を失ってしまった。

若い私を嫌がらずに受け入れてくれた旦那《だんな》様と、まるで友達のように接してくれた奥様、そして可愛《かわい》い坊ちゃまとの別れは寂しかった。生まれつき病気の坊ちゃまの治療のための渡米だった。三人の幸運を心から祈って、私は一家とお別れした。

新しい派遣先は決まっていなかった。いつもなかなか決まらない。『若い娘』というだけで敬遠するお宅が多いし、逆にそれを喜ぶお宅に、社長は私を派遣しない。トラブルがあると困るからだ――会社にとっても、私にとっても。

よそのお宅にお邪魔して働くということは、常にリスクがつきまとうのだ。私が若いこともあって、社長はとても慎重だった。

そんな事情で、次の派遣先がどうなることかと心配しながら事務所に出向いた私を、水谷社長が奥の応接室から手招きした。

「丁度良かった！　鈴《すず》ちゃん、ちょっとこっちに来てくれる？」

「はい」

「貴方《あなた》にも、一緒にお話を聞いて欲しい方が来てるのよ！　早く！　今すぐ来て頂《ちょう》戴《だい》！」

「はあ……」

カバンをロッカーに仕舞う間もなしに、仕方なくパーカーだけ脱ぎながら、応接室に向かう。社長は私を待ちきれない様子で、ぐん！　とやや乱暴に腕を引いた。

「この子なんですよ、今お話ししていたのは」

社長がそう言って、私に無理矢理お辞儀させた。

「どうも……」

顔を上げて、やっとお客の顔を見る。そこには、私より十歳ぐらい年上の、すらりと背の高い男性が立っていた。少し癖のある髪は真っ黒で、品の良いスーツを着こなしている。

顔立ちも整っていて、一目でなんとなくきっちりとした人だと思った。彼は軽く会釈《えしゃく》すると、ドキッとするほど真っ直《ま》ぐ《す》に私を見た。

「あの……？」

「健康ですか？」

「え？」

「体力に自信は？」

「……ひ、人並みには」

突然の質問に、思わず声が少しひっくり返った。

「この子ね、若いけど本当に仕事は真面目《まじめ》だし、丁寧なんですよ」

緊張している私をフォローするように、水谷社長が私の背中をポンと叩《たた》いて言う。

「……家事の他に取り柄がないだけです」

尊敬している水谷社長に、そんな風に言ってもらえるのは嬉《うれ》しいけれど、ちょっと恥ずかしい。ハードルを上げられすぎても困るので、私はそう訂正した。男性が目を細める。

「否定はしないんですね。とてもいい。仕事に自信を持っている方は頼もしいです」

「そうでしょう？　この子以上に、私が楢橋《ならはし》さんにお勧めできる家政婦はいませんよ」

私が保証します、そう胸を張って社長が言った。私は自分が耳まで赤くなっているのを感じながら、恥ずかしくて視線を下げた。

「恋人は？」

「え？」

「現在交際中の方はいらっしゃいますか？」

面と向かってそんなことを聞かれたのは初めてだ。私は困惑した。

「いません……けど」

「習慣的に関係をもつ男性などは？　飲酒や喫煙等の習慣はありますか？　現在妊娠している可能性は？」

「男性って……あの、お仕事のお話……なんですか？」

あまりにも不躾《ぶしつけ》で、立ち入った質問だと思った。素行調査なのはわかるけれど、こんな風に口頭でなんて非常識だ。

「私についての事柄は、社長がお渡しする身上書にすべて記載されていますが」

ムッとして私が言い返すと、その人は一瞬眉間《みけん》に皺《しわ》を寄せる。

「そうですね、拝見しました。でも私は貴方の口から直接、正しくはっきりと確認したいんです」

硬質な声で私に応《こた》えるように促す。見た目は優しそうなのに、それは本当に見た目だけのようだ。

「……男性はいません。苦手です。なので赤ちゃんを授かっている可能性は0です。お酒もたばこも好きではありません」

じわっと内側を辱《はずかし》められるような、とても不愉快な気分で私は口早に応えた。そして社長に眼差《まなざ》しで助けを求める。けれど彼女は控えめに笑顔を返してくるだけだった。

「仕事のお話なんですか？」

声を潜めて社長に確認した。

「そうよ。今、担当のお宅がないでしょ？」

「それはそうですけど……」

確かに目下の悩みは、お伺い先がないことだ。働けなければ当然収入はない。仕事はあくまで歩合制だ。母の借金を早く返したいので、貯蓄はそう多くない。このまま何週間も仕事がなければ、私は自分の生活すら支えられないし、頼れる実家も存在しない。

「でも……？」

私はこっそりと青年を見た。彼はまだ若い……三十歳をそんなに過ぎていないように見える。普段、社長が私を派遣させない類《たぐ》いの顧客だ。

だとしたら、他のスタッフと数人で、短時間、或《あ》いは月数回、掃除に伺うタイプのお仕事だろう。他人と働くのはやりにくいし、あまりお金にはならないけれど、収入が全くないよりはずっとマシだ。

それにしてもこんな風に挨拶《あいさつ》までさせるなんて、随分仰々しい。そんな私の疑問に、社長はすぐに気がついたようだ。

「実はあのね……貴方に、貴方一人で、住み込みでお願いしたいって言って下さっているの」

「住み込み⁉　そちらの、お宅にですか？」

また声がひっくり返ってしまった。今のご時世、住み込みの家政婦はそう多くない。通いがほとんどだ。

「正確には、私の家ではなく祖母の家ですが」

素っ気ない声が返ってきた。

「祖母？……ああ、そうですか。でも……住み込みのお仕事は……」

目の前の男性のお世話をするわけではない——そうわかって、私はほっとした。とはいえ、住み込みの仕事というのは、気がすすまない。仕事といえど、他人と一緒に暮らさなければならないのは、決して楽なことではないだろう。

「来て欲しい家は札幌じゃないんです、旭川の隣の東川《ひがしかわ》という町にあるんです。札幌から少し距離があるので、通いという形にするのは難しいと思います。それに……そうだ、申し遅れました。楢橋といいます」

きちんと自己紹介をしていないことを思い出したらしい。彼は胸ポケットから名刺を取り出した。

手渡された名刺には、横文字の会社名と、『楢橋優利《ゆうり》』という名前だけが書かれていた。他にはメールアドレスと固定電話の番号だけで、役職もわからず、仕事内容を想像させるようなロゴ等も一切ない。

「愛川……鈴佳と申します」

この楢橋という男性が、いったいどんな人なのかと思いあぐねながら、私は名刺をチラチラと見つつ、もう一度頭を下げた。

「今回はね、少し事情があるの」

「事情？」

社長が声を潜めて言ったので、私も思わず怪訝《けげん》そうな声が出てしまう。

「勿論《もちろん》心配するようなおかしなことじゃないのよ。それにね、楢橋さんは私が会社を始める以前に、随分長く奉公させてもらっていたの。タエさんはすばらしい女性よ、それは私が保証するわ。そういうことではなくて、仕事の内容の問題なの」

妙に含みを持たせながらも、社長は慌《あわ》ててそう言い添えた。

「ご病気、なんですか？」

私は一瞬考えてそう訊《き》いた。正式に国家資格はもっていないけれど、私が前のお宅で重宝されたのは、病床に臥《ふ》した方のお世話に慣れていたからだ。私は数年の間に祖母と実母を、相次いで亡くした。二人の看病は、私がしていた。

だからてっきり、社長はそういう理由で私を推薦したのだと思った。けれど楢橋さんは、私の言葉に妙に真面目な表情で首を振った。

「違います――ですが、病気と言えば、病気かもしれない。彼女は過去の時代に生きていますから」

「過去の？」

「別に心を患《わずら》っているとか、そういうことじゃありませんよ。ただなんというか……古い時代の文化に、とても惹《ひ》かれている人なんです。傾倒し、渇仰し、心の底から心酔している」

楢橋さんはそう言いながら、立ったままの私に、掌《てのひら》で座るように促した。長い話になるということなのだろうか。私はほんの少し躊躇《ためら》った後、結局社長に服の袖《そで》を引かれるようにして、ソファに腰を下ろした。

「祖母は、若い頃翻訳の仕事をしていたんです。十九世紀の英国文学のね。昔、曾祖父《そうそふ》が英国の大使とつきあいがあったそうで、彼に英語を教わったそうです。同時に、古き英国の文化も」

「奥様のお部屋は本でいっぱいだったわ。日本のものだけではなくて、厚くて立派な海外の本もたくさんね」と、社長も付け加える。

「……しかし祖父は長いこと患っていましてね。祖母はずっと祖父の世話をしていました。そういう事情もあって、色々なことを諦《あきら》めざるを得なかったのでしょう……そういう時代の女性です」

社長がお茶の用意を始めたので、私が代わろうとすると断られた。楢橋さんの話に集中しろと言いたいのだろう。

「けれど昨年祖父が亡くなり、やっと自分の道を歩める、祖母はそう感じたのだと思います……まして年齢的に、自分にも死神の影がちらつき始めているのでしょう。最後に当時の生活に身を埋めてみたいと考えたんです」

「当時のって……？」

「つまり、実際に十九世紀英国の生活を再現し、その時代の暮らしを送りたいと。そのために、東川に屋敷を一軒用意しました。今、そこでの生活の手伝いをしてくださる方を探しているんです」

「それで、私が？」

楢橋さんが頷《うなず》く。やっと話が摑《つか》めてきた。つまり、楢橋さんの祖母、タエという人は、古い時代の文化が大好きで、言い方は悪いけれど、ごっこ遊びをしたいのだろう。

「そんな……十九世紀英国の文化なんてよくわかりませんし、私には無理です」

「鈴ちゃん、でも……」

社長が慌ててまた私の袖を引っ張ったけれど、気がつかないフリをしておいた。

「せっかくのご依頼ですが、私では期待にお応えできません」

「大丈夫です。必要なことはすべてお教えします。一番大事なのは、十九世紀という時代を受容し、順応してくださること。そして健全に働いてくれることです。それにこれを金持ちの道楽だとか、遊びとは思って欲しくありません。祖母にとって、すべてをなげうった最後の『人生』なんです」

「人生……ですか？」

「はい。祖母はそれなりに資産は持っていますが、娯楽程度でこの計画を遂行できるほど、裕福ではありません。財産のすべてを注ぎ込んだ、強い決意の上のことだと理解してほしいんです。決して酔狂な遊びとは思わないでいただきたい」

私の凝り固まっていた心が、ほんの少し柔らかく揺れた。てっきりお金持ちの道楽程度に思って話を聞いていたからだ。

だけどこれが軽い気持ちでの依頼ではないということが、彼の口調から伝わってきた。私はほとんど無意識に、背筋を伸ばした。

「祖母は人生の終わりを、夢のような時間で彩《いろど》りたいと考えています。All's Well That Ends Wellです。終わりよければすべてよし――彼女は自分自身の手で、人生の最期《さいご》を価値ある物に変えるつもりなんです」

楢橋さんが、そう言って私を見つめた。身を乗り出した彼の口調は、今までの不躾なそれとは少し違って、つい引き込まれそうになる。

「遊びではないからこそ、勤勉で、誠実で、しっかりと働いて下さる女性を探していま す」

人生を価値ある物に変える、それも自分の力で？　こくんと、緊張に喉《のど》が鳴った。あ あ、なんて、なんて強い言葉だろう……。

「屋敷には、有能なメイドが必要です。健康で体力があり、この計画に生真面目につき あってくれる忍耐力と、柔軟性と、理解がなければならない。それさえ揃《そろ》っていれば、 貴方の年齢や、事情などにはいっさい拘《こだわ》りません」

「でも……」

「できるなら、どうかその役を、貴方に担《にな》っていただきたい」

宜《よろ》しくお願いします、と楢橋さんが私に頭を下げた。

「そんな、困ります」

私は慌てて楢橋さんに頭を上げてくれるようお願いする。

「誰にでもお願いできることではないんです、水谷さんのお話を聞く限り、やはり貴方 以上の適任者は見つからないと思います」

私の心が揺らぎつつあることに気がついたのか、楢橋さんは頭を下げたまま、畳みか けるように言う。

「仕事量は決して少なくはないと思います。期間はひとまず、雪が降るまで――約半年と考えてはいますが、おそらく家のことは、当面一人で乗り切ってもらうことになるでしょう。有能な方でなければ困るんです」

もう一度、社長が私の袖を引いた。社長としても、断りたくない仕事のようだ。私は思いあぐねた。

タエという人の決断には感銘を覚えたし、素敵な計画だとは思うけれど、だからといってこんな変わった仕事は受けられない。

やおら楢橋さんがカバンからタブレット端末を取り出した。

「……貴方へ支払う予定の給金です」

「え？」

「貴方が現在どういった事情を抱えているか、失礼ですが水谷社長から伺っています」

心臓がドキリと痛んだ。母の借金のことを言っているのだろう。他の人には知られたくなかった話をされて、私は情けないような、悔しい気持ちになる。水谷社長は、どうして彼に話したのだろう。

反論する隙《すき》も与えずに、彼のタブレットが突き出される。電卓のアプリらしい。

「あ……あの……」

「一ヶ月、この給金で如何《いかが》でしょう。幾分上に設定させて頂きました。ただ、それに見合うだけの仕事量であるということは、覚悟して頂きたいです」

「一ヶ月で、こんなに……？」

思わず、本音が漏れた。

声が出なかった。だって普段の私の収入の倍以上の金額だ。

「如何ですか？」

「別に、ここで心が動いたとしても、貴方に何も思いません。そのために高い金額を提示しているんです。これでＹＥＳと言ってもらえなければ、私が困りますから」

そんな風に言われても、ここでＹＥＳと答えるのは恥ずかしい。

だけど彼の提示した給金は、受けるのに勇気が必要な金額であると同時に、断るのにも強い意志が必要な額だ。私の心を動かすのに、十分な金額。

ましてや断ったら次の仕事がいつ見つかるかわからない。このままずっと仕事がなかったら？　そのことを考えるのが恐ろしい。借金の返済だって、いつまで経《た》っても終わらないのに。

「……もう少し詳しく、お話を伺わせて下さい」

私はとうとう、かすれた声でそう応えた。

「貴方に感謝します」

「待って下さい！……まだお受けすると決めたわけじゃありませんから」

決断したというよりも、断りきれなかった、断らせてもらえなかったというのが正しいだろう。

「あの……な、楢橋さんも、そのお屋敷にいらっしゃるんですよね？」

「私は家令、つまり執事役として、週に数日、可能な限り週末、休日もそちらで過ごす予定です——常時いられたらいいのですが、私も仕事があるもので」

「そうなんですか……」

　ということは、つまり彼と二人で働くということか。男性と長時間過ごすのは苦手だし、気が重い。

「平日にお仕事をお休みされて大丈夫なんですか？」

「楢橋さんは、ＩＴ関係の会社を経営しているの、お若いのに社長さんなのよ」と水谷社長が教えてくれた。読めない横文字の社名同様、どんな仕事なのかわからないけれど、起業しているのは凄《すご》いと思う。

「むしろ若いうちでなければ挑戦できないんですよ。失う物がないうちでなければ……幸い、時間の融通がある程度は利《き》きますので、ずっとお一人で祖母をお任せするつもりではありません。どうかご安心を。少なくとも、屋敷に来ていただいて数日は、私が当時の生活をお教えします」

「十九世紀の、メイドの暮らし方、ということですよね」

「ダンスのステップもね」

突然、彼が私に手を差し出した。

「ダンス……も踊れなきゃいけないんですか!?」

「いいえ、今のは冗談です」

微《かす》かに上がった口角は彼なりの笑顔のつもりか。澄ました顔でしれっという彼に、私はからかわれたんだろうか？　なんだか掴めない人だ。

「半年ほど、周囲と連絡が付きにくい生活になりますが、友人も多くないとお聞きしましたし、異性関係も乱れていないということなので、こちらも問題ないですね」

「……ありません」

いちいち腹が立つ言い方にカチンと来たけれど、彼の言うとおりなので、反論せずに下唇を噛《か》むだけに止《とど》める。

「とにかく、一晩お考え下さい。明日またお伺いします。いい返事を期待しています」

そう言って、楢橋さんは帰っていった。静かなのに、まるで嵐《あらし》のような人だった。

「楢橋さんも、たぶん困ってるの。変わってる依頼だけど、だからこそ、鈴ちゃんにお願いしたいのよ……どう？　受けてくれる？」

だからこそ、と、社長が強調した。彼女も私のことを心配してくれているのだ。かつての奉公先に私を派遣するということは、水谷社長の評判にも関わることだ。軽い気持ちで推してくれているわけじゃない。

なにより、誰かの幸せに繋《つな》がることを、手伝えるというのは誇らしい。それも、私の得意なことで。自分を試してみたい気持ちもゼロじゃない。

一晩、真剣に考えてみることにした。だけど本当は、ほとんど心は決まっていた。

それから数日後、私はカバンを一つ持って、小さな木造アパートを出た。

1LDKの自宅の、寝室は四畳半の畳部屋で、キッチンは狭く、低く、お湯もガス給湯器。インターフォンもついていないし、夏は暑く、冬は寒く、ゲジゲジやワラジムシとはなかば共存関係にあると言っても過言ではないような、そんな古くさいアパート。

クローゼットにかかっているのも、胸に水谷ホームワークスというロゴの入ったベージュ色の作業服や、動きやすいデニムといった、しゃれっ気のない服ばかりだ。

家具はテーブルとクッションが一つ、ベッド、あとはTV。唯一の装飾品と言えば、稲家選手のポスターぐらい。とにかく私のライフスタイルは簡素だ。

不在の間、家のことは社長にお願いした。元々何かの時のために、彼女には鍵《かぎ》も預けてある。鉢植えたちは、一番仲が良い右隣の部屋のお婆《ばあ》ちゃんに任せることにした。

「長いこと留守にするって、鈴ちゃん何処《どこ》へ行くの？」と、どこか心配そうに聞くお婆ちゃんに、私はこう答えた。

『ちょっと、十九世紀の英国にね』と。

旭川という街には、今まで一度しか行ったことがない。高校生の頃に、友人たち数人と旭山動物園に行っただけ。

寒くて遠い街という印象だったけれど、札幌から高速に乗って車で二時間かからないということにまず驚く。遠かったのは、私の心の中の距離だったらしい。

その旭川の隣が、東川町だった。

農業の盛んな町と聞いていたし、そういえば『ひがしかわ』と袋に書かれた、ほうれん草や小松菜といった野菜を何度も目にしていたことを思い出す。勝手に寂寥感《せきりょうかん》漂う、うらぶれた町や、人のほとんどいない鄙《ひな》びた田舎を想像していた私は、五月の半ば、遅い春を迎えて一斉に緑が芽吹き始めた東川町の美しさに圧倒された。

確かに旭川から東川町中心部までの道に、田園は広がっていた。緑色のあぜ道には、遅咲きの桜が緑の葉とコントラストを描き、はらはらと花びらを降らせながら、風に波打つ田んぼの水面にゆらゆらと映っている。

「綺麗《きれい》……」

「今日は晴れているので、旭岳も見えますね。まだ雪を被《かぶ》っていますが、大雪山連峰の最高峰です」

楢橋さんが遠く、まだ頂に雪を抱く、白い山並みを指さした。

今日は、茶色のブリティッシュデザインのスーツに身を包んでいた。

背が高く、肩幅が広くて、きっと既製品のスーツは着れない体型だろう。尤《もっと》も、最近流《は》行《や》りの細身のデザインなのに、ベンツがセンターではなくサイドに入っている。生地も上等だし、きっとスーツにこだわりがある人なのだ。

私は質の良いスーツにブラシをかける時の、その音と感触が大好きなので、彼のジャケットも扱わせてもらえたら良いのにとぼんやりと思う。

「この町は景観を大切にしているそうです。写真と木工と自然の町なんだとか」

「そうなんですか……」

確かに東川町の風景は、何処を切り取っても美しい。まず、目に入ってくる緑と建築物の配分が、とても快い。

町の中心部には、なんとなくヨーロッパを思わせるような、木や、煉瓦《れんが》造りの可愛くて、お洒落《しやれ》な店が並んでいた。

何より目を引いたのが、お店の入り口に下げられた看板だった。どれも木製で、一つ一つデザインも違い、手作りの優しさに溢《あふ》れていた。なんだかそういう所にも、欧風な雰囲気がある。途中、大きな鳥居のある東川神社を見なければ、日本というのが信じられないぐらいだ。

楢橋さんの案内で、道の駅に寄り、地元で作られたお米等の特産品を眺めた。これからはアスパラのシーズンだ。

壁に描かれた大きな町の地図を確認すると、開けているのは中心部だけで、あとは田畑が広がっているようだ。人口は八千人弱と、そんなに大きな町ではないけれど、今は道内外からの移住者も増えているという。

「クラフト……街道？」

「様々なアーティストの住宅兼ギャラリーが点在する地区です。私たちの館《やかた》は、このクラフト街道の近くなんですよ。屋敷で使う物も、随分そちらで制作してもらいました」

「そうなんですね」

「知り合いになった方もいるので、今度ご挨拶に伺いましょう」

そう彼に説明され、曖昧《あいまい》に頷く。それよりも、私の新しい職場がどんなところなのかということばかり、気になっていた。ここからお屋敷まで、そう遠くないようで、私は一刻も早く楢橋家に行ってみたかった。

道の駅を出ると十分もせずに、車は洋風のお屋敷などが立ち並ぶ、小高い丘の別荘地にたどり着いた。

楢橋さんの車は緩やかなカーブを描いて登っていき、中でも一番高い、見晴らしの良い丘で停止する。

「ここです」

二人で車を降りると、楢橋さんが伸びをした。つられるように私も深呼吸を一つ。少し冷たい、透き通った空気だった。

そのままゆるい丘を歩いて登っていくと、やがて目の前に煉瓦造りの大きな家が現れた。お屋敷から少し離れた所に車を駐《と》めたのは、窓から見た景色に、今の時代を映り込ませないためだ。既に十九世紀は始まっているのだと、私は無意識に背筋を伸ばした。

初夏の青空に、くっきりと浮かび上がったお屋敷は重厚で、どこか威圧的というか、支配的に見える。赤みがかった煉瓦の壁、焦《こ》げ茶色の屋根は尖塔《せんとう》が立っていて、まるで小さなお城のようだ。ゴシック様式だと教えられたけれど、私にはよくわからない。

敷地に足を踏み入れると、まずは庭の少し湿った土の香りが鼻孔に飛び込んできた。そして青い木々の匂《にお》い、チューリップと桜の、甘い花の香り。

花壇には、やっと青い葉を広げだした薔薇《ばら》の茂み（もしかしたら、ハマナスかもしれない）や、寒い冬を乗り越えたクレマチスやハニーサックルが、夏を待っている。

今はまだ少し寂しいけれど、あと一ヶ月、二ヶ月もすれば、庭は花でいっぱいになるだろう。

「本当にすばらしいお宅ですね……夏が楽しみです」

庭の世話まですべて私がするとしたら、さぞ大変なことだ。そうわかっていながらも、私はこの煉瓦造りの洋館が、色とりどりの花に包まれていることを想像し、思わず笑みがこぼれてしまった。

「もともと洋風の建築だったようなんですが、少し改築しました」

「楢橋さんの持ち物なんですか？」

「いえ、祖母の知人の持ち物です。別荘として建てた物をお借りして、手を加えさせてもらったんです。事情を話したら快諾いただけて」

「へえ……」

私と違い、楢橋さんはあまり庭には興味がない様子だ。私を早く中に案内したいのか、手で玄関を指し示した。

玄関は家の顔だ。赤い煉瓦だけなら、おとぎ話のように愛らしくなってしまいそうなお屋敷が重厚に感じるのは、黒々として光沢のあるこのどっしりとしたドアの存在だろう。

きっと、開けるときには木の軋《きし》む、重い音がするんだろうな。

「O—A—K……オークブリッジ？」

私はドアの横に、英語で彫られた木製の表札を見て、目を細めた。

「楢橋ですから」

『Oakbridge』と飾り文字で書かれた表札を、ためつすがめつしている私に、楢橋さんが苦笑する。

「というわけで、ここはイーストリバーのオークブリッジ邸です。残念ながら、この町が祖母の所領というわけではありませんがね。当時のように言うならば、カントリー・ハウスです」

「カントリー・ハウス？」

「英国貴族は、一年を二つの場所で暮らしていたんです。十月から三月下旬まではロンドンで。そして四月から九月までは所領のある地方の大きな屋敷で、日の長い緑の時期を、狩りなどをして過ごしたんですよ」

「……本当に、百年以上前の生活をするんですね」

「このぐらいで驚かれていては困りますよ——アイリーン」

「はい？」

「貴方《あなた》のお名前です。ここでは、今日からアイリーンと名乗って下さい」

「私の……名前がですか？」

「ええ、愛川鈴佳さん……そうだな、初めてお会いした日は五月一日だったので、アイリーン・メイディでお願いします」

「………」

思わずあっけに取られて見つめると、楢橋さんは少しだけ首を横に傾《かし》げた。

「何か問題が？」

「いえ……」

十九世紀の英国なら当然というのだろうか。私は困惑しつつもそれを受け入れた。

「平和の女神の名前です。万が一貴方と争いにならないように」

そう言った楢橋さんのすまし顔に、少しだけいたずらっぽい色が浮かんでいる。

「では……楢橋さんのことはなんとお呼びすれば？」

「私のことはユーリ『さん』と。上級使用人なので、敬称でお願いします。私からは、アイリーンと呼び捨てにすることを許して下さい。階級社会なんです。それは使用人の間でも厳密です」

「ユーリ、さん……ですね」

「宜しくお願いします」

口の中で小さく復唱すると、楢橋さん――ユーリさんは頷《うなず》いた。男性を名前で呼ぶのは慣れていないので、少し恥ずかしい。けれど執事役の彼が、同じ楢橋姓を名乗るわけにはいかないということなのだろう。

「本当に……全部が十九世紀英国式、なんですね」

「できうる限り」

彼はもう一度頷いた。そして真鍮《しんちゅう》（もしかしたら、真鍮に似せただけ、かもしれないけれど）のドアノブに手を掛ける。

「ああそうだ、一つ」

扉を開けようとして、彼が動きを止めた。

「何ですか？」

「貴方はこれから、この玄関を使用してはいけません。必ず裏口を使って下さい」

「え？」

後で案内します、と付け加え、彼が厳しい口調で言った。

「このドアは、使用人が使ってはいけない決まりです。メイドは裏口を使うようにして下さい。来客も、私が不在の時以外に、貴方が迎えてはいけません。貴方が次にこのドアを使うのは、この屋敷を去るとき……つまり、すべてが終わった時。それがルールです」

この先、彼が何度も口にする『それがルールです』という言葉を、私はこの時初めて聞いて、不思議と厳《おごそ》かな気持ちになった。

高校時代、スカートの裾《すそ》を校則以外の長さで穿《は》きたいとも思わなかった私は、もともとルールに従順な気質だ。流れに逆らうよりも、淀《よど》みなく流れていく方が傷つかないで生きていけるから。

だけど栖橋さん――ユーリさんの言う『ルール』という言葉には、もっと強制力があって、そして絶対的な、侵すことの許されない聖域を感じる。

「……わかりました」

こくんと息を飲んでから頷く。ユーリさんが微笑《ほほえ》んだ。そこで私は彼の微笑みに感じる違和感の正体に、やっと気がついた。この人はどうやら、口元だけで笑う癖がある。目は細められはするけれど、それは決して喜びの形に崩されているわけじゃない。だから薄い微笑みに見えるのだ。

だけどそういう、どこか冷たさの残る笑顔が、このお屋敷には似合っているような気がした。執事という役割にも。

私は彼の目が、優しさを含んだ明るい茶色で良かったと思った。もしこれが青だとか、緑だとか、淡い色だったら、きっと彼は氷のように見えるだろう。

「それじゃあ、中をご案内しましょうか愛川さん――ただし、ドアの向こうは別の時間です」

また、こくんと私の喉が鳴った。私は頷いて、姿勢を正す。

ゆっくりとドアが開く。残念ながら、想像したように、重く古びた音を立てて軋みはしなかった。けれど――そんな失望は、一瞬で吹き飛んだ。

「………………」

思わず言葉を失った。

ピカピカに磨かれた褐色の床、中央階段、そして煌《きら》めくシャンデリア――。

「オークブリッジへようこそ、アイリーン」

ユーリさんの声が、広いエントランスに響いた。

「貴方を歓迎します」


別荘を改築したというオークブリッジ邸は、随分縮小されてはいるものの、十九世紀英国貴族のお屋敷に、可能な限り近づけて作られているそうだ。

地下は一階、地上は三階建てで、屋根裏部屋もある。

奥様のお部屋が寝室を含めて二室、書斎、食堂《ダイニングルーム》、ビリヤードルーム、応接室《ドローイングルーム》、そして客室が大小数室。そして後は、使用人たちが使う、階下《ダウンステアーズ》と呼ばれる空間だそうだ。

使用人の個室は屋根裏にあるらしい。

使用人と家の主人の使う空間も、明確に分かれていた。階下と階上《アップステアーズ》を仕切るドアの階下側には、なぜだか緑色の布が張られていた。

「緑羅紗《グリーンベーズ》です。ビリヤード台に張られているのと同じですよ。防音のためです」と、ユーリさんが教えてくれた。こんな薄い布一枚で防音になるのか？と訝《いぶか》しむ私に、彼はスピーカーの表面に羅紗が張られていることがある、とも教えてくれた。実際羅紗にどのくらい防音性があるのかどうかまでは、わからないようだったけれど。

とはいえ、そのドアは本当に象徴的だった。奥様と私の世界の境界だ。私の世界、つまり階下の世界は、この緑のドアの中に広がっている。

簡単にお屋敷の間取りを説明すると、私の使ってはいけない正面玄関を開けた先には、吹き抜けになったエントランスホール。その奥には、大広間《ホール》と階段《ステアケース》。主人はここを優雅に降りて、来客をお迎えするのだ。

エントランスホールのすぐ左は食堂になっている。そのさらに奥（大広間の左横）は、お客様をおもてなしする優雅な応接室。

庭の一番綺麗に見えるガラス張りの広間《サルーン》は、大広間の右横に位置し、来客や主人のくつろぎの場所だ。

二階には客室とビリヤードルーム、三階には奥様の部屋と書斎がある。それが階上だ。

食堂横の配膳室《アンテルーム》と大広間には、それぞれ階下に繋がる裏階段がある。使用人側に緑の羅紗が張られたドアの中の世界だ。ドアの向こう側はまるで蟻《あり》の巣のように階段や廊下で繋がっていて、地下から階上まで自由に行き来できる。使用人は可能な限り、仕事している姿を主人に見せてはいけないのだ、まるで妖精《ようせい》のように。

配膳室のドアを開けて地下に下りると、吹き抜けの厨房《キッチン》がある。階下に厨房があることで、料理の匂いや騒音が階上に洩《も》れるのを防いでいるのだ。

食堂と大広間の裏階段までを繋ぐ長い廊下は、それぞれ使用人が作業をしたり、くつろいだり、食事を取る小さなホール、食料庫《パントリー》やお酒の収納庫《セラー》、氷室《ひむろ》、洗濯室に繋がっている。

裏階段を上り詰めると、屋根裏の階があった。天井の斜めに傾《かし》いだ狭いフロアが、使用人の居住空間だ。ユーリさんの部屋とは、長い廊下と頑丈な鍵のかかったドアで仕切られている。

札幌からは最低限の荷物しか、持ち込むことが許されなかった。スマホは電源を落とし、自室の鍵をかけた引き出しにしまうことになった。本や、時計や、私の時代を感じさせるものも全部。

支給されたカバンには、ここに来る時に着てきた服がそっくりしまわれた。着替えはすべてお屋敷で用意するということだったけれど、私には裾が長い、時代錯誤なコットンドレスが用意されていた。

コルセットと、下着もだ。何より驚くべきは、ショーツがないことだった。

ドロワーズというふんわりとしたズボンタイプの下着を、お尻《しり》の上に直接穿かなければならないらしい。フィット感のある、下着らしいパンツを穿かずに毎日生活するなんて、なんというカルチャーショックだろう。

用意されたメモを見ながらあたふた支度をしつつ、ユーリさんのような男性もズボンの下にはパンツを穿かないのかなんて、ついそんなことまで考えてしまい、頬が上気した。

そしてもう一つの驚きはお仕着せだった。所謂《いわゆる》メイド服というのは、黒くて、フリルがついたエプロンとキャップをつける――そういうものだと思っていたけれど、それはどうやら午後の制服というものらしい。

午前中や、掃除などの仕事を行う時は、プリント地のコットン製のドレスと、胸当てのついた厚手のエプロンを纏《まと》うのだった。

何よりコルセットを一人で締めるのが大変だった。加減がよくわからなくて緩すぎてずれてしまったり、きつすぎて息ができなくなったり、お腹《なか》が痛くなったりした。

そしてびっくりするほど、思うように腰が曲げられない。スカートは裾が長いし、コットンドレスは着替えが三着用意されてはいたけれど、すべて同じ布、同じデザインで、黒い午後のお仕着せに至っては、一着しかない。

メモには、『清潔を保てるように、ご自身での手入れを宜しくお願いします』と書かれてある。つまり、当時はこれが普通だということなのだろう。

狭くて、少しかび臭い部屋にはタンスと引き出し、ベッドと机しかない。ボールペン等も例の引き出しにしまわれ、代わりにインクと羽根ペンが用意された。自分の物、娯楽に繋がる物をメイドがもつのは禁止らしい。その代わり、私には様々な資料が手渡された。当時の仕事の方法や、料理のレシピ、そして、奥様が翻訳したという小説。

とはいえ使用人の個室が屋根裏部屋だということには、ちょっとした喜びを覚えている。昔から屋根裏部屋に憧《あこが》れていたからだ。それに窓の外に広がる景色はとてもいい。簡素だったけれど、ベッドには小さな天蓋《てんがい》もついていた。私には小さなご褒美《ほうび》のように思えた。

私物は許されず、TVもない部屋は殺風景だったけれど、そんなことはすぐに気にならなくなった。TVを見る時間もなければ、自分の部屋の状態なんて気にしてる場合じゃなくなったと言うべきかもしれない。オークブリッジ邸で始まった私の生活は、想像以上にハードで、仕事を終えて部屋に戻れば、そのまま朝まで泥のように眠るだけだったのだから。

奥様は九日後にいらっしゃるということだった。一週間と少ししかない。彼女をお迎えする前に、私は一通り家のことができるようにならなければならなかった。

屋敷の大掃除も兼ねて、数日間を楢橋さん——いや、ユーリさんに監督されながら、みっちり十九世紀の暮らしを仕込まれることになった。

まず何よりも私を悩ませたのは、メイドの象徴たる、メイド服の存在だ。

お屋敷に来て数日間、私はちっとも、この長くて重いスカートに慣れなかった。

「きゃ……ッ」

階段を丁寧に拭《ふ》き掃除していた私は、仕事に集中するうちに、またうっかりコットンドレスの裾を踏んづけてしまった。

膝《ひざ》を打つと同時に、ガランガランと音を立てて、掃除道具を詰め込んだ四角い木製のバケツ《ハウスメイドボックス》が階段を転がり落ちる。

「大丈夫ですか⁉」

騒々しい音が大広間に響き渡り、下のフロアにいたユーリさんが慌《あわ》てて駆けつけてくれた。

「すみませんでした……」

「気をつけて下さい。最悪道具は壊れても直せば済みますが、貴方に怪我《けが》をされては困る」

バケツの角に傷が付いたのを確認しながら、ユーリさんはそう言った。

痛い膝をこらえつつ、落ちたブラシを拾おうとすると、今度はコルセットが邪魔をする。腰が曲げられないのだ。仕方なく手摺《てす》りにつかまりながら、垂直に腰を下ろし、膝だけ曲げてしゃがんだ。ドレスのお陰で隠されているけれど、スカートの中は情けないガニ股《また》だ。

「い……ッ」

刹那《せつな》、ズキンと走った膝の痛みに、結局そのままへたり込んでしまった。

「あの……やっぱり、この格好でなければ駄目なんですよね？」

「勿論です」

すべては、このスカートとコルセットのせいだ。せめて奥様のいない時ぐらい、動きやすいズボンを穿かせてもらえないかと思ったが、ユーリさんは私の希望を聞き入れるつもりは皆無だという構えだ。

「『それがルール』ですか？」

「いいえ、それ以外の選択肢は存在しないだけです」

「はあ……」

ここでユーリという執事の役に徹する彼は、厳しくて、冷淡で、一切の妥協を許さない姿勢だ。

初めてここに来た日、一瞬だけ見せてくれた不器用な笑顔は、いったい何処へいったんだろう。見間違いだったような気もしてくる。

膝の痛みが、随分ビリビリ鋭かったので、一応切れたりしてないか確かめようと、私は階段に腰掛け、少しだけドレスの裾をめくった。皮膚は切れていないけれど、くっきり内出血して赤黒くなっている。

「アイリーン！」

「は、はい！」

どうりで痛いわけだと溜息《ためいき》をついた途端、またユーリさんが険しい声を上げた。

「足を見せるのは、とてもはしたないことです、絶対にやってはいけません。それより上の部分を晒《さら》すのと同じことです」

「そ、そうなんですか？」

「ピアノも、靴下をはいているでしょう？　裸足《はだし》は淫《みだ》らだからですよ」

まるで本当に十九世紀の執事のようだ。私は足をしっかり覆《おお》い隠す。

「ごめんなさい、気をつけます。でももし血が出ていて、服を汚してしまったりしたら嫌だと思ったんです……」

痛みは心を弱くするのか、彼の厳しい言葉に思わずしゅんとし、泣きたい気持ちになる。私は痛みをこらえながら、落ちた磨き布を拾い、膝の上でたたんだ。やがてユーリさんが手をさしのべてきた。

「……とはいえ、確かに怪我の時は仕方ないですね」

怪我の具合は？　と問いながら私を立ち上がらせ、代わりに落ちた掃除道具を、すべて拾い集めてくれた。

「大丈夫です、少しぶつけただけです」

「手当をしなくても平気そうですか？」

「十九世紀だと、どういう風に治療するんですか？」

普通の湿布薬は使わせてもらえないだろう。当時もちゃんと湿布は存在していたのだろうか？　それともハーブとか？

「ヒルに吸わせます」

ユーリさんが、顔を顰《しか》めながら言った。

「ひっ⁉」

「ヒルです。あの、血を吸う」

「ヒル⁉」

ヒルがどんな生き物かぐらいわかっている。私は彼の手を振り払うようにして後ずさった。

「はい。皮下出血をヒルが吸って、綺麗にしてくれることを期待してるんでしょうね」

ぎょっとした。怪我をしたのに、この上ヒルにまで吸われなければならないなんて⁉

私は全身を強《こわ》ばらせ、恐怖に手摺りを強く握った。

「そ……そんな……」

けれど呆然《ぼうぜん》とする私を見て、ユーリさんは微かに口の端を上げた。また、例の微笑みだ。

「しないですよ。当時もヒルを使った治療は賛否両論でした。特に現代では、感染症やアレルギーによるショック症状のリスクがあると言われていますからね。いくら十九世紀の生活でも、そこまでリスクは犯せません。赤い薔薇のジャムと腐った林檎《りんご》のペーストで湿布をする方法もありますが、それで痛むようなら、氷室の氷を持ってきましょう」

「腐った林檎を？　いえ、大丈夫です……」

「ヒルや腐った林檎が嫌だったら、早くスカートに慣れて下さい。奥様の前で、その失態は許されません」

「わかってます」

またしゅんとした私を置いて、ユーリさんは立ち去りかけ、すぐに振り返った。

「ああ、そうでした。蜜蠟《ビーズワックス》とポピーシードオイルで作った磨き粉《ポリッシュ》です。これでピカピカに磨いて下さい」

「……。ピカピカに？」

「中途半端《はんぱ》では意味がありませんから」

当たり前だという風に、ユーリさんが言う。

「この磨き粉も後で作り方を教えます。本当は、テレビン油を使うそうなんですが……有害なんです」

当時のままでは体に害毒があるものだけは、意識的に別の物に置き換えてくれていたので、少なくとも身の危険はそう心配しなくて良かった——毎日転ぶことを除けば。

直接体に害はなくても、十九世紀の暮らしは、とにかく人に対する負担が大きかった。人は楽を求めて進化をしてきたのだと、実感する。

「では、どうぞ宜しく」

彼はそう言うと、また下のフロアに戻っていった。


そうやって最初の一週間は、ただひたすらに十九世紀が私にたたき込まれた。主に長い裾に慣れるためだったのかもしれない。勿論、大変なのはそれだけではなかった。

「床も鏡のように磨いて下さい」

「鏡……ですか」

ビールと砂を混ぜたペーストで、大広間の床を磨く。ビールのすごい臭《にお》いがあたりに立ちこめた。革靴にビールがしみこんできて気持ち悪いし、気をつけないとドレスの裾が汚れてしまう。

ザリザリと耳障《みみざわ》りな砂が汚れをこすり取り、アルコールが分解してくれるそうだけれど、お湯や普通の石けんを使うより、こっちの方法が本当に良いのだろうか？

臭いで気分が悪くなりそうで、早く終わらせようと必死に床を磨く。手順を示すために手伝ってくれていたユーリさんも、露骨に仏頂面《ぶっちょうづら》だ。

時々苦しそうに口で呼吸をしている。

「……ビールの臭い、苦手ですか？」

尋ねると、ユーリさんはなぜか目を泳がせた。

「ビールは普段飲まないので」

「お酒は召し上がらないんですか？」

「いえ、炭酸が」

「炭酸？」

ぽそっと彼が小さな声で言ったので、つい聞き返してしまう。

「炭酸は……健康によくない」

「…………はあ」

一瞬何を言われたのか理解できなかったけれど、どうやら彼は炭酸が嫌いなようだ。

「つまり炭酸、飲めないんですね？」

思わず、フフフと私の口から笑いが漏れてしまった。

「飲めないのではなく、飲まないだけです。飲もうと思えば飲めます」

珍しくムキになったような大人げない口調に、吹き出しそうになった。炭酸が苦手だなんて、冷血漢の執事もなかなか可愛《かわい》らしい。

「じゃあ、ビール以外に、掃除の道具はないんですか？」

「床の掃除はビールと決まっています……でも、もしかしたら、他にも何か見つかるかもしれません」

他の何かが見つかれば本当にいい。飲み物を掃除に使うことにも抵抗があるのは否《いな》めない。

「……でも、このバケツは本当に素敵ですね。現代でもそのまま使えそうです」

せめて少しでも彼の機嫌が直るように、私は話題を変えることにした。

「そうですか？」

「はい、とても使い勝手が良いです」

それは事実だ。手元に引きよせたバケツを見て、私は微笑んだ。何もかも悪いことばかりじゃなかった。日常で私が特に気に入ったのは、この作業バケツだ。四角くて、中が区切ってあって、ブラシや磨き粉など、様々な掃除道具を収納し、持ち運べる。

今までは無造作に普通のバケツに放り込んで持ち運びしていたけれど、この作業バケツの方が効率はいいし、何より見た目がレトロで可愛らしい。

「では、ここでの仕事を終えたら、それは貴方に差し上げますよ。——ただ、お忘れなく、『今』が『現代』です」

私の言葉に、彼が釘《くぎ》を刺す。

まだ『十九世紀のごっこ遊び』という感覚の抜けない私を、こんな風にユーリさんはしばしば叱《しか》った。完全にヴィクトリアンメイドになりきることを求められているのはわかっていたが、なかなか私の『時代』は抜けていかないし、なりきれるほどまだ十九世紀を知らなかった。

　それでも毎日少しずつ、私は当時の生活を指南してもらい、染められていった。時にはユーリさん自身も答えられないことがあって、そういう時は二人で奥様の書斎に行き、膨大な資料の中から、答えを探すこともあった。

　ユーリさんは、昔から奥様に当時の生活を聞かされて育ったらしい。けれどその通りに生きるためには、光の当たらない部分もたくさん知らなければならなかったのだ。

　掃除の後もビールの臭いの残る大広間に、嫌気が差したのだろうか。結局その後、彼はすぐに別の研磨剤を文献から見つけてきて、ビールと砂を使った掃除方法からは一日で解放された。

　けれど蜜蠟とオイルで作った床用の磨き粉は滑りやすく、床が鏡のようにピカピカになるのはいいものの、適量を上手《うま》く使いこなすまで、私だけでなくユーリさんも、大広間で転んでしまうことになったのだった。

　でも私が一生懸命に試行錯誤しながら、時には首を傾げたくなるような『ルール』に必死に従っていることだけは、理解してもらえたらしい。

　私もユーリさんが本当に、このお屋敷を十九世紀に変えようとしていることを理解した。見た目だけでなく香りに至るまでだ。修行期間のうちに、私にも彼の言うルールの必要性が、少しずつわかってきた。

「できることなら、貴方の他にもメイドや、奥様のお世話を任せる侍女《レディズメイド》も雇いたいとは思っているんですが」

蜜蠟と石けん、油を混ぜて作ったワックスで、調度品を磨いている私に、ある時彼はそう言った。

「ただ、髪を結ったり、針仕事は勿論、身の回りの世話もできる方で、しかも当時の暮らしにつきあってくれるという条件では、なかなか見つからないんです」

「それはそうでしょうね」

むしろそんな人間が、存在するとは思えないぐらいだ。私のような物好きは多くはないだろう。

「貴方は、よく承諾してくれましたね」

「……結局、やることはそう変わらないかと思っただけです。実際やり方は違っても、やらなければならないことは同じだと思うんです――ただ、そのやり方の違いや、程度の違いが問題なだけで」

確かに現代であれば、床や棚をここまで執拗《しつよう》に光らせたりしないだろう。したとしても、きっと手仕事ではないはずだ。だけど、生活から主人の人格やスタイルを支えるという本質的な部分は、なにも変わらないように思う。

「可能な限り私も手伝いますから、当分はお一人で宜しくお願いします」

「執事の方も、家具を磨くんですか？」

「必要があれば磨くしかありません——私の仕事は、主人の生活を守ることですから」

本当はもう少し、お互いの仕事にそれぞれ専念できると、ユーリさんは考えていたのだと思う。けれど実際にやってみると、私の負担があまりにも大きかったことに、彼は気がついてくれていた。

「そういえばあの……他に、ご家族は？」

ユーリさんは奥様の孫だ。でも私はユーリさん以外に奥様の家族を見ていなかった。良い家政婦というものは、奉公先の事情には踏み込まないものだ。あえて聞かず、日々の生活の中から情報を拾い集め、陰からサポートするべきだ。

だから直接伺うのは失礼な気がするものの、今回ばかりは奥様に会う前に、様々なことを汲《く》んでおきたかったのだ。

「母はカンカンに怒っていますよ。あの勢いなら、私は早晩勘当されそうです」

「ご家族は……やっぱり反対を？」

「ここまでの大事にしてしまったのは、やはり酔狂とも言えますから。それに親族は祖母の財産が減ってしまうのが嫌なんでしょう。でもすべては祖母のものです。彼女がどう使おうと彼女の自由だ。一円玉一枚まで」

ユーリさんは、眉間《みけん》に皺《しわ》を寄せて言う。

『人生の最期《さいご》を自分の絵の具で彩《いろど》りたい』——そのためなら、たとえ家族との関係を断つことになっても構わない——そういうことだろうか。そこに本当に後悔や孤独はないのだろうか？　私はまだ見ぬ奥様の決意と矜持《きょうじ》を垣間見《かいまみ》た気がして、本当に彼女の期待に応《こた》えられるかどうか不安になった。

いずれにしても、船を漕《こ》ぎ出してしまったのだ。やるしかない。


掃除が大変なら、当然料理だって楽じゃない。楽であるはずがない。

「ハムエッグ……ビートン夫人風、卵二個、カットしたハム大さじ山盛り二、バターが一オンス……オンス⁉」

ユーリさんが用意してくれたレシピは、おそらく当時のものをそのまま訳してくれたのだろう、知らない食材、知らない調理法、なにより単位が日本と違う。

もし家にいたら、少々わからない所があっても、インターネットで調べればすぐだ。わざわざパソコンを開かなくても、スマートフォン一つあればいい。

でも、ここには何もない。

結局しばらくは、料理のことまで、ユーリさんを頼ることになってしまった。知らない表記の分量を、私一人では計算ができなかったし、はかりやオーブンの使い方すら良くわからなかったからだ。正直最初の三日間、私の料理は最低だった。

それでも彼は顔色も変えず、出来損ないの料理を綺麗に食べてくれた。唯一《ゆいいつ》最初から失敗しなかったのはポテトスノー。粉ふきイモを目の粗いふるいでこすって、雪のようにふんわり盛りつけた物だ。ユーリさんはとりわけそれを喜んだ。

逆にパセリを食べるときは、眉間に皺が寄る。本人は「食べられますよ」とは言うけれど、間違いなく好きではないんだろう。それでも、決して彼は私の料理を非難しなかった。

レシピはどれも書かれた分量が多かったので、少人数分で作り直すことにも随分苦労した。

例えば黒ツグミのパイなら、黒ツグミが四十羽、エシャロットを二十四本使うとレシピにはある。

ここが人の多いお屋敷でなくて良かったと思う。そんな大量の料理を一人で作っていたら、それだけで一日かかってしまう。

鍋《なべ》などの調理器具はすべて銅製だったので、手入れのために毎日お酢と塩で磨かなければならなかった。食器も勿論、合成洗剤などないので、塩、小麦粉、酢を混ぜ、水で溶いた物を使った。

手の荒れにくい体質が自慢だった私でも、オークブリッジ邸の生活、特にキッチンでの水仕事は辛《つら》かった。酢の匂いが鼻を刺すだけでなく、塩が燃えるような痛みで、荒れた傷口を苛《さいな》んだ。

手を労《いたわ》るためのハンドクリームもないし、ビニール手袋も、水絆創膏《ばんそうこう》もない。見かねたスミス夫人に指摘され、すみれの顔クリームと一緒にラベンダーのハンドクリームを、ユーリさんが買ってきてくれるまで、本当に地獄だった。

それでもキッチンは、私がこのお屋敷で一番好きな空間だ。ここのキッチンスペースは大きく、広い。壁は上の方が何故《なぜ》か青く塗られていた。理由を訊《き》くと、青い色には虫を除《よ》ける効果があると信じられていたらしい。下の方はタイル張りで、床も敷石だったので、遠慮なく水を流してじゃぶじゃぶと洗うことができた。豪快な掃除法は、暑い時期にはとても気分が良いだろう。

天井近くの窓からは、外の明かりが優しく差し込んでいる。

特に晴れた日の朝、キッチンは金色に輝く。

埃《ほこり》の舞う空気や、銅鍋、時代錯誤な調理器具たちが、一斉に歌うように光り輝く様は、息を飲むほど美しい。

勿論、階上に行けば、もっと荘厳《そうごん》で、華やかな物がたくさんある。階上は調度品も何もかもが、きらびやかで端正に作られているのだから。

例えばシャンデリアだ。この辺りは地震が少ないらしい。だからオークブリッジ邸の応接室には、立派なシャンデリアが飾られていて、これに感動しない人はいないだろう。

それでもやはり一番美しい場所は、早朝のキッチンだと断言できる。それは絶対に間違いない。

コンロは石炭を焚《た》く形ではなく、ガスになった。広く普及するのはもう少し後だけれど、当時もガスコンロはあったらしい。理由は単純で、私が常に火の側にはいられないので、防災上仕方がないということだった。私としても願ったり叶《かな》ったりだ。じゃなければ、朝お湯を沸かすために、今より三十分は早く起きなければならなくなる。

そしてキッチンが特別な場所である理由はもう一つある。生活必需品や食材を仕入れて届けてくれる、オークブリッジ邸にとってなくてはならない協力者、スミス夫人との交流の場が、主にキッチンであるからだ。

東京から引っ越して来て、夫婦で農家を始めたというスミス夫人は、この奇妙なお屋敷の計画にとても理解を示してくれている。

ユーリさんが直接私に教えられなかった、女性が毎月抱えなければならない煩《わずら》わしい時期を、資料を片手にどう対処するか教えてくれたのはスミス夫人だった。奥様の着替えの手伝い方も、彼女相手に練習した。

毎日新鮮な卵や牛乳、野菜を持ってきてくれる彼女と、午後に小一時間ほどお茶をするのが、私の日々の唯一の息抜きの時間になったのだ。現代では一番の息抜きであったバスタイムは、残念ながら十九世紀では望めなかった。

生活の中で、一番辛かったのは、やはり衛生面だ。トイレの問題もあったけれど、何より私を苦しめたのはお風呂《ふろ》の問題だった。

汗だくで働いている私に、ユーリさんは毎日の入浴を許可してくれた。当時は週に一度というのも珍しくなかったという。仕事に差し支えさえなければ、好きに入っていいと言われてホッとした私だったけれど、それは言うほど簡単なことではなかった。

私の部屋は、屋根裏部屋だ。お屋敷の一番上にある。キッチンは地下一階だ。まずお風呂に入るためには、大量のお湯を自分の部屋まで運ばなくてはならない。

ホットウォーター・カン《ジャグ》にお湯を入れ、地下から屋根裏まで、あのやっかいな裾の長いドレスで上がっていくというのは、まさに苦行だ（シジフォスの受難とユーリさんは言っていた）。でもお風呂に入らないのはもっと嫌で、私は渋々この苦行を受け入れた。

そして肝心のバスタブだ。ヒップバスといって、たらいよりは深いものの肩まで浸《つ》かれるほど高さはなく、全身を浸すには窮屈に足を折り曲げなければならない。

部屋の床を汚さないよう、布を敷かなければならないし、それを洗濯するのは勿論自分自身。そしてシャンプーはなく、石けんも私が生まれた時代で使っているような物ではない。

きしきしする石けんで洗った頭は、まとまり悪くごわごわで、結局毎日ひっつめて、キャップに押し込むより他なかった。体は洗っても、ちっとも綺麗《きれい》になっていないような気がするし、再びお湯を捨てに上り下りして後片付けを終える頃には、また全身汗だくになる。

このお屋敷の存在が、雪の降るまでの予定……というのは、おそらくこういったことが理由なのだろう。冬場のお風呂なんて、考えただけでぞっとする。

そんな調子で、何度も何度も心が折れそうになった忍耐と修行の一週間が過ぎ、とうとう奥様が屋敷にいらっしゃる日が、目の前に近づいた。

ユーリさんは奥様がいらして三日目には、仕事のために札幌に帰ってしまうという。それから彼が戻るまで、私はこの屋敷で慣れない歴史を再現しながら、奥様と二人きりで暮らさなければならないのだ。

奥様がいらっしゃる前の晩、私は眠れなかった。ユーリさんは、ひとつのミスも許さないといった調子で、何もかもを完璧《かんぺき》に整えようと、朝からとても神経質になっていた。だから彼が、夜突然私の部屋を、ランプ片手に訪ねてきた時には、本当に驚いた。

スミス夫人から今日は『きりん座流星群』が見えると聞いたそうだ。窓の外を覗《のぞ》くと、丁度雲が切れて、爪痕《つめあと》のように細い三日月がひっそりと空に浮かんでるのが見えた。

ピーク時間は過ぎてしまったそうだけれど、ほんの五分十分、車を走らせれば、びっくりするぐらい綺麗な星空が見えるという。私は久しぶりに自分の服に着替えて、ユーリさんの運転する車で星を見に行った。

二人とも会話はほとんどしなかった。

その代わりに私たちの間には、カーステレオから久しぶりに聴こえてくる、私の時代の音楽が流れていた。

郊外に来たせいか窓の外は真っ暗で、街灯はごくまばらだ。車のライトを消すと、しんとした暗闇《くらやみ》が襲ってきて怖かった。単純に暗いのが怖いだけでなく、ヒグマが出てきたらどうしようとか、そんな不安にも囚《とら》われた。ユーリさんのミニクーパーは、ヒグマの前では無力だろう。

でもすぐに目が慣れて、空一杯に星が瞬《またた》いていることに気がつくと、そんな不安は一気に感動へとすり替わってしまった。

プラネタリウムで見るより、くっきりと明るくて、まさに降るような星空だったのだ。

私は流星を六つ見た。ユーリさんは四つしか見られなかったらしい。期待したほどたくさんではなかったけれど、本物の流れ星を見たのは生まれて初めてで、私はとても興奮した。

物静かなユーリさんの雰囲気を、こんなに居心地良く感じたのは初めてだった。ずっとこうしていたいような気持ちになったけれど、不意に二人きりであることを意識して、どぎまぎした。

なにより私の体はあまり綺麗じゃない。忌々《いまいま》しいヒップバスのせいで、決していい匂《にお》いはしないだろう。そのことを思い出すと、急にお屋敷に帰りたくなった。

帰りの車の中でも、彼は無口だった。整った横顔をこっそり盗み見るのは楽しかったけれど、何度か目が合って、気まずい気持ちになった。

屋敷近くの駐車場に着くと、ユーリさんは私に「明日から祖母を宜しくお願いします」と言った。

ここで嫌だと言ったなら、彼は私を現代に帰してくれたのかもしれない。きっと私に、最後の選択をさせてくれたのだろう。

でも私だって、覚悟の上だ。奥様が自分の人生を変えるために、ここに十九世紀を作ったのであれば、私も自分を変えるためにここで働こうと思った。これからの、未来のために。

その夜、私が流れ星にしたお願いは『優秀なメイドになれますように』だった。

星が降る夜のことは、一生忘れない。

私はこの日、この星空の下で、本当の『アイリーン・メイディ』になったのだから。

奥様のお迎えは、よく晴れた日の、午前中に行われた。

入念にお部屋を確認して、私は黒いお仕着せに着替えた。特別な時は午前中であっても正装に身を包むのがルールだ。今日はいつもよりも時間をかけて、支度を整える。できるだけきっちりと、我《わ》が儘《まま》な後ろ髪を結い上げて、本当に言うことを聞かない一筋は、砂糖水を使って固めた。奥様の訳された本に、丁度そんなシーンがあったからだ。

昨夜は結局眠れなくて、蜜蠟燭《ビーズワックス・キャンドル》の灯りがゆらゆらと揺れる中、遅くまで奥様の本を読んでしまったのだ。なんとか朝方やっと一冊読み終わった。普段私はあまり小説を読まない上に、昔の本であるせいか、仮名遣いや表現が古かったのだ。

慣れない文章に初めのうちは手こずったけれど、それでも最後まで読めたのは、使命感だけではなくて、やはり面白かったからだと思う。

家柄の良い貴族の娘ローズが、厩《うまや》で働く若い使用人キリアンと恋に落ちるが、彼女は家を存続させるために、別の資産家と結婚しなければならない。彼女の苦悩が切々と綴《つづ》られていた。

予想のできる展開とは言え、言葉遣いが美しく、胸を打たれた。本を読んで涙を流したのは久しぶりだ。私もこんな風に、誰かに恋をしたいと思った。

ローズは愛らしく生き生きと魅力的、キリアンは善良で優しく、とても誠実だ。エイボン川の辺《ほとり》にあるという、バースという町にも行ってみたくなった。

三巻本《スリーデッカー》と呼ばれる、長編三部作らしいので、時間があるときに続きを読んでみよう。奥様が気むずかしい方だったら……とずっと不安だったけれど、少なくともあんな素敵なお話を訳せるのだから、きっと愛らしい方に違いない。話題に困ったら、読んだお話について触れれば、いいきっかけになるだろう。私は一晩で強い味方を得た気持ちになって、奥様の到着を待った。

やがて、車の音がして、ユーリさんが屋敷を飛び出していった。お迎えするように言われ、裏口に回って急いで正面玄関へと走った。

上がった息を整えながら、髪は乱れていないか、リボンは真《ま》っ直《す》ぐか、今更色々なことが不安になっていると、ユーリさんと話をしながら、ゆっくりとアプローチを進む、紫色のドレスに身を包み、杖《つえ》をついた年配の女性が姿を現した。

心臓が、ばくばくと激しく高鳴る。いったいどんな方なんだろう？　不安と期待で、コルセットが久しぶりに煩わしくなるほど、胸が苦しい。

奥様は肘《ひじ》の部分がつんと尖《とが》ったデザインのドレスを纏っていた。現代の装《よそお》いではないにせよ、あまり華美ではない。若干お尻のあたりにボリュームはあるものの、スカートはほとんど膨らみもなくて、想像していた服装とは全然違う。

体つきは華奢《きゃしゃ》で、背の高いユーリさんと並ぶと、余計に小さく見える。

黒いベールのついた帽子を被《かぶ》っているので、顔はよく見えなかった。ユーリさんに言われたように、深くお辞儀をしたまま奥様を迎えたので、結局彼女の杖の先端と、宝石の付いた靴の爪先しか見えなかった。

でも声は聞いた。優しい低音だ。

彼女の荷ほどきをする前に、お目通りすることになった。緊張したけれど、昨夜読んだ本と、小さな体、そして優しい声に、私はすっかり安心しきっていた。

古い時代に憧れる、優しくて素敵なお祖母《ばあ》様のお世話をして、静かで夢のような暮らしをするとしたら――。……なんて、私は馬鹿《ばか》だった。

「お入りなさい」

先に部屋に入ったユーリさんが、私のお目通りの許可を取ると、控えめな声が返ってきた。

ユーリさんが私に目で合図を送ってきたので、頷《うなず》き返す。彼がドアを開けた。

「失礼いたします」

声がかすれてしまった。お勤め先の主人に会うのに、こんなに緊張したのは初めてかも知れない。

午前の日が射《さ》す、瀟洒《しょうしゃ》な部屋の真ん中に、一人がけのソファに腰を下ろした奥様がいた。

帽子を脱いでいたので、今度はそのお顔がはっきりとわかった。髪は柔らかく結い上げられていて、真っ白だった。彫りが深く、品が良く、若い頃美しかったのは言うまでもないだろう。ユーリさんとはあまり似ていないように思う。

ただ一つだけ確かなのは、温厚そうで優しい雰囲気とは言いがたい、硬質な空気をもつ女性だということだ。

「……随分若い娘ね」

私が奥様を観察したように、奥様も私を品定めしていたらしい。彼女は第一声でそう言った。

「アイリーン・メイディといいます。紹介状は確かなもので、とても真面目《まじめ》に働く娘です。それについては私も保証いたします」

そうユーリさんが断言してくれた。奥様はフン、と鼻を鳴らすように息を吐く。

「アイリーン？　確かお前はドイルが好きだったわね。まさか、お前の『the woman《あの女性》』ではないでしょうね」

奥様が怪訝《けげん》そうにユーリさんを見た。何のことを言っているのかわからなかったけれど、少なくともユーリさんには通じたらしい。

「だとすれば、こういう形で奥様にご紹介しませんよ」

彼が肩をすくめてそう言うと、「それもそうだこと」と奥様も納得したように頷く。

私はといえば、彼が私のつたない仕事ぶりをそんな風に褒めてくれたことに、耳が熱くなるのを覚えた。

彼女はまたしばらく、黙って私を見つめた。沈黙がとても重い。心細い気持ちになってユーリさんを見たけれど、彼は目線で私にきちんと前を向くように合図した。

「前のお屋敷はどうして離れたの？」

「旦那《だんな》様が、アメリカに引っ越されてしまったので」

そこは素直に、本当のことを話しても問題はないはずだ。

「アメリカですって？　国を捨てて、自由の国を目指したというわけね」

途端に、奥様が鼻の頭に皺を寄せる。どこか嘲笑《ちょうしょう》の含まれた響きだ。私はムッとした。

「坊ちゃまのご病気の治療のためです。この国に治せるお医者様がいなかったからです」

咄嗟《とっさ》にそう反論した私に、奥様はさらに顔を顰めた。

「アイリーン！」

ユーリさんが私を止めようとしたけれど、我慢ができなかった。

「それは決して国を捨てることではありませんし、何も知らない奥様に、そんな風に笑われるのは心外です！」

口答えが失礼なのはわかっている。けれど私への侮辱なら我慢できても、前のお宅のこととなれば許せない。

奥様は私の態度に不快感を表すように、眉間にくっきりと深い皺を刻んでいた。でも少なくとも、このことでは私は間違っていない。

奥様を睨《にら》む代わりに、彼女のビーズで輝く部屋履きの爪先をじっと見つめた。

奥様が、溜息をつく。

「アイリーンといいましたね。私はお前に自由に話していいと言った覚えはありませんよ」

「…………」

「奥様のご質問には、『はい』か『いいえ』でお答えしなさい」

奥様の言葉を引き継ぐように、ユーリさんが言う。私は返事をしなかった。

「……まあいいでしょう。お前が主人に対して、確かな忠節を抱くというのはよくわかりました。礼儀については、まだまだ教育が必要なようですが、今回は私にも非があったようです――お前の前の主人の幸を、私も願うことにしましょう」

「え？」

頭痛をこらえるようにこめかみに手を添えて、奥様が言った。てっきりここで、追い出されてしまうかと思った私は、拍子抜けをした。

「……私をお雇いになるんですか？」

「何か問題が？　私にまで誠心誠意仕えろとは言いません。ただ、きちんと働いてくれたらいいんです。お前は私の友人ではないのですからね。それとも、私の紅茶に毒でも入れますか？」

「そんな……いいえ、奥様、いたしません」

ほっとしたような、がっかりしたような――いや、これは間違いなく失望だ。私は奥様に会って、これからお仕えする人が彼女だということが残念だった。むしろこのまま追い出された方が良かったのかもしれない。

彼女に抱いていた想像との落差が、余計に胸に刺さる。私の勝手な想像だったのだから、それはお門違いなのだけれど。

でもこれから彼女の世話をして、ここで十九世紀の暮らしをすることに、始める前から限界を感じた。きっと本当に、辛い毎日になるだろう。

「では結構、もうお行きなさい」

「はい……奥様」

私は打ちひしがれるように肩を落として部屋を出た。それまで強ばった表情で、私の隣に立っていたユーリさんも、何も言わずに歩き出した。

首尾の良い結果ではなかったので、きっと叱られると思ったけれど、ユーリさんは部屋から離れると、「大丈夫ですか？」と聞いてきた。

「さっそく……怒らせてしまいました」

「奥様は怒っていませんでしたよ、貴方は十分上手くやりました」

「そうでしょうか？」

意外にも、ユーリさんは気遣うような言葉をかけてくれたのに、私は自分でも思った以上に、不機嫌さが透ける声で返事をしてしまった。ユーリさんが一瞬悲しそうな顔をした。

違う。怒っているのは、奥様の方ではなく私の方だった。

赤の女王のように厳しくて、白の女王のように時を逆さまに生きる、オークブリッジ邸の女主人。私はこの人のことを、好きになる自信がなかった。

でもこのお屋敷があるのは、鏡の国の中でもなければ、私はアリスでもないのだ。

だけど、逃げ出すのは嫌だ。

唯一私が得意なこと、大好きなことは、家を気持ちよく整えることだ。これだけは誰にも譲れない。家政婦の仕事は私の性分なのだ。それを認められないのは悔しい、悔しくてたまらない。

それならアイリーンは最高のメイドだったと、奥様に認められ、惜しまれて辞めたい
——そう考えて、私はこのお屋敷に踏みとどまったのだ。

時々体を小さく丸めて、手足を無理矢理バスタブに押し込みながら、札幌の狭いアパ

ートが恋しくて泣いたりもしたけれど。

我慢しなければならない、いいえ、我慢できる。たったの半年だ。


奥様は、用事の度にベルを鳴らす。

思えばユーリさんと始めたお屋敷暮らしの最初の九日間は、ただ家のことをするだけだった。慣れないやり方に四苦八苦してはいたものの、それ以外は、せいぜいユーリさんの食事のお世話をすればいいだけだったのだ。

奥様のお世話をする、ということになって、そこから更にたくさんの仕事が増えた。

まずは洗濯だ。ドレスはそう頻繁に洗う物ではないようだけれど、下着は勿論綺麗にしなくてはならないし、シーツやテーブルクロス等、常に洗い立てで真っ白なものを用意しておかなければならない。

ドレスを繕ったり、奥様の体型に合わせて手直しが必要になったり、針仕事も増えた。

他にも雑用は山ほどある。そしてベルが鳴らされたら、たとえ何の途中でも、奥様の所に飛んでいかなければならない。本当に私の背中に羽根があれば良かったのに、と思うほどだ。

「遅くなって、申しわけありません奥様」

息を必死に整えながら、お部屋に駆けつけると、奥様は決まって眉間に皺を寄せて私を睨む。

「アイリーニ、騒々しく走らないで」

「申しわけありません、奥様」

「まあいいでしょう。指ぬきが落ちてしまったの、拾って頂戴《ちょうだい》」

「机の下ですか？」

　奥様は、私のことをいつもアイリーンではなくアイリーニと呼んだ。より英国的な発音では、アイリーニに近い音になるらしい。語尾を上げて、彼女は私を一日に何度も呼びつけた。ほんの些細《ささい》な用事でも。

　その日も奥様は、安楽椅子《いす》の上で刺繍《ししゅう》をしていた所、うっかり指ぬきを落としてしまったらしい。それが机の下に入ったからと、私を呼びつけた。

　別に狭いところに入ったとか、そういう話ではない。膝《ひざ》を折って、机の下に屈《かが》めば済むことなのに、貴婦人はそういうことはしないらしい。

　コルセットのせいで腰が曲げられないのは、奥様も同じだろう。屈みにくいのはわかっている。それでも、わざわざ使用人を呼びつけてまで、させる仕事なのだろうか？

「……これで宜《よろ》しいでしょうか」

　でもやれと言われたら、やらなければならないのだ。怒りについ顔が強ばらないように、つとめて顔に笑みを刻んで、奥様に銀色の指ぬきを差し出した。

「そうね、これよ。そうだわ、丁度いいからお茶の用意をしてくれるかしら。マディラケーキを添えて頂戴な」

「はい奥様」

私には、まったく丁度良くなんてなかったけれど。

この、お茶の用意は実に私の作業を逼迫《ひっぱく》させた。奥様は一日に何度も、お茶の時間を希望する。私はそのために、一日に何度もお湯を沸かしておいたり、お茶請けにケーキ等の焼き菓子や、サンドウィッチを用意しておかなければならなかった。幸いお菓子を作るのは苦手ではないけれど、常に何かを数種類用意しておかなければならないというのは、決して楽なことではない。

挙げ句の果てに、お菓子を作っていて手が離せない状況でも、奥様は容赦なく私を呼びつけるものだから、せっかくのクッキー生地が乾いてしまったり、ケーキが黒焦《くろこ》げになってしまったりもした。こんなに効率の悪いことはない。

奥様の「アイリーニ！」は、すぐに私のプレッシャーになった。聞くだけで、心臓がキュッと縮んでしまう。

ある時、私は三階への階段に呼び出された。奥様は第一声、

「階段の隅に埃が残っています」

と、険しい顔で私を責めた。

「朝は綺麗にしました。でもしばらく使っていなかった家ですし、今、換気のために窓を開けているんです。今日は風が強いので、どうしても埃が舞ってしまって――」

「口答えなど聞きたくないの、私は埃が残っていると言っているんです！」

奥様の厳しい声が降り注ぐ。奥様はいつも階段の高い位置から私を叱りつけるのを好んだ。圧倒的な身分の差を思い知らせるように。

「……すぐに綺麗にいたします」

「二度と言わせないで頂戴ね」

だったら一日中、階段を掃除し続けろと言いたいのだろうか？　私は頭を下げながらも、内心そう毒づいた。

食事は何を用意しても、奥様はあまり喜ばない。

「もっとあっさりしたものにして頂戴」

「あ、あの……」

「ブリスケットは好きではないわ、料理は肉以外にして」

そう言って、食卓の席ですぐに彼女はフォークを置いた。

ユーリさんが毎日磨く銀食器。彼がいない日は、私がフランネルとセーム革でピカピカにしている銀食器は、ほとんど使ってもらえずに、料理も手を付けられないまま下げられる。

「けれど、栄養が……」

そう答えれば、すぐに睨まれた。

奥様に言われるまま、レシピから使う油を減らしたり、野菜を増やしたり、美味《おい》しいとはあまり思えないウナギのゼリー寄せなどを作った。もっと美味しいレシピは他にあるのに。

そもそも用意されたレシピは僅《わず》かだったし、奥様の食べてくれるものは本当に少なく、目新しい物は皿を目の前に置くのも拒まれた。時には三食朝食のようなメニューが続いて、頭がおかしくなりそうだった。残り物を食べる私の身にもなってもらいたい。

特に奥様が喜んだのは、ユーリさんと同じくポテトスノーだ。すっかり絶妙なふんわり加減に仕上げられるようになると、奥様からお褒めの言葉をいただいた。

そしてもう一つ、コンソメスープだ。これは少し手間はかかるけれど、幸い毎日作る必要はないし、丁寧に黄金に透き通ったスープを出すと、必ず最後に美味しかったという言葉をもらえるようになった。

でも所詮《しょせん》ふかし芋とスープなのだ。私はもっと色々な料理を作ることができるのに。

確かに他にもお茶菓子を用意しなければならないのだから、料理に時間を割かないで済むのは助かる。だけど美味しくないとわかっている物を延々と作り続けることに、私は無力感を覚えた。

お屋敷には冷蔵庫は存在せず、氷室《ひむろ》があるだけだ。なので食材は保存食か、とびっきり新鮮な物だけだ。取れたての野菜や卵や魚、食べ頃にして届けられた肉、庭で摘んだ香草……手を加えないでも美味しいはずの食材を、調理法の一律な美味しくない物に変えなければならないことが多く、罪悪感を覚えずにはいられない。

オークブリッジ邸に来て半月経《た》つ頃には、私は全身疲労困憊《こんぱい》で、なによりも心が疲れてしまっていた。

荒れた手と同じように、心がザラザラになって、小さなことで苛立《いらだ》った。奥様に口答えして、叱られることも一度や二度じゃなかった。

ユーリさんが仕事があるからと、私を残して札幌に戻ってしまうと、私のまともな話し相手といえばスミス夫人だけ。とても孤独だった。誰か優しい人の声が聞きたかった。電話の使用は、緊急時しか許されていない。電報も同じだ。

笑い声が聞きたかったし、笑いたかった。他愛ないことで。

週に一度半日のお休みと、月に一度丸一日のお休みがもらえることになっているけれど、半日程度のお休みをもらったところで、疲れ果てて爆睡して終わってしまう。労働基準法に触れていると思ったけれど、そもそも一日の労働時間も、犯罪的だ。でも私はこの生活を了承してしまったのだ。

外出しようにも、私は車の運転はできないし、お屋敷から町の中心部までは距離がある。まして町に知り合いらしい知り合いが、スミス夫妻以外いないのだ。積極的に交友関係を広げられるほど、社交的でもない。

私は一杯一杯で、毎日延々と繰り返される、退屈で、手間ばかりかかる孤独な日々に限界を感じていた。

何度も何度も、本気で逃げだそうと思い、ギリギリ踏みとどまった。

後から考えると、この頃が一番辛かったように思う。――夜明け前の一番暗い時間のように。

だけど明けない夜はないのだ。

薄暗いキッチンが、毎朝金色に生まれ変わるように、私の時間もまた、ゆっくりと動き始めていた。

# 第二話　本物の偽物

日本の文明開化の象徴とも言われるガス灯を発明したのは、英国人技師だという。灯りはまさしく人の進化の証《あかし》なのだろうか。スイッチ一つで電気が灯るのが、当たり前になっていた私は、オイルランプや蠟燭《ろうそく》といった、一つ手間のかかる灯りを用いる度、時代を感じた。

生活をするということには、様々な香りがある。人の匂《にお》い、道具の匂い、オイルを吸い上げて、揺れる炎と煤《すす》の匂い。

北海道上川郡東川町の片隅でひっそりと、十九世紀英国ヴィクトリア朝のリズムで刻まれるオークブリッジ邸の一分一秒は、『現代』とは違う香りの中で、ゆっくりと過ぎて行く。

オークブリッジ邸で、十九世紀の暮らしを始めて、丁度一ヶ月が過ぎる頃には、そんな香りも私にとっては当たり前になっていた。匂いは記憶と強く結びつくらしい。それから何年経《た》っても、私は蠟燭の燃える匂いをかぐ度に、奥様のことを思い出したのだから。

「オイルランプですか？」

「はい、奥様の部屋のランプだけ、どうしてもすぐにガラスが汚れてしまって」

酢と重曹とタマネギを刻んで煮立てた、焦《こ》げ落とし用の液剤でランプの真鍮《しんちゅう》を磨き、ガラスの煤を拭《ふ》き取っていると、銀食器を手にユーリさんが使用人用《サーヴァント》ホールにやってきた。

メイドである私に身近な灯りは、ガラス部分のひょろっとした、シンプルなランプと、思ったよりも長く使える蜜蠟《ビーズワックス》・燭《キャンドル》だ。でも奥様の部屋には、ガラス部分がまあるくて、上の部分がチューリップのように開いている、模様入りの繊細なランプを使っている。

微《かす》かに薔薇《ばら》の香りを添えたパラフィンオイルで灯す、あえかな輝きは見惚《みと》れるけれど、そんな美しさにケチを付けるのがこの黒い煤だ。ガラスの内側や、芯《しん》の先端がすぐに焦げてしまって、何故《なぜ》かキチンと燃えてくれないのだ。

結局、最近は毎日のように、ランプを綺麗に掃除しなければならない。たいした手間ではないが、繊細なガラスを扱うのはいつも緊張する。

「私の部屋のランプは平気なんですけど、奥様のランプだけ変なんです」

カチャカチャと、彼が大きなテーブルに銀食器を並べるのを見ながら答える。彼が小皿に取った貴金属研磨用べん《ジュエラーズ・ルージュ》がらの臭《にお》いが鼻についた。尖《とが》った臭いだ。

「煤が付いてしまうんですね？」

「はい」

ユーリさんがほとんど顔を上げずに言った。アンモニアと混ぜた酸化鉄の粉末《ルージュ》のペーストを、一向に使われない銀の食器にこすりつけて拭き始める。普段奥様だけでは使い切れない食器も、手入れは定期的にきちんとしなければならない。

私の使う洗剤液も肌には決して優しくない。けれど彼の使う貴金属研磨用べんがらも彼の指には優しくない。その証拠に、彼の左手の指（ユーリさんはどうやら左利《き》きのようだ）にはいくつもの水疱《すいほう》ができている。

痛そうなのに、彼は眉間《みけん》に皺《しわ》を刻みつつも、一言も不満を漏らさない。手入れを代わろうかと申し出たことはある。なのに彼は、「銀食器の手入れは、男性使用人の仕事です」ときっぱり言って、私に触れさせもしなかった。それが彼の得意な『ルール』のせいなのか、それとも私を信用してくれていないのか、私の手をこれ以上傷付けないための思いやりなのかはわからない。

「オイルランプが汚れるのは、火力が強いか、不完全燃焼が原因です。まあパラフィンオイルは、なかなか手入れに手こずるオイルと聞いています」

「そうなんですか？」

「かといって、鯨油は使えませんからね」

今の時代、鯨から絞った油なんて、手に入ったとしても高価だろう。それになんとなく特有の臭いがしそうな気がする。

「灯心を濃い酢に浸し、よく乾かした物を使うといいと、本に書いてありました。試してみて下さい。でもおそらくセッティングが悪いんでしょう。磨き終わったらそこに置いておいて下さい。私が調整しておきます」

「お酢ですね、わかりました。じゃあ……宜《よろ》しくお願いします」

彼の仕事を増やすのも気が引けたけれど、ランプのセッティング……のやり方は私にはよくわからない。

「他に何か困っていることは？」

ユーリさんが少しだけ手を止め、顔を上げて言った。困っていることはたくさんある。でも、彼に手伝ってもらえることが何かあっただろうか？

「……そうですね、今一番私に必要なのは時間です。一日あと五時間ほど欲しいです」

本当にあと五～六時間欲しい。一日が三十時間だったらいいのに。

「それは神様にお願いして下さい」

言ってから少し厭味《いやみ》だったかも……と思ったけれど、幸い彼はそう悪く取らなかったらしい。もしかしたら彼も同じ気持ちなのだろうか？　いつもポーカーフェイスのユーリさんが、珍しく笑ったように目を細めた。

「あの……今日は水曜日なので、いつもなら普段は使わない客室の掃除をする日ですが、せっかく雨が上がったので、午後からお庭の手入れをしたいんです。宜しいでしょうか？」

彼の機嫌が良さそうなうちに、そうお伺いを立てた。ここの所、天気があまりよくない日が多かったせいで、ほとんど手つかずのままの庭は、今やすっかり荒れ放題なのだ。

「構いません。どうせ、当分来客もありません。庭を優先しましょう。見栄《みば》えが悪い方が困りますから」

「承知いたしました」

そう答えて、ぺこりとお辞儀をすると、またユーリさんが手を止めた。

「……なんですか？」

何か気に障《さわ》ることをしてしまっただろうか？　思わず身構える。けれど――。

「いいですね」

「はい？」

「今の返事です。すっかり、アイリーン・メイディが板に付いてきたと思いまして」

褒められた。でもまさか、こんなことで？

「はあ……ありがとうございます」

とはいえ褒められるのは嬉《うれ》しい。つい〝二の句〟を待ってしまった私に、彼は手を振ってもう行きなさいと追い立てた。

もともと家事を楽だと思ったことはなかった。私の生きてきた二十一世紀でも。今、十九世紀末の生活に身を浸して、二十一世紀の生活がどれだけぬるま湯に浸《つ》かっていたのか思い知らされる。たった百年ちょっとの時間で、人の暮らしはとても便利に進化していた。

オイルランプをユーリさんに任せた後も、当然私には仕事がたくさん残っていた。お世話をしなければならないのが、幸い奥様一人だから、なんとか私一人でもやっていけているけれど、正直自分の身の回りのことですら完璧《かんぺき》とは言い難い。

そんな状況なのに、貴婦人である奥様は、着替えやらなにやらを、すべてメイドにやらせるのだ。身の回りの細々としたことまで——そう、机の下に落とした指ぬきを拾うことまで——私を必要とする。

私は鏡に映った自分の顔を見て、相変わらず、ぴょん、と飛び跳ねた癖っ毛に溜息《ためいき》をついた。朝、どんなにしっかり結んだつもりでも、気がつけば必ず我《わ》が儘《まま》に自己主張をしている。まるで私の中の二十一世紀が、最後の抵抗をしている様に。

また溜息を吐きそうになって、いや今は奥様の前だ、とぐっとこらえる。

「ねえアイリーニ。やっぱり、こっちの方が良くないかしら」

シルクのナイトドレスを纏《まと》った奥様が、鏡の前で光沢のあるサッシュを二本手にして言った。横畝《よこうね》織りのと、平織りのと、どちらも色は薄い紫色で、私にはそう違いを感じない。

「どちらでも……素敵だと思いますが……」

「そう？」

けれど奥様には、目下大きな悩みのようだ。奥様の一日はゆっくりと過ぎる。そんな中で日に何度もある着替えの時間は、大事な楽しみの一つのようで、多くないドレスや小物の中から今日の組み合わせを入念に選んで、小一時間私に着替えの手伝いをさせるのだ。

「じゃあ、その代わり手袋はさっきのにしましょう」

「はい、奥様」

朝起きて、ナイトドレスからデイドレスに着替えた後、昼食後はアフタヌーンドレス、時には少し早いが夕方用のコルセットのいらないティーガウンで過ごし、夕食前にイブニングドレスに着替える。ドレスは最低でも一日四着は必要だった。そもそも悩むほどの枚数もない。けれど奥様にとって、この『悩む』というのが大切なことなんだろう。忍従の時は、私には苦行に他ならない。

「では、ドレスはこちらのグレーのフランネルで宜しいですね」

一八九〇年頃のデザインだという、グレーのフランネルのデイドレスは、淡い紫色のタータンチェックの柄が入っていて、所々にビーズ刺繍《ししゆう》が施されている。プリーツにはすべてボーンが入っていて、頑丈な作りだ。たぶん着心地はそんなに良くはないだろう。

着せる方も大変で、十七個もある胸のボタン代わりのかぎホックは、輪の方が下の五つまでは金属製だけれど、残りはすべて糸でU字にかがってあるだけ。ホックをかけるとすぐに切れてしまいそうで、ちまちまと神経質な作業を強いられる。

「奥様……この部屋、薄暗くはありませんか？」

手元の見づらさに、そのうちイライラしてきた。しかも、なんとなく息苦しい気がする。

「そうかしら？」

奥様は気にならないという風に肩をすくめる。だったら、代わりに自分でホックを止めてくれたらいいのに。

それでもそんな不満も、もはや日常的な悲鳴になりつつある。少なくとも私の生活は、時計の針のように規則正しい。それを単調で退屈だという人もいるかもしれない。けれど私は、そういう単調さに安心を覚える人間だ。逆に予定外のことは苦手なのだ。

なんとか着替えを終えた奥様が、昼食のために食堂《ダイニングルーム》に向かう後ろ姿にほっとした。勿論《もちろん》料理を出す準備が待っているので、のんびりはできないけれど。

「窓を開けておきますか？」

「いいわ。また降ってきそうだから」

無性に部屋の空気を入れ換えたかったけれど、確かに窓の外は、晴天とは言えない薄曇りだ。奥様のお食事が終わり次第、早めに庭を何とかしなければ。


六月に入って急に気温が上がったせいか、クレマチスの葉とツルが、あっという間にお屋敷を囲うレンガの塀のてっぺんまで届いていた。ハニーサックルも蕾《つぼみ》が膨らみ始めている。黄色いレンギョウは、もう花の季節を終えてしまった。代わりに生け垣のツツジが、白とピンク色の花を一斉に咲き誇らせている。

奥様は食後のお昼寝をしているので、小一時間は呼び出されることがないだろう。先週、泥だらけの格好で奥様の前に出て不興を買ったばかりなので、私は余計慎重になっていた。庭の掃除に、この裾《すそ》の長いスカートは厄介だ。

さすがに午後のお仕着せで庭仕事はできないので、午前用のプリント地のドレスのまま庭に出た。相変わらず、屈《かが》み仕事にコルセットは優しくない。私は開始五分でこの作業が苦行であることを理解した。尤《もっと》もこのオークブリッジ邸で、楽な仕事はそうそうない。

祖母が庭いじりの好きな人だったので、昔からお手伝いをしていた。私も土をいじるのは嫌いではないし、何より庭が綺麗なのはとても気分の良いことだ。

庭仕事を本格的に習ったことはないけれど、なんとなく覚えた知識を総動員し、まずは新葉が茂りだした薔薇の枝を調べた。先の細くなった蕾を付けない枝を、分け目で切り落とし、虫がいないか調べる。膝《ひざ》を突いて作業していると、すぐ横のラベンダーが爽《さわ》やかな香りを漂わせていた。

「いい香り……」

まだ色が薄く、花の粒も小さい。花が開くには、もうしばらく時間が必要だろうに、既に強い存在感を放つラベンダーの前で深呼吸をすると、黒と黄色の丸々とした蜂《はち》が飛んできた。

必死に蜜《みつ》を集めようとしているんだろうか？　黄色い花粉を後ろ足に付け、一生懸命花を探る、けなげな蜂を愛《いと》おしく眺めた。こんな蜂にすら親近感を感じるなんて、どうかしているし、よっぽど心が疲れているんだろう。もしかしたら、寂しいのかもしれない。

もともとそう社交的じゃない。友人の数も多くないし、騒がしいのも好きじゃない。

だけど地元を離れて、親しい人のいない場所で、ひたすらに気を張って毎日を過ごすことに、閉塞感《へいそくかん》と孤独を感じる。

「ラベンダーを、何に使うの？」

「え？」

「まだ、刈り取るには早いと思うけれど」

不意に背後からユーリさんの声がした。私は振り向かずそのままラベンダーに手を伸ばす。

「そうですね、花が咲いたらリボンで編んでみようかと。クローゼットに入れておくといいと、本に書いてありましたし、枕元《まくらもと》に下げておいてもいいそうです」

「ラベンダー・ファゴットだね。それなら花が開く前の蕾のうちがいいよ。そっちの方が香りがいいから。お祖母様《ばあ》もラベンダーは大好きだからきっと喜ぶし、ガーゼ袋に入れて、入浴剤にしてもいい」

「そうなんですか……？」

なるほど、入浴剤か、今度やってみよう……それにしても妙に気安い口調だった。ユーリさんらしくない。

「あの……」

なんだかおかしい。一瞬、逆光で眩《くら》んだ目を細め、手で視界を守りながら、振り返ってユーリさんを見た。いつもと同じ黒いスーツ……いいや、違う。

「ユーリ、さん？」

「そんなこと、本人が聞いたら、怒って暴れかねないよ」

くすっと、黒いスーツの男性が笑った——ユーリさんじゃない。

「も、申しわけありません！　声が似ていらしたもので、てっきり……っ」

私は慌《あわ》てて立ち上がって、青年に頭を下げた。

上等なスーツ、トップハット。目の前の青年は、いかにも紳士然としていた。それも、オークブリッジ邸に流れる時間の。

奥様のお客様なのだろう。明るい茶色の髪は、くるくる毛先が跳ねていて、ぱっちりとした瞳《ひとみ》は猫のような、そういう茶目っ気というか、憎めなさと抜け目なさを兼ね備えた、不思議な雰囲気を宿していた。

童顔なのだろうか？　一見年齢不詳だ。

「あの——」

「エド！」

『どなたでしょうか？』

その言葉が、怒気を含んだ声にかき消された。

「やあ、遊びに来たよ」

裏口から駆けてきたのは、ユーリさんだった。青年はトップハットをひょい、と上げて、ユーリさんに挨拶《あいさつ》をした。

「来るなら事前に連絡するように言ったじゃないか！　どうしてお前はいつもそんなに急なんだ⁉」

「仕方ないだろ？　さっき、唐突に来たくなったんだよ。三時間前は、まったく興味もなかったんだけどね——それで、お祖母様のお加減は？」

　こんなに動揺しているユーリさんを見たのは初めてだ。そのことには本人も気がついたらしく、彼はスーツの襟を手でシュッと直し、深呼吸を一つした。

「……いつも通りだ」

「いつも通り、叱《しか》られてる？」

『エド』と呼ばれた青年は、ユーリさんの知り合いらしい。気安く話しかける青年に、ユーリさんは憮然《ぶぜん》とした表情を浮かべている。

「あの……」

「ああ、すみませんでした」

　困惑して、おずおずと声をかけた私に、ユーリさんが気がつく。

「私の弟です。本名は別ですが、皆エドワードと呼びます」

「エドワード？」

「幼い頃から、奥様がそう呼んでいるんです。放蕩《ほうとう》なる問題児ですよ。まさにエドワーディアンです」

ヴィクトリア女王崩御の後、王位を継いだエドワード七世のことは、なんとなくしか知らない。ただ彼の短い治世は、厳粛で禁欲的なヴィクトリア朝とは真逆《まぎゃく》の世相だったと、ユーリさんから聞いた覚えがある。

「でも、お二人ともよく似ていらっしゃいますね、一瞬間違えてしまいました」

なんと返していいものか困った私は、無難にそう言った。ユーリさんの方が身長も高く、キリッとしているし、青年の方が華奢《きゃしゃ》で、洗練された雰囲気がある。だのに、どこをどうとは言えないけれど、並んだ二人はよく似ていた。

「はははは」

私の言葉に、青年は声を上げて笑ったけれど、ユーリさんは依然苦虫を嚙《か》み潰《つぶ》したような顔をしている。

でも正直言うと、彼が誰かということよりも、それより彼が何をしに来て、そしてどうするのかが知りたかった。端的に言えば、屋敷に泊まるのか、食事が必要なのかということで、今夜のメニューも奥様の好むシンプルな食事で、正直お客様をおもてなしするメニューにはとても思えない。

「それで、君の名前は？」

親しげな調子で、彼が私に握手を求めてきた。庭仕事をしていた私の手は、土まみれだ。握り返す方が失礼かと戸惑っているとユーリさんが間に割って入ってくれた。

「彼女には仕事があるんだ、邪魔をしてはいけない」

「なんだよ、少しぐらいいいじゃないか。それに、兄さんはここでは『執事』なんだろ？　俺は放蕩息子の役だ。エドワード様と呼びたまえ。きちんと敬意を持って対応してもらわないとね」

露骨にユーリさんの表情が引きつった。

「仰《おつしや》るとおりですね、坊ちゃま。では使用人の仕事に茶々を入れないで下さい。紳士のすることではありません」

えっへんと、胸を張って見せた青年の肩を摑《つか》み、くるっと回らせると、ユーリさんは青年の背中を押す。そのまま彼を正面玄関の方に向かわせるつもりらしい。ただお茶を飲んで帰ってくれるだけならいい、滞在ということになったらどうしよう。焦《あせ》る私の気持ちも露知らず、エドワード様が私に振り返った。

「それで君、名前は？　そのぐらい聞いても罰《ばち》は当たらないだろ？」

首だけ回して、青年が私に問うた。子供みたいな笑顔だ。その無邪気な表情に、私も思わず破顔してしまいそうになる。

「ア……アイリーンと申します、エドワード様」

慌ててぺこり、丁寧にお辞儀をする。

「へえ、兄さんの恋人？」

「違います！」

私とユーリさんの声が綺麗にハモった。しかもかなり食い気味に。自分も同じことを言ったのに、どうしてかムッとして、少し寂しい気持ちになった。

「じゃあ、手を出しても大丈夫だ」

にやりと、またエドワード様が笑った。私は頬が紅潮するのを覚えて俯《うつむ》く。からかわれているのはわかっているけれど。

「エドワード様、それは正しい道から外れた行為ですよ」

「放蕩息子が可愛《かわい》いメイドに手を出すのは、いつの時代もお約束だろ？」

「エド！」

「ははは！　冗談だよ」

エドワード様はさも楽しそうに笑うと、軽い足取りで玄関へと向かった。慌ててユーリさんが追いかけようとする。けれど彼は案内を断った。突然登場して、奥様をびっくりさせたいんだそうだ。

ユーリさんは止めたけれど、結局しぶしぶ私の所に戻ってきた。

「お騒がせして申しわけありません……夕べ話をした時は、興味がないと言っていたんですが」

溜息交じりに、ユーリさんが私に謝罪をする。

「あの……もしかして、お屋敷に滞在されるんですか？」

「どうやらそのつもりのようです……客室の準備をお願いします」

やっぱりだ。嫌な予感が的中して、私の口から溜息が漏れそうになった。

「可能な限り、貴方《あなた》の手を煩《わずら》わせないように努めますが……宜しくお願いします」

口早に言って、ユーリさんは私に少し頭を下げ、そして大きな溜息をついた。私は我慢したのに。けれど普段のポーカーフェイスは何処《どこ》へやら、頭痛を覚えたようにユーリさんが額に手を当てるのを見て、なんだか可哀想《かわいそう》になってしまった。

「仲……宜しくないんですか？」

「私は、兄なので」

ユーリさんは首を横に振り、そして溜息をもう一つ零《こぼ》す。

「あの子ももうすぐ三十歳です。そろそろ落ち着かせたいんですよ。仕事もろくにしていないので」

「働かれていないんですか？」

「ええ、今はね。経済的に親に頼っていないのが唯一《ゆいいつ》の救いですが、時には随分いかがわしい仕事もしているみたいで。お金をある程度貯《た》めては、それがなくなるまで遊び歩いて……ずっとそんなことを繰り返しているんです」

なるほど、それは正しく放蕩息子だ。

「若いうちはそれでもいいでしょうが、年齢を重ねれば、できる仕事も減ってきます。いい加減定職について、生活を整えて欲しいんです。あの子は家庭を持つ方が向いていると思う」

「本当に……心配されているんですね」

てっきり、あまり好いていないとか、そういうことだと思ったのに。ユーリさんの言葉は、どこか端々に優しさを感じさせた。

「そうですね――あの子を嫌える人間はいないんですよ。エドワード七世はその外交の才能から、ピースメーカーの異名を得ていました。我が家で唯一のピースメーカーも彼なんです。当然奥様も、あの子を一番気に入っているんですよ」

一人っ子の私には、なんだか羨《うらや》ましいような、眩《まぶ》しいような――私は胸がぽっと温かくなるのを覚え、無意識に心臓の上に手を押し当てた。

「さあ、お茶の用意をしましょう。お茶菓子に何かありますか？」

不意にパン、と一度自分の太腿《ふともも》を叩《たた》いて、ユーリさんが私に問うた。兄ではなく、使用人という今の立場にスイッチを切り替えるように。私もピン、と背筋が伸びる。

「朝、ティプシーケーキを焼きました」

アーモンドの香りがするケーキに、たっぷりとブランデーを含ませ、カスタードを添える。奥様の大好物だ。共だてなので洗い物が少なくて済むし、多少手際《てぎわ》が悪くても、お酒で随分ごまかせてしまうので、私も気楽に作れるレシピの一つでもある。

ユーリさんが嘆息した。

「よりによって〝千鳥足《ティプシー》〟ケーキですか。あの子にぴったりだ」


こうして、オークブリッジ邸に新しい住人が増えた。エドワード様は当分屋敷に滞在することにしたらしい。

身の回りのお世話はユーリさんがするそうだ。だけど食事や部屋の掃除など、確実にまた私の負担が増えることになった。仕事が増えるのは、嬉しくないことだ。

それでもいいことが一つだけあった。エドワード様の『ご帰宅』を、奥様がとても喜んだことだ。

結局、庭は今日も後回しで、大急ぎで客室を掃除することになった。窓を開けて換気をし、埃《ほこり》を払い、床を箒《ほうき》で掃いてから、ブラシで家具を磨き、ベッドにシーツを敷いて、枕やクッションを膨らませる。それでも一ヶ月で、一連の動作は体に馴染《なじ》みつつある。

エドワード様のお部屋は、奥様のお部屋の真下の、一番大きな客室が割り当てられた。彼のお部屋を用意していると、奥様のお部屋から、二人の会話する声が聞こえる。エドワード様が何かを言って、奥様が声を上げて笑った。軽やかな笑い声だった。

彼が屋敷に来た途端、一気に空気が変わったようだ。なによりも奥様の笑う声を聞いたのは初めてだ。勿論彼女の希望で始まった生活なのだから、覚悟の上かもしれないけれど、もしかしたら奥様も、毎日寂しい思いをされていたんだろうか？——私と同じように。

小一時間で客室を整えると、キッチンに降りた。来客の予定はなかった上に、スミス夫人は明日まで東京に帰省している。お屋敷にある材料でなんとかするしかない。

困っていないと言えば嘘《うそ》になるけれど、さっきユーリさんとすれ違ったとき、「貴方の腕にかかっています」なんて言われたので、頑張らなければ私の沽券《こけん》に関わる。

限られた食材と時間で、急遽《きゆうきよ》用意した料理は、昨日の残りのコンソメスープと、私の得意なポテトスノー、燻製《くんせい》ニシンのバター焼き、チェダーチーズとオリーブとスカリオンのサラダ、イチゴのカスタード添えだ。

ブローターと呼ばれる開いていないニシンの燻製を、網で焼いた後にたっぷりのバターソースで和えたものと、さいの目に切ったチェダーチーズを、刻んだオリーブの酢漬けと小ネギで和えて、塩こしょうで味を整えたもの。

忙しいながらも、なんとか無事完成した料理に、ユーリさんも満足げだった。

今日はエドワード様がいらっしゃるので、普段はユーリさん一人で行う食事の給仕を、私もお手伝いすることになった。奥様が夕食を召し上がる所は見たことがなかったので、とても緊張するし、とても場違いな気持ちになる。

「アイリーンは料理の才能があるんですね、どれも非常に美味《おい》しかったです」

食後、よく冷やしたカスタードをミューズリーの上に載せ、イチゴと粉糖で飾っただけの簡単なお菓子を口に運びながら、エドワード様が私を褒めてくれた。

幸い、料理は及第点ではあったらしい。エドワード様は美味しそうに全部平らげてくれた。お世辞とわかっていても、こそばゆいというか嬉しかった。けれど、

「そうかしら、くどくはなくて？」

スプーンでちびちびとカスタードを舐《な》めながら、奥様が言った。

確かに奥様にバターソースは、少し重かったのかもしれない。いつもは召し上がってくれるニシンを、今日はほとんど残されてしまった。

「まったく、歳《とし》をとった人間には重い料理ばかりですよ」

夕食がさも疲れることだったとでも言うように、奥様が深く息を吐く。

「何を仰るんです。きっと妖精《ようせい》に悪戯《いたずら》をされているんでしょう。鏡をよくご覧になりましたか？　私の目の前にいるのは、花が綻《ほころ》ぶようなお嬢さんですよ」

「馬鹿《ばか》なこと」

見え見えなお世辞だったけれど、奥様は案外まんざらでもなさそうな顔で、頬を微か

に紅潮させる。恥ずかしい言葉を厭味に聞こえさせないのは、エドワード様の特技なのだろうか。

「でも、本当に美味しかったです。ここに来て正解でした」

「そうなの……お前がそう言うなら、そうなのでしょうね」

とうとう自分の負けだというように、奥様が苦笑いした。エドワード様は奥様の一番のお気に入りだと、ユーリさんも言っていた。可愛い孫には、奥様も甘いようだ。

「お祖母様は、この味をお気に召しておられないんですか？」

「……よくやってくれているとは、思っていますよ」

言葉を選ぶように、奥様が言う。私は俯いた。奥様が私の料理に満足していないことは、薄々わかっていたけれど、目の前で聞くのは嬉しいことじゃなかった。

「それはおかしい。こんなにすばらしいコンソメスープを作れるのに、料理が下手なはずがない。それにティプシーケーキも絶妙でした」

そこまで言うと、エドワード様は背もたれに肩肘《かたひじ》を寄りかからせて、ユーリさんに振り返った。

「レシピを用意したのは執事でしょう。彼に任せたのが間違いなんですよ、ユーリは昔から腹さえ膨れればいいという人種だ。アイリーンのせいではありません。彼にきつく言っておきましょう――なあ、ユーリ？」

ユーリさんが片眉《かたまゆ》を上げた。突然自分に飛び火したことに驚いたようだ。

「申しわけございません、今一度レシピを確認いたします」

一瞬戸惑いを見せたものの、すぐにユーリさんが答える。慌てて私が反論しようとすると、エドワード様はパチリとウィンクを投げてきた。全く調子のいい人だ。

「それより、今はもう六月ですよ。こんないい季節に、部屋に閉じこもっていてはいけませんよ」

濁りかけた空気を追い払うように、エドワード様が少し声のトーンを上げた。

「私のような寡婦《かふ》の老女が、釣りも狩りもないでしょう。そもそもまだ半喪服を脱ぐこともできない時期に、娯楽も何もないですよ」

エドワード様の言葉に、奥様は渋い顔で返した。

「ピクニックはどうですか？　そのぐらいはいいでしょう？　アイリーンにお茶の準備を頼んで出かけましょう」

「痛む膝で出かけたって、貴方たちに迷惑をかけるだけです」

「馬に乗るのは？」

「片鞍の付けられる馬が、この近くにいるとは思えません」

エドワード様が考えるそばから、奥様が否定した。でも外へ出た方がいいという提案には、私も賛成だ。奥様は毎日自分の部屋で刺繍をするか、書斎で本を読んだり、書き物をしているばかりで、散歩なんてせいぜい庭を数分歩くだけなのだ。人間は歩かないと、歩けなくなる。母と祖母の看護でそれを思い知った。

とはいえ、お屋敷の外は、『奥様の時代』ではない。私たちにとっては生真面目《きまじめ》で厳粛なルールが、外の世界で滑稽《こっけい》になってしまうのは決して喜ばしいことじゃない。奥様も本当のところは、それを気にしているんじゃないかと思う。

「だったら……せめてここで晩餐会《ばんさんかい》でも開きましょう、身内だけを招待して、小さなものでも」

少し考えた後、ぱっちりと目を輝かせてエドワード様が言った。

「身内だけと言っても、来るのはお前ぐらいですよ、エズミはまだフランスから帰っていないのでしょう？」

奥様が眉間に皺を刻む。エズミ。聞いたことのない名前にユーリさんを見ると、彼は声に出さずに、唇だけで『妹です』と言った。

「大丈夫です。お祖母様と気の合いそうな、私の知人を招待しますよ。ダンスパーティは無理でも、客人を招くぐらいはしませんと。いつまでも一人で屋敷に籠《こ》もっていては、人間嫌《ミザントロープ》いや社交下手の噂《うわさ》が立ちますよ」

「…………」

奥様はたっぷり一分以上は黙ったまま、悩むように自分の頬に片手をあてていたけれど、やがてユーリさんと私を見た。

「できるかしら？」

「ご希望とあらば」

ユーリさんがそう言って頭を下げたので、私もすぐに真似《まね》た。浮かべた笑顔の端が引きつってしまったのは、その『晩餐会』というものに、どんな用意が必要なのかわからなかったからだ。

「では、晩餐会を開くことにしましょう。ユーリ、準備をお願いします」

余計な仕事が、また増えないといいけれど……そんな私の不安は的中し、私はすぐにエドワード様の脳天気な提案を、呪《のろ》うことになった。


せっかく仕事に慣れ始めていた体が、エドワード様の出現で、また逆戻りしたみたいに感じる。まだ彼がここに来て三日しか経っていないのに、私はすっかり辟易《へきえき》してしまっていた。

キッチンの作業台に上半身をうつぶせに預け、大きな溜息を洩らした。こうしていると、腰や胸が少し楽なのだ。遅い時間まで働いていると、コルセットが窮屈で、苦しくなってきてしまう。

「ああ、もう！」

気がつけば焦げる寸前になっていたビスケットを、オーブンから取り出してケーキクーラーに移していたら、床にうっかり二つ落とし、私は心からそう毒づいた。

ほろほろと崩れ、無残に散らばったビスケットを見下ろしているうちに、私は苛立《いらだ》ちを通り越して泣きそうになってしまった。

せめて料理人だけでも見つかればいいのに——こんなことで悲しくなるのは、たぶん疲れているせいだ。段々色々なことに我慢ができなくなってしまっている。

とにかく時間がなかった。

結果的に削られていくのは睡眠時間だった。頭の奥に鈍い痛みが広がって、集中力が続かず、小さなミスを繰り返す自分に、更に苛立つ。ユーリさんは他の使用人を探してくれている様子だけれど、どうやらなかなか見つからないようだ。正直私も期待はできないと思っている。

「……つっ！」

焼きたて熱々のビスケットは、慌てて拾い上げようとする私の指先を容赦なく焦がし、また、あっけなく零れ落ちてしまう。

「大変そうだね」

不意にそんな声がかけられる。一瞬ユーリさんと間違えそうになる、よく似た声色

——こみ上げた怒りに、心が昂《たか》ぶる。いったい誰のせい？

「ご用でしたら、ベルを鳴らして下さったら宜しかったのに。お茶ですか？　お酒でしたら、私ではなくユーリさんにお願いします」

涙が出ないように、ぎゅっと瞼《まぶた》に手の甲を押しつけると、彼とは目を合わせないよう、俯いて言った。

「別に、用があったわけじゃないよ、ただちょっと退屈になったんだ」

「申しわけありません、私は仕事がありますので……」

仕事を増やしてくれた怒りは横に置いたとしても、人懐《ひとなつ》っこい笑顔で距離を縮めてくるエドワード様は、私の苦手なタイプだ。私は落とした分は諦《あきら》めて、無事なビスケットを慎重にクーラーの上に並べ終えると、新たにパイを作る準備を始めた。嫌いなわけではないにせよ、彼にはあまり関わりたくない。

「兄貴に何か言われた？　俺が問題児だって？」

「…………」

私は返事をしなかった。

「親に言わせれば、IT企業の社長も変わらないよ。父のように弁護士にならなかった時点で、どちらも期待ハズレの不肖息子だ。両親にとって、弁護士か、医者か、政治家以外はみんな恥ずかしい仕事だ。どっちもどっちなんだよ」

少なくとも仕事に責任を持っているユーリさんと、遊び歩いているエドワード様だったら、ユーリさんの方に軍配が上がると思う。

でもそれを口にするわけにもいかず、私はパイ作りに集中するフリをした。フィリング用にシロップ漬けのチェリー瓶の蓋《ふた》を開けようとしたけれど、蓋が堅くて開かない。

「手伝おう」

「いけません」

エドワード様が伸ばしてきた手を、拒む。私の仕事だ。

「誰も君を咎《とが》めやしないさ。ここは本当に十九世紀なわけじゃないんだ」

さらりと言われたその言葉が、私の心にチクリと刺さる。

「…………」

私は唇を結んで、瓶をしぶしぶエドワード様に手渡す。彼が手に力を入れた。骨張った手の甲の、青い血管が震える——と、キュポッと音を立てて、瓶詰めチェリーが屈した。

「少しは頼もしい所を、君にアピールできているといいんだけどね」

「……ありがとうございました」

私が苦笑いすると、彼は駄賃だと言って瓶に指を突っ込み、チェリーを一粒自分の口の中に放り込んだ。本当に子供みたいな人だ。

私が作業に戻ると、エドワード様は茶々を入れてくるようなことはなかったけれど、作業台の上に腰を下ろして、私をずっと見ていた。

なんとなく監視されているようでやりにくいし、沈黙は沈黙で気が重い。

「……お屋敷にいらした夜……庇《かば》って下さってありがとうございました」

仕方ないので、私は紅茶を淹《い》れてビスケットを皿に盛ると、エドワード様の隣に置いてそう言った。

「本当のことなんだ、兄貴は昔から味音痴なんだよ。じゃがいもだけ食べてれば機嫌がいい人だ」

思わず吹き出してしまいそうになった。確かにユーリさんの好物は本当に、ポテトスノーにポテトケーキ、ジャケットポテトといった、じゃがいもをそのまま楽しめる料理ばかりだ。

北海道らしい芋餅《いももち》や揚げ芋を作って出したなら、さぞ喜ぶことだろう。

「料理は好き？」

「嫌いじゃありません。お掃除とはまた違って、はっきりと喜んでくれる姿を拝見できるから、やりがいがあります……けど」

「けど？」

「家事は料理だけではないので、本当はもう少し、いろいろなことをしたいです。私、なんでも綺麗に整えたいんです」

　特に奥様は埃ひとつない生活を求めている。

「まだやり方を上手《うま》く飲み込めていないせいもありますが、今は色々なことが不十分で、中途半端《はんぱ》なんです。こういうの、私すごい嫌なんです」

「……怒ってる？」

「何がですか？」

「晩餐会のこと、余計なことを言ったと、兄貴も怒っていたからね」

　私は答える代わりに肩をすくめて見せた。

「そうかなあ。楽しいと思うんだけど」

「……パーティなんて、憂鬱《ゆううつ》なだけです」

「俺はワクワクしてるよ」

「それは、坊ちゃまは楽しむだけなんですから、そうでしょうとも！」

　返した言葉に、思わずトゲが生えてしまった。強い語尾にエドワード様は苦笑した。

「……君も、物事を楽しむのが下手なんだね」

「え？」

　不意にエドワード様が言った。

「ここでの生活は、楽しいと思えない？」

「……どうして、思えると？」

「君だって、興味がまったくなかったら、こんな仕事を受けたりしないだろ？　この先君の人生で、今と同じ体験をできる機会があるかな？」

ソーサーを揃《そろ》えた膝の上に置き、紅茶を一口飲んだ後、エドワード様は返事を待つように、じっと私を見た。でも答えは返せなかった。彼が何を言いたいかわかったからだ。

「考えてもみなよ、君が嫌々続けているこの生活ができるのはほんのちょっとの間なんだ。中には人生で最初で最後の出来事もあるはずだよ。貴重な体験だ。誰でもできるわけじゃない」

でも、そういった喜びは、所詮《しょせん》余裕がある人にしか享受《きょうじゅ》できないものだ。

「言いたいことはわかります……でも、今の私に、楽しんでいるゆとりはないんです」

私だって、確かに全くこの生活に、興味がないとは言えなかった。時代が違っても、やることはそう変わらないと思ったし、自分になら上手くやれると思ってもいた。

きっと、私一人で働いていなかったら、仕事が少なかったら、もっと笑うこともできたはずだ。

でも、現実はそこまで優しくなかった。何もかも想定外で、奥様とはお世辞にも上手く行っているとは思えない。

「私一人では、手に負えないことばかりなんです。窒息してしまいそう」

「Non si può avere il dolce senza l'amaro だよ」

「ノン……？」

「苦みなくして、甘さはない。イタリアの格言だよ。誰が言ったのかは知らないけど。喜びには時として痛みが伴うんだよ。俺は酔いつぶれた翌日、いつもそのことを痛感してる」

「……お酒は、控えられた方が良い人生を送れると思いますけれど」

変なことを言ったつもりはなかった。なのに彼は声を上げて笑った。この人は、本当に楽しそうに笑う。羨ましいぐらいに。

「自分のための人生だよ。自分自身で楽しまなきゃ、誰も人生の責任なんて取ってくれないんだよ。だからお祖母様は、自分でこのお屋敷で、貴婦人としての生活を作ることにしたんだ。せっかくだから、君も苦しまずに楽しんだ方がいい」

「でも！」

「でも？」

エドワード様が、優しく私に聞き返した。

「でも私……奥様に叱られてばかりです。きっと奥様も後悔されていると思うし、私自身もしています。必死に頑張っても、いつも足りなくて、満足してもらえなくて……だからきっと、奥様は私のことがお嫌いです。失望されていると思います」

「失望しているのは、『奥様』じゃなくて、『私』なんじゃないのかい？　アイリーン」

「……え？」

「私が、だ」

「…………」

　どきり、胸に鋭い痛みが走った気がした。動揺に、指先が震える。

「どんなに君が好意を寄せても、君はお祖母様の友達にはなれないよ。『奥様』は階級を重んじるから、そこに失望するのはお門違いだ。人の心は鏡だよ。嫌えばお互いに離れていく。お祖母様を……嫌わないで欲しいな、彼女はただ、自分を幸せにする努力をしているだけなんだ」

「私は別に……」

　反論しようとした私に、人差し指を立てて、黙るように示した。自分の話を聞けと言うのだ。

「友達になろうなんて、不遜《ふそん》なことだよ——だけどね、使用人と主人は、友達にはなれなくても、家族になることはできる。だって同じ家で暮らしているんだからね」

「……家族？」

　すーっと体の中で熱くなっていた何かが冷えていく気がした。

　奥様をお迎えする前の夜を思い出す。流れ星に願ったお願い事を。

いいメイドになって、彼女の人生を締めくくるべき、素敵な思い出を作るために、その協力をしようと、私は誓ったはずだ。

　誰かの本当の幸いのための、その手伝いをできる機会は、実はそう多くない。母と祖母の死で、私はそう学んだはずだ。後悔してからでは遅いのだ。祖母の力になりたいと考える、ユーリさんの力になりたいと、そう考えていた自分は何処へ行ったのだろう？

　一ヶ月の間で、すっかり当たり前になった、この裾の長いスカートの重み。この重さと一緒に、私は自分の存在の重さも自覚していたはずだ。どうして何もかも苦痛に思えるほど、意固地になっていたんだろう？

　ちり一つない床と、ピカピカのドアノブ、金色に光る鍋《なべ》――そういったものにばかり、私は心を移してしまっていた。

　叱られないこと、完璧に仕事をこなすこと。でも本当に大事なのは、そこに暮らす人が、心地良い我が家で毎日を過ごせることだ。私はメイドの仕事や自尊心を守ることばかりに気を取られて、一番大切なことを見失ってしまったらしい。

「でも……好きになったからって、相手も好きになってくれるとは限りません」

　いつの間にかそんな風に心強《こわ》ばっていた自分を認めるのが嫌で、私はわざと彼にそう口答えした。エドワード様がニヤリと笑う。

「それはそうだね、それが人の心の難しい所だ……確かに、君は俺の気持ちにまったく応えてくれないね、アイリーン」

エドワード様の飲み終わった紅茶を片付けようとしていた私は、彼の言葉に危うくティーカップを落としそうになった。

からかわれているとわかっていても、リアクションに困った私を救ったのは、使用人用ホールから響くベルの音だ。

「残念、女王陛下のお呼びだ」

エドワード様が大げさに溜息《ためいき》をつく。ユーリさんなら直接来るだろう、だから鳴らしているのは奥様だ。もう夜の十一時を過ぎているのに、まだ起きているらしい。

「あの……ありがとうございました、エドワード様」

私はエドワード様に深くお辞儀をすると、スカートの裾を翻《ひるがえ》し、緑羅紗扉《グリーンベーズドア》を目指して駆けだした。


てっきり奥様の部屋かと思ったら、奥様がいらっしゃるのは書斎の方だった。

「ここに何冊かあった本を知らない？　間にメモが挟んであったと思うのだけれど」

奥様は困ったように、探し物で乱雑になった机の前で、溜息をついた。

「本はこちらです。でも、メモは挟んでありませんでした。ただ、あの……もしゴミ箱に入っていたメモでしたら、念のためこちらに残しておきました」

私はそう答え、奥様の向かう机の引き出しをそっと引く。ゴミをすぐに捨てないという大手ホテルのサービスをTVで知って以来、心がけていたことだった。

「そうよ、これだわ。うっかり捨ててしまっていたのね」

ほっとした奥様の表情を見ているうちに、じわじわと暖かい感情が、私の胸に広がっていくのを覚えた。そんな私の目に、刺繡《ししゅう》の図案を纏《まと》めた本が入る。表紙の桃色がかった白い薔薇《ばら》が、ランプの光に輝いていた。

「あの……奥様は……花は、何がお好きでしょうか。寝室に花があると、もう少し華やかになると思うんです」

「……そうですね、やっぱり薔薇が一番好きだわ。あと、花弁の小さな花も好きよ」

少し考えたように、奥様は一呼吸置いてから、私の質問に答えた。

「それでしたらスズランはいかがでしょうか？　庭に今、丁度咲いているんです。それと……まだ起きていらっしゃるなら、紅茶をお淹れしましょうか？」

「そうね……でも眠れなくならないかしら」

時計を見ながら、奥様が言う。

「では少し薄めに……あと……ブランデーを振りかけた角砂糖もご用意します」

「そう言うなら、お願いするわ」

「すぐにお持ちします」

人の心は鏡――。
運んでいった紅茶は、薄めどころか薄すぎて、これではただの色水だと怒られてしまった。それでも寝室に飾ったスズランを喜んで、奥様は翌日の夜、可憐《かれん》なスズラン模様が細工された、古めかしい懐中時計を私にくれた。

一週間お屋敷を引っかき回したエドワード様は、来た時と同じ唐突さで、八日目の朝、食事の席で急に「今日帰る」と言い出した。ユーリさんも札幌に戻る朝だったので、二人で帰れば丁度いいという話になったらしい。

私はといえば、せっかく今夜用意するつもりだったローストチキンを、どうやって奥様と二人で食べきろうか悩んでしまった。下ごしらえも済んでいるので、今更変更はできそうにない。

でも、ここ数日のぐずついた天気が嘘《うそ》のように、青空が広がった今日は、車で二時間少々移動する二人にも丁度いいドライブ日和《びより》になった。

「あの、奥様」

「……なんですか？」

「明日からまた天気が崩れてしまうそうです。久しぶりに晴れているうちに、お庭を散歩されませんか？　道はそんなによくありませんが、シバザクラがとても綺麗《きれい》ですよ」

奥様と二人でエドワード様たちを送り出すと、私はお屋敷に戻りかけた奥様をそう誘った。

「でも、ドレスの裾《すそ》が汚れてしまうわ」

「泥ぐらいなら大丈夫です。私がきちんと綺麗にいたしますよ。その分夕食のメニューが一品減るだけです」

私の言葉に、奥様が顔を顰《しか》める。

「冗談です、このぐらいへいちゃらです。でも今日は坊ちゃまにお出しする予定だった、ローストチキンが丸ごとあるので、当分は三食チキンで我慢して下さい」

奥様は眉間《みけん》に深い皺《しわ》を刻んだものの、実際の所、一番の心配はチキンよりドレスのことだったらしい。奥様は胸元をそっと押さえて、裾の長いシルクのドレスを見下ろした。

「ドレスよりも奥様のお体の方が大切です。散歩は健康にいいですよ？　でも転んで足を痛めないようにして下さい。まだぬかるんでいる所があるので」

天気はいいけれど、風は少し冷たい。急いで奥様のショールを持ってきて、結局そのまま奥様と一緒に散歩を少しした。私が屋敷に戻ろうとすると、奥様が一瞬残念そうな顔をしたからだ――勿論、私の思い違いかもしれないけれど。

会話はなかった。奥様に寄り添うように、小一時間庭を歩いた。遠くでウグイスと、知らない小鳥が朗らかに鳴いている声がする。奥様は、フリンジ咲きのピンク色のチューリップを、随分お気に召したようだった。花を眺める奥様を見て、私は祖母の入院中、二人で病院の庭を散歩した時のことを、不意に思い出した。

「あの……寒くありませんか？　そろそろお屋敷に戻ってお茶にしますか？」

「大丈夫よ。お前は随分心配性なのね……それとも、早く仕事に戻りたいのかしら」

「いえ……そういうわけでは……」

「でもそうね、そろそろ戻りましょうか。晩餐会のメニューも打ち合わせなければね」

奥様とは朝のお食事の後、いつも必ず夕食の献立を打ち合わせする。今日はエドワード様の旅立ちでバタバタしてしまったので、彼を送り出してから今夜の献立と、二週間後に控えた晩餐会のメニューを打ち合わせようと言っていたのだ。

「そうですね……あの、戻るならこちらの方が歩きやすそうです。そちらはまだ土が軟らかいので」

そう言うと奥様は、私に微笑《ほほえ》んで、「そうね、ありがとう」と言ってくれた。奥様を玄関まで見送ってから、私はチューリップを数本手折って、大急ぎで裏口に走った。

奥様は着替えをすませると、ゆっくりとお茶を召し上がった。その間に泥の付いてしまったドレスの裾を洗う。どうやら土には、少し油が含まれていたらしい。これは根気よく戦わなければならなさそうだ。

やがてまた奥様が私を呼ぶベルを鳴らした。

「これでお願いできるかしら」

奥様は書斎に移られていた。晩餐会の献立が決まったらしい。

「拝見します」

奥様の書いた献立表を見ながら、私に作れるか、材料が手に入るかといった確認をして、修正を加えていくことになった。

・ウミガメのスープ
・ウズラの熱パイ
・魚のルラード　ピカント・ソース添え
・豚の頭のロースト
・マンチェスター・プディング
・フルーツタルト
・ソルベかアイスクリーム
・スティルトンチーズ

「…………」

思わず声が出なかった。品数が多いことはある程度は覚悟していたけれど、これを私一人で作るというのは、さすがに現実的じゃない。幸いスミス夫人も人手がいるなら……と言ってくれているし、ここは彼女にも協力してもらうしかなさそうだ。

豚の頭のローストも本で見たことがある。豚の頭を丸々使って、そのままお客様に供する料理なので、インパクトは大きいだろう。作る方も心身共に消耗してしまいそうだ。

でも、何よりも私を動揺させたのは、豚の頭ではなかった。

「……ウミガメ？　ウミガメって、カメ、ですか？」

「ええ、ウミガメのスープよ。これだけは絶対に用意して欲しいの」

「は……わ、わかりました」

強く言われたので、思わず頷《うなず》いて、私はキッチンに戻った。

「ウミガメ……ウミガメ⁉」

何度自問自答しても、答えは同じ、ウミガメだ。

ウミガメなんて料理したことも、食べたこともない……というか、食べられるのだろうか？　私は丁度食材を届けに来てくれたスミス夫人に、晩餐会のメニューが決まったこと、手伝ってもらえたら嬉《うれ》しいというお願いをした。彼女は快く引き受けてくれたけれど、彼女も頭を悩ませたのは、やっぱりウミガメの存在だった。

「ウミガメは……ちょっと難しいわね」

「でも、奥様が絶対に用意して欲しいって」

「うーん……色々と当たってみようと思うけれど、時間はそんなにないのよね？」

「二週間後です」

このお屋敷に招待できるお客様も限られているし、既に招待状も発送してしまっているそうだ。できなかった、では済まされない。

「そもそもウミガメって食べていい物なんでしょうか？」

私はずっと胸に引っかかっていた疑問を口にした。

「……そうよね、ウミガメって確か絶滅危惧《きぐ》種だものね。とりあえず……調べてすぐに連絡するわ。もう本当に時間がないものね」

「宜《よろ》しくお願いします」

「でも、なんだかわくわくするわね」

ぺこりとお辞儀をした私に、スミス夫人がうふふ、と笑って言った。エドワード様の、楽しめという言葉が私の胸を過《よ》ぎる。

確かに私も、ホームパーティのお手伝いは何度か経験があるけれど、こんな晩餐会は生まれて初めてだ。だけど今から不安がいっぱいで、残念ながら私はわくわくはできそうにない。何より、ウミガメは、手に入るんだろうか？

「ウミガメのスープ……」

私は無理難題に頭を抱え、肺が空っぽになるほど深い息を吐き出した。

数日後、晩餐会で必要な物など一通りの準備を揃え、ユーリさんが戻ってきた。

彼の荷物には奥様の晩餐会用のドレスもあって、その夜、早速奥様と衣装合わせをした。

十九世紀後半のデザインという黒いサテンのドレスは、たっぷりと生地を使っていて、普段奥様がお召しになるドレスよりもずっと豪華だった。

「料理の準備はどう？　進んでいる？」

「はい……きつくありませんか？」

「大丈夫よ。もっと、締めていいわ」

コルセットをきりきりと締めながら、私はそれ以上、料理の件について触れて欲しくなかったので、話題を着替えの方に移すことにした。

「こんなに締めてしまって、体に悪くないでしょうか？」

「そう、いう……時代、よ……ッ」

限界まで息を吐いて、お腹《なか》を引っ込めた奥様のコルセットを締め上げる。サテンのリボンの紐《ひも》は滑ってよく締まるのだ。引っ張る私の手が真っ白になるほどきつく。

コルセットを締め終え浅く息をする奥様に、やっぱり不安になりながらも、私は奥様のドレスを纏うお手伝いをした。

シルクの柔らかな手触りや、繊細なチュールの滑る音に、私もつい気分が昂る。女の子はやっぱりお姫様が好きなのだろう。私も幼い頃は、ドレスを着たお人形を着せ替えするのが大好きだった。

胸のホックを止め終え、フリルを整える。

気取らないお食事会というスタンスで、また奥様が年配の既婚女性ということもあって、露出は少なく、まだ喪の明けないためか黒と紫色のドレスだ。旦那様《だんな》を亡《な》くされて二年経《た》っていない今、奥様に纏うことの許された色は、黒と紫と灰色だけだった。

だけど、奥様のドレスは、華やかな色でなくとも十分表情豊かで美しかった。黒いシフォン生地の下に、紫色のシルクタフタが重ねられている。特に後ろ側はボリュームがあって、裾まわりの幾重ものひだが、とても豪華だ。

「お綺麗です」

思わず素直な感想が、唇から洩れた。

「そうかしら、少し顔が暗く見えなくて？」

「そんなことないと思いますが……」

確かに明るい雰囲気ではないかもしれない。けれど奥様によく似合っているように思う。

「仕方ないわね、今は半喪服の時期だもの。それに明るい色を着る年齢でもないわ」

奥様はそう独りごち、大きな鏡で全身を確認していた。コルセットのせいもあるだろうが、奥様は少し痩《や》せた。食事に気をつけなければ……とぼんやり思った。

「アイリーニ」

「はい、奥様」

「晩餐会、楽しみにしているわ。タルトはプラムがいいわね。プラムはまだ時期が早い？」

「確認してみますが、手に入りやすいのはイチゴとサクランボです。スミス夫人が地物のイチゴが小粒だけど美味しいと」

「それなら、イチゴはソルベがいいわ」

また話題が料理に戻ってしまったので、私はウミガメの話題が出る前に部屋を出た。晩餐会まで、あと一週間ちょっとしかない。焦《あせ》りが私をジリジリと苛立たせる。

ユーリさんが調べてくれたことには、小笠原《おがさわら》諸島でアオウミガメを食べる習慣はあるそうだ。食用のカメがいないわけじゃないと知ってほっとした。けれど六月は産卵期にあたり、残念なことに禁漁なんだそうだ。

それでももしかしたら、冷凍したカメの肉が手に入るかもしれないと、淡い期待を込めて、私はスミス夫人からの連絡を待った。

けれど翌日の彼女からの報告にも、やはり落胆するしかなかったのだ。他の食材はなんとか手配できたけれど、結局どうしてもウミガメは手に入れられなかったという。

「そうでしたか……」

「あ、でもね、諦めるには早いと思うの」

「え？」

「ウミガメは無理でも、スッポンならどうかしら？」

「……スッポン？」

「ええ。シェフをやっていた友人に相談したの。なんとかならないかなって。そうしたらウミガメは無理でも、スッポンだったら美味しいスープを作れるんじゃないかって」

なるほど。確かにウミガメではないけれど、スッポンも美味しい食材として有名だし、大きく分類すればたぶん同じ、どっちもカメはカメだ。

「でも……私、スッポンは料理したことないです」

「そうよね。だから私ね、明後日彼女と一緒にここに来るわ。スッポンも手に入っていると思うし」

「本当ですか!?」

「ええ。スミス夫人は、転んでもタダでは起きないのが信条なのよ」

フフフ、スミス夫人が不敵に笑った。彼女の機転のお陰で、どうやらなんとかなりそうだ。

正直、カメなんて手に入れても料理する自信もなく、プロの料理人が手伝ってくれるというのも、とても心強い。

お客様はこちらに気を遣ってくれたのか、結局オークブリッジ邸に泊まっては行かないことになった。晩餐会の後、運転手が迎えに来るらしい。

お陰で客室の準備等、予定していた仕事が随分減った。屋敷を飾る花も、当日の朝には届くことになっている。となると、やっぱり問題なのは料理だ。私が晩餐会の成功の鍵《かぎ》を握ることになる。

荷が重い……そんな不安な気持ちの私の元に、二日後スミス夫人と、藤井《ふじい》さんという女性がやってきた。スミス夫人の同級生で、二年前まで本州で飲食店を経営していたらしい。

父方の実家がこちらの方でなじみ深く、スミス夫人もいることから、こちらに移住してきたんだそうだ。ユーリさんに、彼女が料理の指導に来てくれたことを伝えると、彼女には『ミセス・ウィスタリア』という名前が与えられた。

まだ結婚されていないそうなので、ミセス？　と一瞬みんな思ったけれど、この場合けれど。
のミセスは、既婚かどうかではなく、女性への敬称なのだそうだ。もしもこの先お屋敷にメイドが増えて、私が女性使用人の総指揮を務める、ハウスキーパーの地位に就いたなら、私でもミセス・メイディになるらしい。尤《もっと》もこの先メイドが増えるとは思えないけれど。

さすがスミス夫人の友人だけあって、ミセス・ウィスタリアは、お屋敷に対してとても好意的な理解を示してくれた。それなら当日も手伝ってくれたら……と思ったけれど、残念ながら本当に指導に来てくれただけらしい。

スッポンの捌《さば》き方、料理の仕方については教えるけれど、直接調理はしたくないというのが彼女の希望だ。はっきり最初に宣言されてしまったので、しつこくお願いはできない。

スッポンを調理するのは生まれて初めてだった。しかもてっきり、死んだスッポンが運ばれてくるのかと思ったけれど、おがくずが敷かれた木箱に入っていたスッポンは、ピンピンもぞもぞ、元気に生きて動いている。

スミス夫人に鶏の捌き方は習ったし、実際に一度やらせてもらったけれど、普段平気で食べている鶏を改めて自分の手で肉にする行為は、ショッキングだったことを思い出す。元気な姿を見ると余計に辛《つら》い。魚ぐらいなら平気だけれど、生きて歩いている姿を見てしまうと、途端に一滴の血に重みを感じる。

頭を落とす瞬間の感触は特に、一生慣れたりできないように思った。できることなら二度としたくない。我ながらずるいことだと思うけれど。

足を動かすスッポンを逆さまにして、血抜きをしていると、いつの間にかやってきていたユーリさんが、興味深い様子でのぞき込んできて驚いた。男の人は、血が苦手だとよく聞くのに。

「これ、飲めるんですか？」

唐突にユーリさんが聞いてきた。

「飲みたかったら、度数の高いお酒で薄めてどうぞ、すぐに固まってくるから」

どうやら、彼はスッポンの血の方に興味があったようだ。ミセス・ウィスタリアに言われて、スミス夫人と二人で、どろっとした血を焼酎《しょうちゅう》で割って飲んでいた。味はともかく、飲むと喉《のど》と胃がきゅーっと熱くなるという。

飲んだ後、ユーリさんはなんだかいつもより饒舌《じょうぜつ》だった。どうも彼はお酒に強くないらしい。普段はきっちりとした彼が、珍しく襟元を緩め、料理している私を興味津々《しんしん》に見ている姿に、笑いがこみ上げてきた。

そんな彼の相手はスミス夫人に任せ、私はスッポンのスープの作り方を習った。ミセス・ウィスタリアはとても教えるのが上手い。

そうして、私の懐中時計が午前一時を過ぎた頃、スープができあがった。

味見をすると、四人ともすぐに言葉にはできないぐらい美味しかった。あっさりしたものを好まれる奥様が喜ばれるよう、すっきりとしつつ、うま味がにじむスープは、一匙《さじ》ごとに体に滋養が行き渡り、活力が満ちるような、そんな力強さも感じる。

これなら奥様もきっと気に入ってくれるだろう。いや、気に入らないはずがない。それでも念のため、明日のお昼に奥様に味見をしてもらおうということになった。

「ねえ、やっぱり、当日も手伝ってくれない？　作るところまでさ——ねえ？　そっちの方が安心よね」

スミス夫人が、ミセス・ウィスタリアに言った。後半は私に。私は激しく頷いた。けれどミセス・ウィスタリアの表情が、途端に曇る。

「……私、もう他人に料理はしないって決めたの、貴方《あなた》、知ってるでしょう？」

手元にあった布巾《ふきん》を、きゅっときつく握りしめながら、ミセス・ウィスタリアが言った。低い、押し殺したような声で。

「そうだけど……」

「せめて、あの……もし宜しければ、他のレシピもアドバイスしていただけませんか？」

遅い時間だし、彼女も早く帰りたいだろうと思ったけれど、でもこんなチャンスは他にないかもしれない。無理を承知で、ここまで甘えたついでにお願いしてみる。

「そんな……十九世紀の料理のことなんて、さすがにわからないわよ」

そう言いつつも、彼女は私の差し出した料理のリストとそのレシピを、とても真剣に見てくれた。

その上で、使うのを牛脂ではなく発酵バターに変更したり、分量を増減したり、ハーブを足したり、下《した》ごしらえの手順を増やしたり、メニューが美味しくなるように、あれこれ細かい改善点を挙げてくれた。やっぱり、本職の人は違う。

「でも……そんな風にレシピを変えて平気でしょうか？」

「レシピに正解なんてないでしょう、きっと当時も色々な作り方をしていたと思うわ。ああ、あと豚の頭のローストよりも鹿《しか》のローストにしてはどう？　せっかくジビエの鹿が手に入る北海道なんだから。お客様だって豚の顔よりも喜ばれるはずよ」

「それは奥様に確認してみないと……」

「確かに豚の頭はインパクトがあるし、美味しいとは思うけど。でも気味が悪くて食べたくない方がいたら申しわけないでしょう。お客様が断れない、気弱な方だったら可哀《かわい》想《そう》だわ。料理はね、食べる人の立場に立って考えて――」

そこまで言うと、不意にミセス・ウィスタリアは黙り込んだ。奇妙な沈黙だった。

「あの……どうかなさいましたか？」

「やだ！　もう二時になっちゃう。ねえ送っていってくれる？　私、飲んじゃったからハンドル握れないわ」

スミス夫人がやや唐突にミセス・ウィスタリアにそう言った。結局なんだかよくわからないまま、二人は慌《あわ》ただしく帰って行ったので、私は、彼女が何か気を悪くしたのだろうかと、少し不安になった。

ユーリさんはその後、慣れない手つきで調理器具の片付けを手伝ってくれた。酔っている彼は、随分と気前がいい。

眠れそうにないというので、手伝ってくれた御礼も兼ねて、作ったばかりのラベンダー・ファゴットをプレゼントした。きっといい夢が見られるだろう。

でも私自身は明日、スープを奥様に食べてもらうのがとにかく不安で、結局ほとんど寝られなかった。


翌日、奥様にさっそくメニューの変更のお伺いを立てた。ミセス・ウィスタリアの指南どおりに豚を鹿にしてはどうかと説明をすると、奥様は納得し、すぐに了承してくれた。スープのことはまだ秘密にした。味見で喜ばせたいから。

スミス夫人にユーリさんを通じて電話で連絡を取り、食材の変更確定を伝えると、丁度彼女はこれからこちらへ来る所だったという。結局ミセス・ウィスタリアも、スミス夫人の農園に泊まっていったそうだ。

「奥様、スープの味見をしていただけませんか？」

奥様の部屋を訪ね、そうお願いすると、ソファで刺繍をしていた奥様は、少し驚いたように眉を上げた後「いいでしょう」と仰《おっしゃ》った。

「ウミガメのスープです」

恭《うやうや》しく、スープカップの蓋を開け、トレイごと差し出す。

「……これは？」

スプーンを手に、奥様はスープを覗《のぞ》き込んで、更に怪訝《けげん》そうに片眉を上げた。

「私が代わってご説明します」

そう言って、前にミセス・ウィスタリアが出てきてくれた。コックだと説明すると、奥様は渋々といった調子で頷いた。

「まあいいわ、説明するなら早くして頂戴《ちょうだい》」

奥様がせかす。

「アオウミガメは禁漁期間で手に入らないので、代わりにスッポンをご用意しました。奥様はコンソメがお好きということだったので、コンソメをベースに昆布と少量の醤油《しょうゆ》で味を調えています」

滔々《とうとう》とミセス・ウィスタリアが説明する。奥様はずっと黙って聞いていた。

「ウミガメのスープでは、マディラやドライシェリーを使っているようでしたが、今回はより相性のいい焼酎を使用しました。スッポンに合わせ、産地の同じ鹿児島の芋焼酎を使っています。風味付けに、召し上がる直前に、擦った柚子《ゆず》の皮を軽く振ってお召し上がり下さい」

淀《よど》みない説明に聞き惚《ほ》れていた私は、ミセス・ウィスタリアの説明の後、奥様がスプーンを手に取るのを待った。

「……奥様？」

けれど奥様は、いつまで待っても一向にスープに口を付けてくれない。

「それで、ウミガメのスープはどうしたの？」

「……はい？」

「味を見て欲しいと言ったのではなくて？」

思わずミセス・ウィスタリアと、きょとんと顔を見合わせた。

「あの……？　ですから、これを……」

「これはウミガメのスープではないわ」

奥様はそうきっぱりと言って、トレイを私に返してきた。

「で、でもウミガメは手に入らないんです。奥様、ないものはできません。だからその代わり、スッポンで代用して、ウィスタリアさんがもっと美味しいスープにして下さったんです」

「そうです。それにウミガメは、イルカやクジラと同様に、お客様によっては抵抗感を示されます。メニューも全体的にこってりとしていますし、スープだけでもお客様に馴《な》染《じ》み深い味にするのが、真心というものではありませんか？」

　二人でそう口々に説明したけれど、奥様は澄ました顔のまま、スープを頑強に拒否する。けんもほろろとはこのことだろう。

「もう一度言うわ、これはウミガメのスープではありません」

「でも奥様！」

「お前に発言は許していませんよアイリーニ、いいから早くこれを下げて頂戴」

「そんな……せっかくウィスタリアさんが作ってくれたんですよ!?　スミス夫人が、仕入れてくれたスッポンだって、天然の、特別なものなんです！　なのに！」

　せめて一口だけでも食べて欲しい、そうすれば、このスープの美味《おい》しさがわかるはずだ。必死に食い下がる私に、奥様は大きく溜息をついた。

「……アイリーニ、貴方はよくわかってくれているのだと思っていたわ。私が食べたいのは、ウミガメのスープよ。美味しいスッポンのスープではないの」

　奥様はそう言うと、ベルを鳴らしてユーリさんを呼ぶ。

「他の物では意味がないのよ、私にとって、美味しいスッポンの料理では意味がないの。苦労してくれたことには感謝しましょう、でもこれは、私が頼んだスープとは違う物よ」

「いい加減にして下さい！　一口も手を付けないで、どうしてそんな酷《ひど》いことを言うんですか!?　いくらなんでも横暴すぎます！」

とうとう私は我慢できなくなって、奥様に向かってそう声を荒らげた。怒られるとわかっていたけれど、これだけはどうしても譲れない。

「そこまでウミガメに拘《こだわ》る必要が、いったいどこにあるっていうんですか！　本当に十九世紀じゃないんだから、まったく同じにはできっこないです！　私たちは偽物《にせもの》なんですよ!?」

「そうよ！　偽物だからよ！」

とうとう奥様も、声を荒らげて立ち上がった。

「私が偽物だから、私は本物に拘らなくてはならないの！　でなければ、ただの遊びになってしまうわ！　私にとってこの屋敷は遊びではないのよ!!」

振動でサイドテーブルがぐらつき、ティーカップが落ちる。リッジウェイの薔薇が、カーペットの上で溜息のように割れる。

「でも……ッ！」

「アイリーン！　控えなさい！」

駆けつけたユーリさんが、私の両肩を摑《つか》んだ。

「でも！」

けれどユーリさんは反論を許さない眼差《まなざ》しで私を見て、首を横に振った。

「下がりなさい。後で話しましょう」

彼は厳しい声でそう言うと、私を奥様の部屋から押し出し、ドアを閉めてしまった。

悔しくて、悔しくてたまらなかった。

ミセス・ウィスタリアはきゅっと唇をきつく結んで、トレイを手に歩き出す。彼女を追いかけるようにキッチンに戻ると、スミス夫人が期待に満ちた眼差しで私たちを見て——そして、よくない雰囲気に、一転表情を曇らせる。

「喜んでいただけなかったの？」

「一口も……飲んでくれませんでした」

「え⁉　どうして⁉」

スミス夫人の問いかけに、こらえていたものが、一気に瓦解《がかい》してしまった。

ぶわっと涙が瞳《ひとみ》の奥から溢れてくる。悔しくて、悔しくて、本当に我慢ができなかったのだ。

「せっかく、お力をお貸し下さったのに、申しわけありません、藤井さん」

私は深く頭を下げ、ミセス・ウィスタリアに謝罪した。

エドワード様が思い出させてくれた、『良いメイドになりたい』と思う自分。やっとなんとなく奥様との距離が近づいてきた気がしていたのに。なのにたった一杯のスープのせいで、また私と奥様の関係は冷たいものに戻ってしまった。

唯一《ゆいいつ》の救いは、ミセス・ウィスタリアが機嫌を損ねはしなかったことだ。尤も、随分と彼女も落胆していたようだから、申しわけない気持ちで胸が一杯になった。

どうすることもできないまま、時間だけが無情に過ぎていく。私は焦燥感に駆られながら、晩餐会《ばんさんかい》のメニューのピカント・ソースを試作することにした。

料理は楽しい。初めて作る料理は、特に楽しくて仕方がない、はずなのに、溜息が止まらない。

「三回目だ。僕がここに来てから」

「え？」

不意に頭上から、そんな声がかけられる。

「溜息だよ。三回目。五分かそこらで三回だ」

そう笑って言ったのは、エドワード様だった。食堂に繋《つな》がる階段《ステアケース》の半ばほどに、腰かけている。また事前の報《しら》せもなく、お屋敷に戻ってきたらしい。本当に困った人だ。

でも、今日はなんとなく、その笑顔が嬉しい。

「ユーリから聞いたよ。お祖母様《ばあ》とやり合ったんだって？」

ニヤッと笑って、彼は言った。

「…………」

私は俯《うつむ》いて、答えることを拒んだ。エドワード様はずかずかとキッチンに降りてきたかと思うと、勝手に木べらを手にして、ソースの味を見る。

「少し……こしょうがキツすぎるかな。それから白ワインよりも、ワインビネガーに変更して、少し酸味を加えてやった方が、お祖母様は喜ぶと思うよ」

エシャロットと白ワイン、ピクルスと香草、そしてこしょうを利《き》かせたピカント・ソース。確かにビネガーに変更しても美味しいだろう。

「あ……ありがとうございます」

「でも俺にはこのぐらいが丁度いいから、明日はこれで、カレイでも焼いてくれる？」

そうしっかりとフォローしてくれる彼の優しさが胸に染みた。奥様に怒られた私を、ユーリさんは更に叱《しか》ることはなかったけれど、庇《かば》ってもくれなかった。じわっと、泣きそうになる。

「……美味しい、スープだったんですよ」

私は負けず嫌いだ。なによりエドワード様の前で泣くのは嫌だったので、ぎゅっと我慢して、涙はこぼさなかった。

「それもユーリから聞いたよ。だけどお祖母様の仰ることももっともだ。美味しくても、それは十九世紀じゃない。ルール違反だ」

ルール。オークブリッジ邸で、まるで魔法の呪文《じゅもん》のように繰り返される言葉。

「息が詰まりそうです。ルールばっかりで」

「仕方ないさ、ルールがあるからこそ、人は生きていけるからね」

「エドワード様がそんな風に仰るとは意外です。ユーリさんならわかりますが……」

本当に意外だったのが半分と、貴方に言われたくないという、厭味《いやみ》と苛立ちが半分。自分でも思った以上に、不機嫌さが声に出てしまった。けれどエドワード様は、そんな私ですらおかしくてたまらないというように、声を上げて笑った。馬鹿《ばか》にされているはずなのに、不思議と厭味な感じがしない、屈託ない笑い声だった。

「ルールは大事さ！　ルールがなければ、自由は存在しないよ。ルールを破るからこそ、人は自由になれるんだよ。元に型がなければ、型破りにもなれやしない」

「それは……それじゃあ、まるっきり破ることが前提じゃありませんか」

思わず、私まで怒りを忘れて吹き出しそうになった。

「そうだよ。駄目なことだからしたいのさ。例えばこんな風に、親しげに使用人と話すとかね」

悪戯《いたずら》っぽい微笑みを浮かべたまま、エドワード様が言う。緑羅紗扉の内側、階下《ダウンステアーズ》、使用人たちの息づく場所。

私は、キッチンを見渡した。木製の調理器具に鋳物《いもの》のお菓子型、洗う物に合わせて、笑ってしまうぐらいに何種類もあるブラシやモップたち、金色に輝く鍋に映る、黒いお仕着せから汚れてもいいコットンドレスに着替えた、メイドの私——真っ白いシャツに、上質のトラウザーズを穿《は》いた坊ちゃまが、決して足を踏み入れてはいけない場所。

「……申しわけございません」

私が悪いわけじゃない。悪いのは勝手にここに来るエドワード様だ。だけど今日は、彼が私を慰めるために、ここに降りてきてくれたことがわかったので、頭を垂れた。

「お祖母様は気むずかしいけれど、理由もなしにかんしゃくを起こすような、感情的な人じゃないからね。彼女が怒った理由を、もう一度よく考えてみたらいいと思うよ」

そこまで言うと、エドワード様が私に一冊の本を手渡してきた。外国の本だ。エプロンドレスの少女が描かれている。

「Alice's Adventures in Wonderland……不思議の国のアリス、ですか？」

「さっき、一番にお祖母様の顔色を窺《うかが》いに行ったら、君にこれを渡して欲しいって」

「奥様が？」

驚いて瞬《まばた》きをする私に、エドワード様が「ほら、受け取って」と、本を突き出した。エプロンで手を拭《ふ》いて、おずおずと受け取る。

真っ黒い表紙に、金色の文字で書かれたタイトル……高級感のあるその本は、新しいものではなく角が少し傷《いた》んでいて、かなり読まれた痕跡《こんせき》がある。だからこそ、それが大切にされているものだとわかった。これを、奥様が私に？

「あの……本当に頂いて宜しいのでしょうか？」

「頂いて宜しくない物を、メイドに下げ渡したりしないよ。ドレスの泥汚れを綺麗にしたご褒美《ほうび》だってさ。直接渡そうと思ったけど、君が眉間に皺を寄せて、目を三角にしているから、言えなかったって」

エドワード様が眉間にわざと皺を寄せてみせたので、思わず私の眉間にも皺が寄ってしまった。そんな顔してませんと言いたかったけれど、スッポンのスープの一件以来、奥様のお世話をしている時の私の目は、確かに笑ってはいない。

「でも奥様だって、ずっと怒っていらっしゃって……」

「当たり前だ。どうして主人がメイドの機嫌を伺わなきゃいけないんだ？　それは本来君たちの仕事だ。主人の機嫌を伺い、心地良い生活を整えるのがメイドの務めだろ？」

ぴしゃりと彼が言ったので、私は視線を落とした。どうして私がそこまで？　という気持ちはゼロじゃない。けれど、私が今いる世界は、そういうルールで動いている。

「……仰る通りです。奥様とエドワード様のお手を煩《わずら》わせてしまって、申しわけありませんでした」

私はまた、『良いメイド』じゃなかった。不条理なことでも飲み込んで従うのが、今の私のあるべき姿だ。たぶん心の真ん中で湧《わ》き上がる不満だとか、そう感じる気持ちを抱えた上で、主人に従わなければならない。そういう配役の人間なのだ。

私はエドワード様に深く頭を下げた。そうしなければならなかったから。

「俺はいいんだよ。自分でそうしたいんだから。でも――ユーリに告げ口されて、叱られたくなかったら、今度モックチェリーパイを作って欲しいな。この前のチェリーパイも美味しかったけど」

「そんな風に脅迫されなくても、パイでしたらレシピと材料があればお作りします」

再びにこっと笑った彼につられて、私の口元にも笑みがこぼれた。優しい人だ。窮屈な毎日のせいか、ことさらにそれが嬉しくて、ほっとする。

エドワード様が出て行った後、静かになったキッチンで、奥様から頂いた本を開いた。英語で書かれているので、ほとんど読めない。けれど『不思議の国のアリス』はよく知っている、私にとって大切な物語だ。以前の派遣先、とても気のいいご一家の坊ちゃんが、私の誕生日に贈ってくれたのが、『不思議の国のアリス』の仕掛け絵本だった。

私が大好きなシーンはHatter《帽子屋》とMarch Hare《三月ウサギ》、Dormouse《眠りネズミ》のお茶会と、Mock Turtle《カメマガイ》とGryphon《グリフォン》とが、ロブスターのカドリールを踊るシーンだ。挿絵だけ見て、私はページを指で優しくなぞった。

書かれている内容は、なんとなくわかるのに、だけど読めない歯がゆさは、私の毎日に少し似ている気がする。どうしなければいけないかわかっているのに、その通りに動けない、メイドになりきれない私――。

『私が偽物だから、私は本物に拘らなくてはならない』

奥様の矜持《きょうじ》はよくわかった。本物に拘りたいお気持ちも。だけどウミガメは手に入れられない。奥様の願いは叶《かな》えられない。

奥様も同じような歯がゆさを抱えられているのだろうか？

怒られたことは悔しかったし、スープを食べてもらえないのは悲しかった。ミセス・ウィスタリアにも申しわけなかった。だけど今は、奥様を完璧《かんぺき》な貴婦人にしてさしあげられない、自分がなによりも悔しい。

きゅっと唇を噛《か》むと、本の上に涙が落ちて、まあるい染みを一つつくった。

朝一番に、淹《い》れ立ての熱い紅茶を持って、奥様を起こす。奥様はビスケットと、ユーリさんがきっちりアイロンをかけて、パリパリになった新聞を、ゆっくりと読んで朝の時間を過ごすのだ。奥様の一日は紅茶で始まる。

始めは新聞紙にアイロンをかけるのに驚いた。ユーリさんは毎朝、鋳鉄《ちゅうてつ》の塊をよく熱してから、専用の箱形のアイロンの中に入れ、地元の新聞紙に丁寧にアイロンをかける。当時はインクで主人の手を汚さないためだったというけれど、今はもう、慣習という意味合いしかない。

それでもオークブリッジ邸では、そうしなければならないのだ――本物であるために。

「昨夜の夕食、奥様は珍しくすべて召し上がっていましたよ」

使用人の朝食の時間、用意したポテトパンケーキと厚切りのベーコン、フルーツのコンポートを食べていると、ユーリさんがポツリと言った。

モッチリとした生地に、ナツメグの風味が心地よいポテトパンケーキは、ユーリさんだけでなく私もお気に入りで、スミス農園の主人、スミス氏お手製の塩辛いベーコンととても相性がいい。

フルーツのコンポートは、ドライフルーツの杏《あんず》とイチジクを一晩水に浸して戻し、シナモンスティックと一緒にとろ火で煮たもので、ドライフルーツ特有の蠱惑《こわく》的な香りと、ねっとり濃厚な味わいがある。

最近やっとこの食生活にも慣れてきたおかげで、私の料理の腕は格段に上がった。奥様も、一度に召し上がる量は少ないものの、一口だけしか食べずに下げる……ということは、今ではほとんどない。

「中でもローリー・ポーリー・プディングは、随分お気に召しておいでででした」

ローリー・ポーリー・プディング。このなんだか可愛《かわい》らしい名前のデザートは、バターと小麦粉と牛乳を練った生地で、レーズンを巻いて蒸し、カスタードソースに浸して食べる。

一見ロールケーキのようだけれど、生地自体はスコーンに似たどっしり、ほろほろしたものだ。シナモンとドライフルーツの酸味と、甘さを控えたカスタードの相性が絶妙で、満足感のあるお菓子だった。

「実はエドワード様が作るといいと仰って。ヒゲのサム？　だからって」

このレシピは、もともとエドワード様が教えてくれたものなのだ。

「ああ、『ひげのサムエルのおはなし』ですね。そういう本があるんですよ。子供の頃、私も読んでもらいました。逃げ出した子猫のトムが、年寄りネズミに摑《つか》まって、猫巻き団子にされてしまうんです」

「その猫巻き団子が、ローリー・ポーリー・プディングなんですか？」

「ピーターラビットのベアトリクス・ポターの作品です。実際にヴィクトリア朝にもあったお菓子か、微妙な所ではありますが」

ユーリさんが頷《うなず》いた。でも猫巻き団子なんて！　つまり、絵本の中で、巻かれたのはレーズンではなく子猫だったのだろう。

「それで……トムは無事だったんですか？」

子供向けのお話だろうけれど、ピーターラビットのお父さんだって、ミートパイにされてしまったのだ。日本の昔話でも、かちかち山のおばあさんはお鍋《なべ》にされてしまっている。子供のためのお話が、穏やかなものとは限らない。私は子猫の未来を案じた。

「そうですね……結末を安易に話すのは躊躇《ため》われますし、その代わり今度本を持って来て差し上げますよ」

なのにユーリさんは、答えをはぐらかすようにそう言った。

「メイドが、執事に本を頂くのはルール違反にならないんでしょうか」

思わず尋ねると、彼は鼻を鳴らした。もしかしたら「そのくらい」と、笑われたのかもしれない。

「なんにせよ、私たち兄弟にとっても特別思い入れのあるお菓子です。作ってくれてありがとうございました。特にエドは、よくピアノのレッスンをサボって隠れては、お祖母《ばあ》様に猫巻き団子にされても知らないと、叱《しか》られていたんですよ」

それはエドワード様らしい。思わず微笑《ほほえ》んだ。

「ユーリさんもピアノを？」

「いいえ、私はヴァイオリンです。でもあまり身につかず、中学の頃にはやめてしまいましたがね。部活のバスケの方が楽しかったので。エドは今でも上手に弾きますよ」

そこまで言うと、ユーリさんは〝しまった〟という顔をした。自分のことを話すつもりはなかったのか、それとも『中学』や『バスケットボール部』という、十九世紀らしからぬ言葉を発してしまったからだろうか。

でも私にしてみれば、良いことを聞いてしまった。

「今度お二人の演奏をお聴きしたいです」

「それは私ではなく、エドワード様にお願いして下さい。私の演奏は聞けたものではありません。これは謙遜《けんそん》ではなく、事実です」

真顔で彼が言った。酷《ひど》い演奏で困り顔のユーリさんを見てみたい気もするけれど。

「メイドから、そのようなことをお願いしても良いのですか？」

「それは……貴方《あなた》と坊ちゃまの間のことですから。それに広間《サルーン》のピアノも、たまには弾いてやらなければ、ここまで運んだ輸送費と、調律費が無駄になってしまいます。仕事に支障がないようなら、執事は知らないフリをしておきましょう」

そこで私は、ユーリさんが妙に優しいことに気がついた。お褒めの言葉、プレゼント、ピアノの許可――いつも厳しい、彼らしくない気がする。

「あの……もしかして、心配して下さっていますか？」

「……少し」

彼の目をまっすぐ見た。少し明るい色の、茶色い瞳《ひとみ》。一瞬間を置いてから、ユーリさんはその目を細めた。

「………………」

目をそらすように俯《うつむ》いてしまった私は、食べかけのポテトパンケーキをフォークでつつきながら、なんて返事をしたらいいのか迷った。謝るべきだろうか、御礼を言えばいいんだろうか。

「メイドの管理をするのは、女性上級使用人《ハウスキーパー》の役割ですが、オークブリッジにハウスキーパーが存在しない以上、女性使用人といえどしっかり管理をするのが私の仕事です。ここの所の貴方には、気勢を感じません」

「気勢、ですか？」

「はい。今までは何を失敗しても、貴方からは意気に燃えるような力強さを感じました。ですがここ数日、まるで魂が抜けてしまったようです。エドワード様も随分心配されています」

また返事ができなかった。自分でもここ数日、無力感に囚《とら》われていることには気がついている。でもそれは、仕事が嫌なのではなく、自分自身への苛立《いらだ》ちが原因だ。

正確には、ウミガメのスープを用意できないでいるのに、無情に流れていく時間に、どうしていいかわからなくて怖いのだ。考えたくない。なのに晩餐会まで、もう五日しかない。

「あの……大丈夫です。そこまで、落ち込んでません。ただどうやってスープを用意したらいいか……。それに、スミス夫人たちにも申しわけなくて……」

スミス夫人は、あんなことがあった後も、今まで通りに接してくれている。でも心の中も同じだとは思えない。それにミセス・ウィスタリアの、別れ際《ぎわ》のガッカリした顔が、目の前をチラついて離れない。

エドワード様の発案で、催されることになった晩餐会。奥様が指定したメニューは、『ウミガメのスープ』だった。だけどそもそも、材料のウミガメが手に入らない。

困った私に助け船を出してくれたのはスミス夫人で、彼女は自分の知り合いだという、料理人の女性を紹介してくれた。ミセス・ウィスタリア——すらっと背が高く、きびきびとした身のこなしが素敵な、大人の女性だ。太めの眉《まゆ》が、意志の強さを顕《あらわ》しているような彼女は、ウミガメのスープの代わりに、素晴らしい出来映えの、スッポンのスープを私に作らせてくれた。

でもそのスッポンのスープを前にして、奥様はスプーンを手に取ってても下さらなかった。どんなに美味《おい》しくとも、それは十九世紀英国で作られた、ウミガメのスープではないからだ。

頑《かたく》なに拒まれてしまったスープのことを、ミセス・ウィスタリアは怒らなかった。奥様の横暴とも言える言動にも。その代わり本当に、酷く沈痛な面持ちで金色のスープを見つめていた。震える瞳で。あんなにも美味しくなるよう、そして奥様の滋養と健康まで考えて、スープを作る指導をしてくれた、彼女の真剣な横顔を思い出す。

人に責められるのは嫌だ、怖い。だけど怒って然《しか》るべき人が、それを態度に表してくれないのは、もっと辛い。悲しい顔をさせてしまったのに。

「スミス夫人は、オークブリッジに理解を寄せてくれています。ミセス・ウィスタリアのことは心配しなくていいと、そう仰《おつしや》って下さったので、貴方が心を痛める必要はありません」

「でも……」

「ウミガメの肉は、なんとか手に入れられないか、私も手を尽くしています。こればかりは貴方の問題ではありません。だから気にしないで、今まで通りできる作業をして下さい」

私の問題ではない――でも、本当にそうだろうか？　だったら奥様は、どうしてそんな難題を私に押しつけるんだろう？　奥様は『ウミガメのスープでなければ駄目』だと、断言している。私たちは偽物だからこそ、用意する日々の暮らしは本物でなくては駄目なのだ。それが奥様の矜持《きようじ》だった。

「………」

私は彼に返事をしないまま、フォークを動かした。納得できなかったからだ。結局スープが用意できなかった時、怒られたり失望されるのは、ユーリさんではなく私だろう。

それならいっそ、もうここを辞めさせてもらった方がいいんじゃないだろうか？　そんな考えが、じわじわと胸を蝕《むしば》んでいく。

「ところでアイリーン。明日は、何か予定が？」

「はい？」

「どういう風に過ごすおつもりですか」

「予定……はないですけど、特に用事もありませんし、普通に仕事をしようかと思って」

明日、一ヶ月半ぶりに丸一日お休みをもらった。晩餐会が近いのに休んでいる場合かとも思うけれど、このお休みは以前から予定されていたものだ。奥様は主治医の定期的な診察を受けるため、明日札幌に帰られて、翌日の午後までお戻りにならない。

だからその間に私も明日は終日仕事を免除された。だけどここで休ませてもらったところで、どうやって自分の時間を楽しめるだろう？　せいぜいいつもより少し家事の手を抜いて、繕い物などの座ってできる仕事をのんびりやろうとか、その程度のことしか考えられない。

「だったら、少し出かけませんか？」

「はい？」

「近場ですが」

「それは……二人で、ですか？」

「はい。午前中、二人で」

「…………」

ユーリさんと、休みの日まで顔を合わせるのは気詰まりで、正直面倒くさい。でもそんなことは口にできないし、彼なりに気を遣ってくれているんだろう。もしかしたら、私が辞めたいと思い始めていることにも、彼は気がついているのかもしれない。

断るのも角が立つので、私は控えめに頷いた。

「じゃあ……少し、だけなら」

答えると、彼はもう話は済んだというように、本来の作法に則《のっと》り無言で食事を終えて席を立った。しようと思っていた繕い物は、今夜中に終わらせなければいけないと、私はこっそり溜息《ためいき》を洩《も》らした。

翌日、奥様は朝からエドワード様と札幌に向かった。オークブリッジ風に言うなら、札幌の街はロンドンというところでしょうか？　とユーリさんに訊《たず》ねると、彼もなるほどと頷いて、この日から札幌という街は、私たちの中の隠語でロンドンと呼ばれるようになった。

奥様がいなくても、お屋敷の掃除を丸々サボるわけにはいかない。だけど私はいつもより手早く、必要な部屋の掃除だけ終わらせた。水曜日の仕事、使わない客室の掃除も今日はお休みだ。どのみち土曜日の朝、つまりは晩餐会の日の早朝に、お客様のための部屋は綺麗《きれい》に整えなければならない。

階段《ステアケース》の手すりを磨いていると、通りかかったユーリさんが、「もうすぐ終わりますか?」とアイコンタクトで訊ねてきたので、私は頷いた。今日はもう、ここを磨いて終わりの予定だ。

彼も自分の仕事を終えたのか、左手でタイを外しながら、屋根裏までつながる使用人用の階段に向かった。後ろ姿を見ながらなんとなく不思議な気持ちになった。こんな風に、男性と目線だけで申し合わせるなんてこと、たぶん生まれて初めてだ。なんだか気恥ずかしい。

でもオークブリッジでは沈黙が尊ばれる。中でもとりわけて階上《アップステアーズ》では。そういえば、いつも私たちはこんな風に、目で会話しているようにも思う。たとえば彼が満足しているのか、それとも苛立っているのか。私は彼のまなざしに、それをいつも窺《うかが》ってきた。

二十一世紀では、感情を表すのは悪じゃない。直接言葉にしなくても、SNSで表現する方法もある。でもこのオークブリッジで必要なのは、まなざしや吐息や、後ろ姿でお互いの気持ちを知る方法だ。考えてみれば、とっても原始的で当たり前のことなのに、私は今までそういうことを、随分ないがしろにして生きてきた気がする。

掃除を終えて部屋に戻る。外に出るので、服装は二十一世紀のものにと言われた。ベッドの下の古めかしいカバンの中から、自分の服を取り出す。顔を押しつけると、甘い柔軟剤の香りがした。オークブリッジには存在しない、強くて薬くさい臭《にお》いに思えた。

ベッドの上に着替えを一式用意して、ホットウォーター・ジャグ・カンに持ってきたお湯で体を拭《ふ》く。髪は夕べ時間をかけて、丁寧に洗った。でも逆にごわごわっとしてしまっていて、結局外でも髪を結っていなければダメだろう。解いたら収拾がつかないぐらい、ボサボサに違いない。

コルセットを外すのも、最近は寝るときだけだったので、二十一世紀の下着が妙に心《こころ》許《もと》なく感じた。覆《おお》う部分が少ないし、妙に柔らかく、肌に吸い付く。脱いだコルセットは私の体の形に歪《ゆが》んでいた。でも形を変えたのはコルセットだけではなくて、私の体も同じだった。ここに来たときのジーンズを穿《は》くと、ウエストがびっくりするほど緩くなっていた。

ただ胸は逆だ。最近コルセットで盛り上げられていたので、なんとなく自信に満ちた気持ちになっていたのに、正直者の動きやすいスポーツブラは、私の性格以上に控えめな胸を改めて思い出させてくれた。真実は時に無情なものだ。

二十一世紀は服も靴も軽い。重力まで変わってしまったような気持ちがする。私は白いチュニックとジーンズ、スニーカーという、ここに来た時と同じ服装で、オークブリッジ邸の使用人用玄関を出た。

ユーリさんは、普段とそう変わった印象のないスーツ姿だった。なんとなく自分の服装に気後れを感じたけれど、他に着替えはないので仕方がない。

「どうしました？」

彼のミニクーパーに乗り込み、席に着きながら胸元を押さえていると、不思議そうにユーリさんが私を見た。

「いえ、コルセットがないと、なんだか不思議な感じで」

やっぱり落ち着かない気分で、屋敷に戻ってコルセットをつけてきたいと思った。

「本当は時々外した方がいいと思います。腹筋が落ちるので」

「そうなんですか？」

「動かさない部分は特に落ちていきます。ボーンに支えられることに、体が頼ってしまうんでしょう。屋敷では大きな声もださないですし、毎日トレーニングをしたほうがいいかもしれませんね」

「トレーニング、ですか」

「はい。体幹を鍛えるだけでずいぶん変わりますよ」

つまり、夜寝る前に腹筋をするとか、そういうことなのだろうけれど、正直その時間があったら一分でも長く休みたい。

目的地は、特に言ってもらえなかった。彼は黙ったまま車を走らせた。来たときはまだ春が残っていた東川の町は、一月半ほどですっかり季節を夏に変えている。青々とした緑が繁《しげ》り、ドライブが楽しく思えてきた。

窓を開け、暖かい土のにおいのする風の香りを嗅《か》ぎながら、来た時には見なかった大きな川や、橋を飾る銅像を眺めたり、川岸でパークゴルフをやっているお年寄りや、農作業の始まった畑を見ていると、いらだちや不安が慰められた。

やがて車は隣の東神楽町《ひがしかぐらちょう》に入り、背の高い木々に囲まれた、まっすぐ青空へ登っていくようなアップダウンの多い農道を進み、開けた場所へとたどり着いた。急に景色が近代的に変わり、青空ににょっきりと丸い建造物が姿を現す。

「あれ、何なんですか？」

「二次監視レーダーですね」

「二次……？」

「信号を送り合い、航空機の識別情報や、位置情報を取得する……」

「…………」

難しい言葉が返ってきて、私は思わずポカンとした。

「ええと、つまり飛行機を安全に離着陸させるための装置です」

「飛行機?」

ユーリさんが頷いた。よく見れば、目の前には小さな飛行場が広がっていた。「旭川空港です」と彼が短く言う。

「空港に行くんですか?」

「いいえ、貴方が行きたいなら別ですが」

思わずほっとした。飛行機を見たくないと思ったのだ。飛行場は現代を強く意識させた。なぜだかとても不愉快だった。あたたかい夢から急に嫌な現実に引き戻されたような、そんなザラッとした不快感が、私を不安にさせる。

車は空港のすぐ向かいの、小高い丘で停められた。小さなカフェのようなお店があって、中に入るとそこはジェラート屋だった。

スミス夫人が勧めてくれたというお店は、平日のまだ午前中だというのに、私たち以外にもお客がいる。私たちはそれぞれ好みのジェラートを二つ盛りにしてもらって、車に戻った。私は抹茶とティラミス、ユーリさんはブラッドオレンジとハスカップだ。彼のも美味しそうだったけれど、一口味見させて欲しいとお願いできるほど、私たちは気安い関係じゃない。

ジェラートは柔らかに口の中でほどける。久しぶりに味わう、自分以外の誰かが作ってくれた、甘くて気取らなくて、やさしいたべもの——冷たいのに、不思議と胸の中が暖かくなった。

「甘い物って……和みますね」

「そうですか」

「……美味しい」

言葉がしみじみと、胸の底から溢《あふ》れた。美味しい、甘い、美味しい——ジェラートが体中に染《し》み渡る。胸の奥で凝り固まっていた所にまで。

不意に涙がこみ上げてきた。悲しいわけではないのに。かといって泣きたいほど嬉《うれ》しかったわけでもない。なのに、自分でもよくわからない涙が、熱くなった瞳の奥から次々に溢れ出してきた。

ユーリさんは驚いた様子で、どうしたんですか？　と、運転席でまごついていた。それはそうだ、アイスを食べて突然泣き出したのだから、何が何だかわからないだろう。でも私にも、どうして涙が出てくるのかわからなかった。

「そ……そんなに美味しいなら、私のも食べますか？」

彼の食べかけのジェラートが突き出される。オレンジと赤紫色のジェラートを、彼は溶けて垂れてしまわないように、几帳面《きちょうめん》に縁から掬《すく》って食べていた。ジェラートに残るスプーンの筋を眺めているうちに、今度は泣き出した自分がおかしくて、ふつふつと笑いがこみ上げてきた。

「あ……あの……」

「すみません、なんだか……私、ちょっと疲れてたみたいで……」

笑いをこらえながら、彼に答える。自分でも困惑するほど情緒不安定になっていることが、情けないし申しわけなくなる。

「ごめんなさい……もう、落ち着きました」

「そうですか」

彼はジェラートを私に強引に渡すと、ふっと窓の外に視線を向け、ハンドルを長い中指と薬指で、神経質そうにトントンと叩《たた》いていた。

「あの……怒ってますか？」

「俺がですか？」

普段よりぞんざいな口調が返ってきた。

「本当にすみませんでした」

「いや……怒ってはいませんが、泣かれてしまうと、どうすればいいのかわからない」

心底困ったような、絞り出すような声でユーリさんが言う。確かにそうだろう、私が彼の立場でもそうだ。彼の不器用な優しさには、共感を覚える。

「美味しいって……単純なのに凄《すご》いことですね」

った。

思う物を。食べるということが、こんなにもダイレクトに心に響くなんて、思ってなか

素直にそう思った。奥様にも美味しい物を食べてほしい。大好きな物を、食べたいと

ムをお出ししたいです。もっと美味しい物も、たくさん」

「十九世紀でも、アイスクリームやソルベは作れますよね？　奥様にも、アイスクリー

「はあ……」

ウミガメのスープを、どうにかして作ってあげたい。奥様に。

今回の晩餐会に間に合わせるのは無理かもしれない。いや、たぶん無理だと思う。だ

けどいつか絶対に。私はそれまで、お屋敷を辞めるわけにはいかないと思い直した。

「食べ物って不思議です。美味しいってことが、こんなにまっすぐに心に刺さるなんて、

知りませんでした」

「じゃあ、ついでに今日は昼食も外で食べていきましょう。何が好きですか？」

「食べたばかりなのに、また食べるんですか？」

「私のジェラートは、貴方の手にありますからね」

ユーリさんは、私の右手のジェラートを指さした。

「あの……お返しします」

「いいです。運転しにくいですし」

両手にジェラートなんて、どこの食いしん坊だ。でももらったジェラートを一口食べると、甘酸《あまず》っぱく、私のとはまた全く違う美味しさで、思わず『美味しい』を連呼してしまう。ユーリさんは安心したのか、緊張を解いた様子でハンドルを握った。いつもの澄ました表情だ。

「愛川《あいかわ》さんは、何が好きですか？　せっかくですし、普段のオークブリッジでは食べられない物で」

お屋敷の外にいるのだから、愛川さんと呼ばれる方が、恥ずかしくなくていい。わかっているのに、彼が私をアイリーンと呼ばないことに違和感を覚えた。コルセットを締めていないことも、ズボンを穿いていることも。

どうしてだろう？　お屋敷の外にいるのに、とても強くオークブリッジ邸を感じる。辞めたいと、心のどこかで思っていたはずなのに、今は無性にオークブリッジに帰りたかった。

「なんでもいいです。お屋敷に帰って、私が何か作ってもいいですし」

「その答えは面白くない。それに今日は省ける手間は省きましょう。貴方は自分が考えている以上に、疲れていると思います。休める時にきちんと休むのが体調管理というものです」

ユーリさんらしい、厳しい口調が返ってきた。確かに外で済ませてしまえば、料理の手間も、洗い物もしないで済む。つや出しに使う酢の酸っぱい匂《にお》いの中で、鍋を金色に磨かなくてもいい。

「じゃあ……ラーメンが食べたいです。あとおにぎりとか……白いご飯とお味噌汁《みそしる》が恋しいです」

二十一世紀の日本を離れて、何が一番恋しかったかと言えばラーメンだ。オークブリッジ邸からほど遠いメニュー。そしておにぎりだ。お漬け物に、紅鮭《べにざけ》か、昔ながらの梅干しのおにぎり。

ユーリさんは私の希望通り、東川の道の駅のそばのラーメン屋に連れて行ってくれた。昼時だけあって、少し待つことになったけれど、その分出てきたラーメンと顔を合わせた時の喜びはひとしおだ。

私は味噌ラーメンを頼んだ。黄色い中太の縮れ麺《めん》の上に、たっぷり豚バラ肉と野菜がのっていて、なかなかのボリュームだった。ユーリさんは炒飯《チャーハン》を頼んでいた。たぶん育ちの良さそうなユーリさんに、ラーメン屋は不似合いかと思ったけれど、彼は『ラーメン屋さんの炒飯』が大好きなんだそうだ。どうやらお互い大満足の昼食になった。

ラーメン屋の帰りに、そのまま道の駅に寄った。初めて東川に来た時にも寄った場所だ。その時には、ただの見知らぬ『絵』でしかなかった、壁の大きな東川の地図が、今はもう少し身近に感じる。

地図の一番上、クラフト街道のそば――ここに、オークブリッジ。

「明日のお茶請けも買っていきましょうか」

「いいんですか？」

「このぐらいは、大目に見ていただきましょう」

道の駅では、東川在住のアーティストたちが作った、様々な木工細工、織物、陶芸作品と、農家の人たちが作った野菜や乳製品、お豆腐やお漬け物、ジャムなどを販売していた。

他にも、地元のパン屋の天然酵母で焼いたというパンや焼き菓子が売りに出されている。

「あ、じゃがいものスコーンですよ、ユーリさん。これお好きじゃありません？」

「じゃあ、これも」

勧めると、彼は自分の分だと言って、ドライフルーツと『インカのめざめ』という、小ぶりで栗《くり》のように甘いじゃがいもの入ったスコーンを二つ、籠《かご》に入れる。

「ユーリさんは、じゃがいも以外に何がお好きなんですか？」

「私ですか？　煮豆が好きです」

お会計を終えて車に戻りながら聞いた彼の答えに、思わず吹き出してしまった。

「なんで笑うんですか！」

「いえ、あまりにも方向性が……もしかして、南瓜《かぼちゃ》も好きですか？」

「……絶対に笑われるので、言いたくありません」

拗《す》ねたように、彼が眉間《みけん》に深い皺を刻む。それって答えを言っているのと一緒だと思う。

久しぶりの気分転換で、鉛のような胸の重りが、少し軽くなった気がした。同時に、オークブリッジが恋しくなった。

「もっと早く、休みの日に貴方を誘うべきでした」

「え？」

帰り道、唐突にユーリさんが言った。

「申しわけない。エドに指摘されるまで、車も自転車もない貴方が、休日に気分転換に外に出ることすらできないことを、私は気がついていなかったんです」

「別に……今までの休みは、体が慣れていなくて、どっちみち外出するような気持ちにはなりませんでしたから」

「貴方が嫌でなければ、また再来週食事に出かけましょう。次は、白いご飯を食べに」

勿論《もちろん》それは彼が執事として、お屋敷の生活を円滑にまわしていくための一環であることはわかっている。男性と二人きりで食事に行くという少し特別な状況も、決して何か他の意味を感じるわけじゃない。それでも今日、二人で食べたラーメンは美味しくて、ドライブは楽しかった。そして東川の町は、本当に綺麗だ。

「……ありがとうございます。今日は楽しい休日でした」

そう言って彼に頭を下げた。

「そうですか……それは良かった」

ユーリさんはフーと小さく息を吐いた。肩の荷が下りた、という感じだろうか。せめてお礼に後で紅茶を淹れて差し上げよう。心を込めて。


翌日、いつも通りの厳しさで、「もっと静かに、妖精《ようせい》のように動きなさい」とユーリさんに叱られながら、朝から一気にお屋敷の掃除と庭の手入れを終わらせた。奥様とエドワード様がお帰りになると、お屋敷はパーティの準備一色になった。休日の私のことを案じてくれていたというエドワード様に、きちんとお礼をしたかったけれど、彼はお客様をお迎えする準備のために、奥様を送り届けた足で、そのまま札幌に戻ってしまったらしい。

午後三時過ぎ、スミス夫人が裏口にやってきた。頼んでいた材料がすべて揃《そろ》えられている――ただ一つ、ウミガメをのぞいて。

「もうこれは諦《あきら》めるしかないと思う。力になれなくてごめんなさいね」

「いえ……」

薄々覚悟していた答えだったので、驚きはなかった。けれどガッカリしなかったといえば嘘《うそ》になる。

「……メニューの変更を、奥様に許してもらえるでしょうか」

深い溜息が肺の、いや、心の奥から溢れ出る。

「そうね。彼女も心配してたわ」

「そうですか……」

彼女とは、勿論ミセス・ウィスタリアのことだろう。

「もう、いらしてくれませんよね」

手伝ってくれなくてもいいから、ウミガメのスープの代わりになるメニューの相談に乗ってほしかった。

「どうかしら……あの件が理由じゃなくてね、色々事情があるの、彼女には」

「事情？」

「そう。お店を閉めたのは、別に繁盛《はんじょう》しなかったからじゃないの。いいえ、むしろ逆だったのよ」

「じゃあどうして……」

本州で繁盛するお店を経営していた人が、どうして今は東川にいて、料理をすることすらやめてしまったのだろう？　理由が聞きたかったけど、スミス夫人は言いたくなさそうだった。

「……そうね。理想と現実の差、かしら。たどり着いた目標の先に、彼女の思い描いた現実はなかったの」

「理想と、現実？」

　これ以上しつこく聞いて困らせるのは申しわけなかったので、私は疑問を飲み込むことにした。優しいスミス夫人に友人を裏切らせたくはない。

　スミス夫人が帰った後、材料を前に私はまた途方に暮れた。ウミガメのスープは作れない。だったら、どうすれば少しでも、奥様に失望されない料理を用意できるだろう。何も思い浮かばなかった。私はまた、自分が孤独であることを意識した。

　もう怒られるのを覚悟の上で、馬鹿《ばか》の一つ覚えの、コンソメスープでお茶を濁そうか……そんなことを考えていると、階段を降りる足音がした。

「ユーリさん……」

　一瞬、エドワード様かと思ったので残念だった。彼なら、私を助けてくれるかもしれないと、淡い期待が胸をよぎったからだ。

「エドワード様が、貴方にこれを届けるようにと」

「え？　なんですか？」

「モックチェリーパイのレシピと材料です」

そう言って、ユーリさんが私に籠を渡した。中を確認すると、瓶詰めされたフルーツのシロップ漬けと、メモが入っている。てっきり、ウミガメのお肉かと思った私は、さらにガッカリしてしまった。

「え？……しかもこれ、間違いですよ？　シロップ漬けがチェリーじゃなくて、クランベリーなんですが」

「はい。モックチェリーパイですから。あとレーズンです」

「え……？」

それが何か？　と不思議そうに、ユーリさんも私を見た。お互いに会話がかみ合っていないようだ。でもチェリーなしに、どうやってチェリーパイを作れというのだろう。

「『赤毛のアン』の作者、モンゴメリが家族のために作ったパイだそうで。チェリーの時期以外にも、家族に美味しいチェリーパイを食べさせたかったのでしょう。奥様も昔から、よく作って下さったんですよ」

「チェリーの時期……以外にも？」

「はい。確かにチェリーではないのですが、チェリーパイに遜色ないパイです。チェリーのシーズンは限られていますからね」

ざわっと、急に全身に鳥肌が立った。恐怖感だとか、嫌悪感《けんおかん》にではなくて、運命的な瞬間に、感じる驚きのようなものだ。

「あ……あの、ちょっとすみません！」

「はい？」

私は籠をユーリさんに押しつけると、エプロンを脱いだ。

「アイリーン？」

「すぐに戻ります！」

エプロンを作業台に放りだし、返す手でキッチンの戸棚にしまっていた本を手に取る。黒い表紙の本だ。エドワード様が持って来て下さった、奥様からの贈り物、“Alice's Adventures in Wonderland”。

「何処《どこ》に行くんですか、アイリーン！」

そう非難する声を背に、裏口を飛び出す。走りにくいコットンドレスの裾《すそ》を、片手で纏《まと》めてたくし上げ、黒い靴下が露《あら》わになるのも構わずに。幸い誰にも会わなかったけれど、すれ違う人がいたら、きっとびっくりしたことだろう。

お屋敷の外を、メイドの恰好《かっこう》で出歩くのは初めてだ。この恰好で走るのも。ドロワーズが突っ張り、わき腹に当たるコルセットのボーンが痛い。それでも私は走った。木々に囲まれたクラフト街道を。牧歌的な風景の農家や、ところどころに見える芸術家たちの工房やカフェは、不思議と私の姿に違和感を感じさせない。

必死に走って、私はスミス夫人の農園へ向かった。直接訪ねるのは初めてで、場所は聞いてはいたけれど、走っても走っても、なかなかたどり着かない。道を間違えたのではと不安になり始めたときに、やっと茶色い屋根の真新しいお家と、ビニールハウスが目に飛び込んできた。

自宅の横に広がる畑で、作業中だったスミス氏が私に驚いて——けれどすぐに、私が誰なのか気がついて「おおい！」とビニールハウスの方にいたらしい、スミス夫人を呼び出してくれた。その横に、嬉しいことにミセス・ウィスタリアの姿もある。

「どうしたの？　アイリーンちゃん」

驚いたのはスミス夫人も同じのようで、彼女は目を白黒させた。

「ウィスタリアさんに、お話ししたいことがあって」

上がる息を、胸を押さえて必死に整えながら答える。

「私が何か？」

強《こわ》ばった表情で、ミセス・ウィスタリアが聞いてきた。

「お願いします、スープです。もう一度力を貸して下さい！」

「でも、私にできることはもう——」

「いいえ！」

俯いて首を振る彼女に、私は勢い余って、彼女の両腕にしがみつく。

「まだ、試していないレシピがあるんです、たぶん、いえ、きっと！　奥様を喜ばせられるレシピが！」

馴《な》れ馴《な》れしかったかもしれない。けれど彼女は私を振り払ったりしなかった。代わりにじっと私の目を見て――そして頷いた。

「晩餐会まで時間がないわ。急ぎましょう――今度こそ、奥様に完璧《かんぺき》なスープを」


お屋敷への帰りは、スミス夫人の運転する軽トラックだった。ゴトゴトがたがた揺られながら、お屋敷へと向かうのは、さながら荷馬車に揺られているようなものかと考えた。急いでいるスミス夫人の運転は、そのぐらい乱暴だったから。

勿論正面玄関は使わない。でも急いでいた私は、緑羅紗扉《グリーンベーズドア》を開けて、中央階段を進んで書斎に向かおうとした。そっちの方が、裏階段を使うより近道だったからだ。けれど大広間《ホール》に足を踏み入れると、広間《サルーン》の方から聞き慣れないピアノの音がしていることに気が付いた。

「どうしたの？」

突然立ち止まった私にぶつかりかけて、ミセス・ウィスタリアが驚いた声を上げる。

「いえ……ちょっとだけ待っていてください、すぐに戻ります」

私はスミス夫人とミセス・ウィスタリアに詫《わ》びて、広間へと小走りに向かう。

「やあ、アイリーン」

「エドワード様……」

案の定、広間にはピアノに向かう、エドワード様の姿があった。

「メイドは走ってはいけないと、ユーリは君に教えなかったのかな」

「……申しわけ、ございません」

私は呼吸を整えながら、彼に謝った。夕日の差し込む広間。楽譜を覗《のぞ》く彼の手元が、暗くなってきていることに気がつき、壁のランプに火を灯す。

「ユーリが、君にピアノを弾いてやって欲しいというから、君に似合いそうな曲を探してきたんだ。練習して、今度聞かせてあげようと思ってね」

作業する私を振り返らず、彼は聞き慣れない音色をワンフレーズ弾いた。なるほど、確かに上手だ。私は両手を使って弾ける曲なんて、せいぜい猫ふんじゃったくらいなので尊敬してしまう。

だけど、今したいのはピアノの話じゃない。

「あの……ピアノより、お話ししたいことが……」

「ダメだ」

「え？」

話し出そうとすると、きっぱりエドワード様が言った。どこか冷たい声で。ユーリさんによく似ている。

「メイドが主人の邪魔をしてはいけない。僕は今、ピアノの練習をしているんだ。立場を少しわきまえるんだね、アイリーン」

「あの……でも……」

「あ……」

そんな風に言われるとは、正直思っていなかった私は、失望と同時に自分の立場を見失っていたことに気が付いた。メイド風情《ふぜい》が、お屋敷の坊ちゃまに、親しく声をかけてはいけないのだ。

「……申しわけありません。ただ、お礼を言いたくて」

彼の言う通りだと、深くお辞儀をした。ちょっと、いえとても悲しかったし、自分が悔しくて恥ずかしかった。

「……ふうん、お礼か。それなら聞こうかな。褒められることと感謝をされるのは大好きだ」

てっきり叱られたと思ったのに、彼は手招きするようにして、私に顔を上げさせた。そして悪戯《いたずら》っぽい表情で、ウィンクした。

「どうしたいの？　頬にキスでもしてくれる？」

さすがに、そんなことはできない。私は身を縮こまらせた。

「あの……その前にお伺いしたかったんです。この本、本当に奥様が下さったんですか？」

私は黒い表紙の“Alice's Adventures in Wonderland”を彼に差し出す。

「……なんのことかな？」

エドワード様は目を細め、ピアノに向き直った。

「この本と、モックチェリーパイのことです」

「…………」

沈黙が流れた。

返事はなかった。エドワード様は私の質問は聞こえなかったとでもいうように、またピアノを弾き始めた――主人は言いたくないことを、メイドに話す必要はないのだ。

これ以上、ここにいても意味はないし、彼の邪魔はできない。諦めて私は黒い本を胸に抱き、大広間に引き返そうとした。途端、ピアノの旋律が止まった。

「奥様や君は、自分を偽物《にせもの》だと言うけれど、僕はそう思っていないよ」

「はい？」

「メイドも奥様も、結局は変わらない『人間』だ。君も、十九世紀生まれのメイドもね。スタート地点は同じなんだよ。君と同じに、メイドに育っていくんだ。たぶん貴婦人もね。お屋敷の時間が、一人の女性を貴婦人に育てる」

「エドワード様……」

「同じなんだよ。君も。何も変わらないよ」

　不意にエドワード様は楽譜を閉じた。興がそがれてしまったように。

「横暴で傲慢《ごうまん》な十九世紀の主人は、きっと同じように『ウミガメのスープ』をと言っただろう。高価でなかなか手に入らないウミガメをどうしたらいいか、使用人たちも頭を抱えただろうね」

　そこまで言うと、彼はピアノの鍵盤《けんばん》の蓋《ふた》を閉じ、席を立った。邪魔をしてしまった。主人の妨げになるなんて、メイドにあるまじき行為だ。でも、大切な謝罪を後回しにしても、私は彼の口にしたことを考えていた——私も、彼らも、変わらない？

「大丈夫。きっと君も、奥様も、本物になれるよ」

　エドワード様は、丸めた楽譜で私の二の腕をポン、と叩いて、そのまま横を通り過ぎる。

「そうだ。君は一つ勘違いしているけどね、その本は本当に奥様が俺に届けるよう仰ったんだよ。ユーリじゃなく、おしゃべりな俺に持たせるなんて、まったく奥様もメイドを随分と甘やかしていらっしゃる」

「奥様……が？」

「じゃあ、アイリーン。良い夜を」

　返事の代わりにくすっと笑って、エドワード様がまたウィンクをした。

「あ、ありがとうございます、エドワード様！」

歩いていく後ろ姿に、私は慌《あわ》ててお辞儀をして、彼の足音が聞こえなくなるまでずっと、頭を上げなかった。


エドワード様が広間を後にしてから、不作法にならないようにじりじりと三分は待って、慌てて大広間で待つスミス夫人たちのところに戻った。

「いったいどうしたの？　スープを作るんじゃなかったの？」

「代用ウミガメです！」

「代用ウミガメ？」

スミス夫人に答える。怪訝《けげん》そうに、二人が顔を見合わせた。

「代用ウミガメのスープです。アリスの登場人物に、そういうキャラクターがいるんです。頭と後ろ足と尻尾《しっぽ》が牛で、亀《かめ》の前足と甲羅を持つMock Turtle《カメマガイ》が」

ずっと、なぜ牛と亀なのか不思議だった。その説明を、持っていた文字の少ない仕掛け絵本は私にしてくれなかったから。だけど今ならわかる気がする。アリスの時代と、不思議な姿の偽ウミガメ。

「亀の代わりに牛を使う、ウミガメスープの代用レシピがちゃんと存在しているんだと思います、当時から」

アリスの本を頂いたこと、モックチェリーパイという、チェリーを使わないチェリーパイのことを話すと、ミセス・ウィスタリアの顔が、みるみる真剣になった。

「ユーリさんに頂いたレシピのなかにも、偽鵞鳥《がちょう》のパイというのを見たことがあります。どうしても材料を揃えられない時に、代用で作るレシピなんです」

ミセス・ウィスタリアがパチンと指を鳴らした。

「代用ね。確かに今でも、精進料理のように、大豆や生麩《なまふ》を肉なんかにそっくり似せて作るレシピがあるわ」

「きっと当時も、ウミガメは簡単に手に入らなかったと思うんです。おんなじように、奥様にスープをと言われて、使用人たちは困ったはずです」

私たちはユーリさんに叱られるのも構わずに、三人でガヤガヤと奥様の書斎に向かって、本棚をひっくり返した。資料用の棚に、レシピの本があるのを知っているからだ。

「"Mrs. Beeton's All-About Cookery"……たぶんここです、この本とか、ここに置いてあるのがお料理の本のはずです。でも私、英語は得意じゃなくて……」

オリーブ色の古めかしく、分厚くてずしっと重い本を棚から引き出す。

「大丈夫よ。私、東京で翻訳の仕事してたの」

スミス夫人が受け取ってくれた。意外だったけれど、そういう部分も含めて、彼女は『スミス夫人』という役を担《にな》ってくれているのだとわかった。

「私も英語とフランス語なら読める。あとイタリア語も少しなら。少なくとも料理用語なら問題ないわ」

ミセス・ウィスタリアも別の本を手にした。なんて頼もしい。

歴史のある大切な本であることを汲《く》んで、二人は丁寧に、それでも素早くページを手繰る。私もはらはらしながら、一冊手にした。でも私の英語力ではほとんど読めない。二人の役に立てる気がしない。

「代用レシピね……あったわ！　モックタートル！　ここよ、アイリーン、メモをとって」

「は、はい」

私は慌てて、奥様の机のインク瓶を取りに走り、羽根ペンを手にした。

「そうね。私たちは、美味しいウミガメのスープの代わりを作ろうとしたからいけないんだわ、ウミガメが手に入らないなら、最初から偽ウミガメのスープを作れば良かったのよ！　いいえ、そうでなければいけなかったんだわ！」

ミセス・ウィスタリアは慎重に、けれど興奮を抑えきれないような、震える指でページを手繰る。私も同じように興奮していた。奥様がアリスの本をくれたのは、ただご褒《ほう》美《び》というわけじゃなかった。彼女はきっと、このことを私に教えてくれたのだ。

「材料は何が必要なの？」

スミス夫人も、身を乗り出す。

「INGREDIENT, ——1/2 a calf's head, 1/4 lb. of butter……」

すらすらと、ミセス・ウィスタリアが読み上げながら、渋い顔をした。

「困ったわね」

「無理そうですか？」

「いいえ大丈夫よ、考えるから……そうね、羊の骨と肉を手に入れられる？　足の関節や、頭もね。できれば仔羊《こひつじ》で、質の良いのがいいわ。サフォークは無理？」

「サフォークを？」

「ええ、サフォークはイギリスの高級羊なの。どうやらレシピでは仔牛の頭や足を使うらしいけれど、牛海綿状脳症《BSE》の問題で牛の頭は一時食用禁止だったし……。でも別のレシピでは羊の肉も使うと書いてある。それならむしろ、サフォークラムだけで作った方がいい」

ミセス・ウィスタリアは言った。スミス夫人が頷《うなず》く。

「知り合いにあたってみるわ。今すぐの方がいいのよね？」

「ええ、すぐに。ボヤボヤしてるとパーティに間に合わなくなる。今すぐ試作してみなくちゃ」

サフォークは北海道でも一部でしか飼育されていない。けれど幸い、東川からそう遠くない士別《しべつ》市の特産として有名らしい。

「私は何をすれば？」

「アイリーンは、マディラワインかドライシェリーを用意して、とびっきりいいヤツよ」

「お酒は私の管理では……」

「じゃあ、管理している人に頼んで。私たち残りの材料を調達に行ってくるから」

きびきびとミセス・ウィスタリアが言った。お酒の管理は執事の仕事なのだ。書斎から飛び出すと、ちょうど階段の所でユーリさんに会った。

「アイリーン、いったい何を――」

彼が私に何か言おうと口を開きかけたので、私は逆にその手を乱暴に引っ張った。

「お願いします、マディラワインか、ドライシェリーを用意して下さい！」

「はい？」

「後で説明しますから、とにかく収納庫《セラー》に連れていって下さい！」

私の剣幕に気圧《けお》されたように、ユーリさんは怪訝そうに眉間に皺《しわ》を寄せつつも、私と一緒に、キッチンの横の半地下の収納庫へと向かった。彼は腰に下げたレトロな鍵《かぎ》でドアを開けてくれた。

手早くランタンに火を灯し、ユーリさんが収納庫を照らす。ひんやりとした空気の中で、舞い飛ぶ埃《ほこり》がきらめく向こう、木製の棚にお酒の瓶が行儀よく並んでいる。

「……それで、何が必要なんですか？」

「マディラか、ドライシェリーを」

けれど私は、お酒にあまり詳しくない。たくさんの酒瓶を前にして、困ったように彼に振り返る。ユーリさんは苦笑いするように吐息を吐いて、ランタンを私に手渡すと、代わりに照らすように指先で指示してから、棚の前に向かう。

「料理で使うんですね」

「はい、ウミガメのスープをつくります」

シェリーは酒精強化ワインというものらしい。料理のレシピではよく見るお酒だけれど、いつもウィスキーやワインで代用してしまって、使ったことがなかった。

「ワインの発酵を蒸留酒の添加によって止めてしまうんです。シェリー、マディラ、ポートワインが該当します。当時よく好まれていたお酒です」

「発酵しないと、美味《おい》しくなるんですか？」

「好みでしょうね。そうすることで、温度変化での劣化を食い止めてくれるので、常温でも保存できるんですよ――味を見てみますか？」

ユーリさんと使用人用《サーヴァント》ホールに移る。小さなグラスを用意する私の横で、ユーリさんがお酒の栓を抜いていた。黒い男性用のお仕着せ姿で、ソムリエナイフを手慣れた調子で扱う彼は、なんだか恰好がいい。

「どうぞ」

そう言って、彼が小さなグラスに、ほんの一口分ほど注いでくれた。マディラワインというので、ワインのような香りかと思ったら、もっと濃密な、度数の高いアルコールの香りがする。色もくすんだ茶色で、とろっとしていた。

一口、飲むと言うよりペロリと舐《な》めると、ねっとりとこくのあるフルーツの香りと甘みが、アルコールの刺激と一緒に私の口内を燃やす。

「干したプルーンみたいな味ですね。それに、とても甘いです」

「砂糖の高価な時代ですからね。甘みは即《すなわ》ち贅沢《ぜいたく》の証《あかし》です」

答えながら同じように、小さなグラスに一口分注いだマディラを口に含み、ユーリさんが言う。彼も一瞬顔を顰《しか》め、小さく「甘……ッ」と呟《つぶや》いた。

「お砂糖……そんなに高いものだったんですね」

「ええ。貴方《あなた》の給金の明細にも、砂糖の量を書いてあるはずです。当時は給金の他に、支給されるアルコールや砂糖の量、家庭によっては石けんや蠟燭《ろうそく》の量なども決まっていたと言われています」

そういえば、確かに給与明細の所に、一ヶ月の間に使っていいお砂糖の量と、お酒の量が書かれていた。お酒は飲まないし、結局お砂糖の量も厳密には気にしなくていいと言われているので、私もそこまで注意を払っていなかったけれど。

もう一本、ユーリさんが用意してくれたドライシェリーも味見した。フルーツのような香りがするのかと思ったのに、こちらはむしろ中国の紹興酒のような匂いがした。確かにこれは、食材の臭み消しに丁度いいだろう。ひとまず二本調達できた。どちらがいいかは、ミセス・ウィスタリアが選んでくれるだろう。

「……これが、メイドとして正しいことかどうかは、私もわかっています」

キッチンに戻りがてら、何か言いたげな彼に先手を打つ。ユーリさんは皮肉っぽく口の端を上げた。

「お説教は後でたっぷり聞きますから、今日はこのままキッチンに籠《こ》もらせて下さい」

頭を下げてお願いすると、彼はまた苦笑いのように顔を顰め、「奥様の紅茶と、夕食用にサンドウィッチだけは用意して下さい」と言った。

サフォークの手配はできたらしい。無理を言って、牧場の人にすぐ届けてもらえることになった。あと二時間もすれば、仔羊はキッチンに横たわるだろう。

その間に私は食堂《ダイニングルーム》のサイドボードに、サンドウィッチとコールドビーフ、チーズを用意した。

やがてミセス・ウィスタリアが戻って来て、ほどなくサフォークの仔羊も届いた。顔が黒いその羊は、下手なブランド牛よりも美味しいと言われている。

　私は彼女に指示されるまま、マッシュルーム・ケチャップを作ったりした。その間に、彼女はコンソメの中に仔羊の頭と足を入れ、皮付きレモン、にんじん、タマネギ、月桂樹《げっけいじゅ》の葉と一緒に、とろとろになるまで丁寧に煮続けた。

　二人とも必要最小限の会話しかしなかった。長時間家を空けているわけにいかないと、スミス夫人が帰ってしまったので、余計に会話の糸口が摑《つか》めなかったという方が正しいかもしれない。

　ミセス・ウィスタリアも、どうやら私と一緒で、初対面の相手とすぐに親しくなれる類《たぐ》いの人ではなさそうだ。

　それに他人のために料理はしないと、初めて会った時に彼女は言っていた。へたに話しかけて、彼女の気が変わっても困る。本当は話をしたい気持ちもゼロじゃなかったけれど、立ち入ったことを伺うのは失礼だと思った。彼女への敬意として、私は沈黙を選んだ。

　だのに鍋《なべ》に向かっている彼女を脇目《わきめ》で見つつ、明日の食材の下《した》ごしらえをしていると、当のミセス・ウィスタリアの口から、小さな笑い声が漏れた。

「……どうかしましたか？」

「いいえ、ごめんなさい。ただ楽しいと思っただけ。最近……ずっとまともな料理を作ってこなかったから」

彼女の言葉に、私はとうとう好奇心を抑えられなくなった。

「どうして、なんですか？」

「…………」

「……以前お店を、やっていらしたって、スミス夫人に伺いました」

でもそれ以上は聞かせてもらえなかった。私は誤解のないよう、しっかりとそこを強調した。

「勿論聞いてはいけないことなら、私、もう黙っています」

「……軽井沢でね、新鮮自然派食材に拘《こだわ》った、創作料理店を経営していたの、私」

もしかしたら、彼女も聞いてもらいたかったんだろうか。ミセス・ウィスタリアはレードルを鍋の横に置き、作業台に寄りかかった。余ったレモンの香りをかいだ後、私に放ってよこす。国産の無農薬レモンらしい。

「体にいい、新鮮な食材を使って、素材の味を生かした料理を提供していたの……どうしても、材料費がかかってしまうから、決して安い値段ではできなかったけれど、幸いお店は、クチコミで瞬《また》く間に人気が出たの」

「凄いですね」

もちろん、人気が出るからには、コンセプトもさることながら、料理自体が美味しかったのだろう。私が思わずそう言うと、ミセス・ウィスタリアは苦しげにふっと息を吐いた。
「でも……お客様一人一人に合ったお食事がコンセプトだったのに、急に忙しくなって
しまって……いつの間にか私、大切なことを忘れてしまっていたの」
彼女はそこまで言うと、顔を覆《おお》った。そのまましばらく沈黙が流れ、キッチンには私
たちの息をする音と、鍋の中からふつふつふつと響く音だけが聞こえている。
「ウィスタリアさん……あの……」
話したくないなら、無理に話してくれなくていい。私にだって、話したくないことは
ある。けれど言葉を挟んだことで、逆に彼女の背中を押してしまった。
「お客様が亡《な》くなったの、まだ四歳の、男の子だった」
「亡く……」
息を吸い込んだ私の喉《のど》がヒュッと音を立てた。
「初めての外食だって言ってた……家族でとっても時間をかけてメニューを選んでて、
お給仕の子が苛立《いらだ》ってしまうぐらい、色々細かく材料について聞かれたの……その時点
で、ちゃんと気がつくべきだった」
「…………」
「その子ね、卵にアレルギーがあったんですって。コンソメスープを飲んで、途端に急

激なアナフィラキシーショックを起こしてしまったの。そんな重篤《じゅうとく》な症状を起こしたのは初めてだったみたいで……両親は補助治療薬を携帯していなかった」

　なんと痛ましい事故だろう。私は唇を噛《か》んだ。両親もきっと知らなかったんだろう。コンソメを作る時、アクや濁りを取るために卵白を使うのだ。でもスープだけを見ても、卵が使われているかどうかはわからない。

「給仕の子も、コンソメスープの作り方を知らなかった。そしてその子は小さなお客様に卵のアレルギーがあることを、私にも、他の厨房《ちゅうぼう》スタッフにも伝えなかった。……そして、事故は起きた」

　ミセス・ウィスタリアは、かすれるような、小さな弱々しい声で話した。ふつふつと泡立つ鍋は、まるで彼女のやるせない気持ちの代弁者のようだ。

「でもそれは、ウィスタリアさんのせいじゃ――」

「いいえ。私の責任よ。私自身できちんと確認するべきだった。お客様、一人一人にね。そういうお店をやりたかったはずなのに。……はじめは私の理想に寄り添う、頼もしい仲間ばかりで始めたお店だったけれど、人手も増えて、目もきちんと行き届いてなかったのに私は天狗《てんぐ》になっていたんだと思うの。きっちりと自分の力で仕事をやり遂げてるって驕《おご》りがあった」

「……だから、お店を？」

「ええ……もう二度と、人のために料理は作らないって決めたのよ。私には、その資格はないと思ったから」

私は思わず、彼女の横で作られる、偽ウミガメのスープを見た。

「ごめんなさい、それなのに……」

「いいのよ」

私は頭を下げた。けれど彼女はゆっくり首を横に振る。

「私……料理は人を幸せにするって思ってた、ずっとそう信じてた……だけど私の料理は、小さな命を奪い、人を不幸にした。たった一皿の料理が、誰かの人生を左右してしまうことが、確かにあるんだわ」

ミセス・ウィスタリアは再びレードルを手にすると、鍋の表面に浮き上がる灰色のアクを丁寧に取り除き、そうして鍋からひとすくいスープを飲んで、うん、と頷く。

「……私たちにとってウミガメのスープは、ただ一皿のスープにすぎないけれど、奥様には自分の世界を創《つく》るための一皿なのよ。この重みをきちんと受け止めなくちゃいけなかったの。美味しければいいだろうなんて、私たち、本当に図々《ずうずう》しくて大きな考え違いをしていたわね」

ちらりと一瞥《いちべつ》した、スッポンのスープ。私は苦笑した。本当に美味しいし、今でもやっぱり、奥様には食べてもらいたい。でも確かにこのスープは十九世紀の英国では作れない。それでは駄目なのだ。

「料理はね、人と人の間にあるの。人を幸せにするのは料理じゃない。人が料理を作るの。人を幸せにするのはやっぱり人なのよ——ううん、料理だけじゃないわ。毎日の暮らしが人を作るのよ」

ささやくように言ったミセス・ウィスタリアの頬に、涙が伝った。

「毎日の暮らしが、人を作る」

呟く私の脳裏に、エドワード様の言葉も過《よ》ぎる。お屋敷の時間が一人の女性を貴婦人に育てる——二人の言葉が、胸に染《し》みこんでいく。

「……私、やっぱり料理を作るのが大好き。奥様の喜ぶスープを作りたいわ、人を、今度こそ彼女を幸せにしたい」

「ウィスタリアさん……」

彼女の気持ちがよくわかると思った。使い終わった銅鍋を磨きながら、はじめは辛《つら》いと思った鍋磨きが、いつの間にか平気になっていることに気がつく。やわだった手が、日に日に頑丈になっている。私の心よりも体の方が先に、私の本当の気持ち、本能のような部分に従っていたみたいだ。私だって本当は人を幸せにしたいのだ。誰かのために。独りよりも、誰かに必要とされて生きたい。

少なくとも、奥様はまだ、私に期待をしてくれているのだ。頂いた黒い本が、私にそう語りかけてくる気がする。まだ私がアイリーンでいることで、奥様の力になれる。自分以外の誰かの夢や、願いを叶《かな》えられるなんて、こんな尊い役目はない。

「大丈夫よ。もう違うなんて失望させないわ。明日こそ、私たちで奥様を本当の貴婦人にして差し上げましょう。この、本物の偽ウミガメのスープでね」

ミセス・ウィスタリアが、口角をキリッと上げて、誇らしげに言った。私も頷くと、今度はもう投げ出したりしないと、心の中で強く誓った。


翌朝、お目覚めの紅茶の代わりに、私は奥様にスープを出した。

残りの朝食を持ってくると言って、部屋を後にしようとドアに手をかける。

「……アイリーニ！」

ドアノブを回そうとしたその時、険しい声で私を呼んだ。やっとティーセットに手を伸ばした奥様は、それがスープボウルであることに気がついたのだ。

「何でしょうか奥様」

「意地悪な子ね、私を試そうとしたの？」

「先に味見していただこうと思ったんです」

私は肩をすくめると、奥様は眉間と鼻の頭に皺を寄せた。すぐに唸《うな》る、自宅近くの柴《しば》犬のことを思い出した。奥様はワン、と言う代わりに、もう！　と私を詰《なじ》った。

スプーンを差し入れ、とろり、ぷるん、としたゼラチン質の具を確かめる。ふんわりと、シェリー酒とハーブの混じり合った、折り重なる芳香が、私の胃袋をくすぐる。

「………」

奥様はスープをじっと見下ろし、そしておもむろにスプーンを口へと運んだ。

一瞬の沈黙。

「……料理人を呼んで頂戴《ちょうだい》」

奥様が言った。

「ここにおります、奥様」

その声を聞いて、ドアの所に控えていたミセス・ウィスタリアが姿を現した。

彼女は今日、私の午前用のドレスを纏っている。私より背が高いので、足首に届かない丈になってしまっているけれど、白いエプロンにキャップをし、化粧もしていない彼女は、まさにオークブリッジ邸にふさわしい料理人の姿だった。

「私はウミガメのスープをと言ったわ。これは何?」

「偽ウミガメのスープです。今の時期にウミガメは手に入らなかったので」

凛《りん》とした声で、ミセス・ウィスタリアが答える。彼女はそれ以上何も言わず、自信に満ちた表情で奥様に『どうぞお召し上がり下さい』と促した。

奥様はミセス・ウィスタリアをしばらく見つめてから、勧められるまま再びスープを一口食べる。緊張と空腹感に、私の喉までゴクンと大きな音を立ててしまった。奥様がジロリと私を睨《にら》む。

「……そうなの。残念だけど手に入らないなら仕方がないわね。でもよくできていますよ。知らない間に、私の屋敷には優秀な料理人が雇われていたようね」

奥様が微《かす》かに微笑《ほほえ》んだ。私とミセス・ウィスタリアは顔を見合わせ、彼女も微笑みながら頷き、私は嬉《うれ》しくてつい出そうになった声を、ぎゅっと口を結んで我慢した。

「レシピの多くには、仔牛やマトンを使うとありましたが、今回はサフォークの仔羊だけを使用しました。クセがないので、その分香草やお酒の量も少し控えて、上品に仕上げております。仔牛の乳臭さや、羊の独特の香りを苦手に思う方もいらっしゃいますが、これなら大丈夫でしょう」

「大変美味しいわ……私が今まで食べたスープの中で一番よ」

奥様が興奮に頰を上気させている。私も大声を上げて飛び上がりたいぐらい嬉しかった。でもミセス・ウィスタリアだけはツンと澄まして、そして首を横に振った。

「いいえ、お言葉を返すようですが奥様、この程度で満足されては困ります。スープはまだまだ序の口ですよ。晩餐会《ばんさんかい》はデザートまでしっかりと、一匙《さじ》残らず最後まで、たっぷり満足していただきます」

ミセス・ウィスタリアは不敵に微笑んで、私にちらりと目配せしてから、奥様に深く優雅にお辞儀した。

翌日に開かれた晩餐会のお客様は四名。エドワード様のお友達だという妙齢の女性と男性、さらにその知り合いだという歴史作家の先生夫妻だった。

奥様は顔が暗く見えると最後まで気にしていらしたので、私は思いついてお屋敷の装飾用に用意した薔薇《ばら》を数本と、庭のクレマチスの蔓《つる》を切って、奥様のドレスと髪と左腕を飾った。黒と薄い紫色のドレスに、うっすらと中心に赤みのさした白薔薇と、クレマチスの緑は派手すぎず、それでいて品良く、奥様と奥様のドレスを引き立てて、顔色も明るい雰囲気に変わった。

いつもと違うドレスだからだろうか、その手に優雅な扇子が握られているからだろうか、奥様は普段以上に、立ち振る舞いがお綺麗《きれい》だった。柔らかな絹鳴りの中で、私の瞳《ひとみ》に映るお姿は、二十一世紀の人間らしさをみじんも感じさせない貴婦人のようだ。

それが自分のことのように嬉しかった。たぶん奥様以上に舞い上がっていたせいで、支度を手伝いながら、思わず鼻歌が洩《も》れていた。それがオークブリッジらしからぬ、よりによって野球チームのファイターズの応援歌だったせいで、とうとう我慢できなくなった奥様に叱《しか》られてしまったけれど、そのぐらい嬉しかったのだ。

エドワード様に五十年前に出会っていたら恋をしていたと言われ、奥様は照れつつも、「五十年は言い過ぎです」と切り返した。でもお陰で、少し緊張気味だった奥様に、余裕が戻って来た。さすがエドワード様だ。

普段の食事は、ユーリさん一人で給仕するけれど、今日は私も食堂でのお世話に務めた。代わりにスミス夫人とミセス・ウィスタリアが、キッチンの方をしっかり切り盛りしてくれたので、料理の進行にはなんの心配もない。

この日のために用意された、新しい上質な黒いお仕着せは、少し重みがあるので、気が引き締まった。真っ白いキャップとエプロンは、いつものものよりもふんだんにフリルがあしらわれている。つまり見せるための服なのだ。そのことに、私までとても緊張した。

お客様は、偽ウミガメのスープにまず驚き、ウズラやルラードに舌鼓《したつづみ》を打った後、メインの鹿《しか》のローストに感嘆し、女性方はコルセットの存在を嘆いていた。

「大成功です！」

特製のイチゴソルベを運ぶためにキッチンに戻ったキッチンで、私は二人にそう報告した。ミセス・ウィスタリアは、満面の笑みで胸を張ってみせ、スミス夫人は「良かった」と思わず泣き出した。

晩餐会のための食材を手に入れるため、陰でスミス夫人は本当に奔走してくれたのだ。

縁の下の力持ちである彼女に、私は思わずぎゅっと抱きついてしまった。こんな激しい感情表現をする自分に自分で驚いたけれど、ここは今英国なのだ。このぐらいで丁度いい。階　下《ダウンステアーズ》——しかもキッチンでなら、『メイドのアイリーン』も自由だ。

スミス夫人もぎゅっと抱きしめ返してくれた。そんな私たちを見て、同じようにトレイを持ってキッチンに来たユーリさんが「喜ぶのは後にして下さい」と私たちを叱った。でもその声に怒りの色は含まれていない。

「そうだわ、執事さん」

「はい？」

「奥様の言ったこと、本当にはできないかしら？」

一ロサイズのフルーツタルトに、仕上げの粉糖を振りながら、ミセス・ウィスタリアが言った。

「本当に、とは？」

「オークブリッジ邸には、優秀な料理人が雇われているってこと」

え？　と私は、スミス夫人と顔を見合わせる。

「お願いがあるの。私をこれからも、ここで働かせて下さらないかしら」

「ウィスタリアさん……」

驚く私に、彼女ははにかんだような笑みを返してきた。

「私に……もう一度料理の修業をさせて欲しいんです。人のために、作る料理を。それに立派なお屋敷には、料理人の存在が必要不可欠だと思うのよ。そしてその役を担える『優秀な料理人』は私しかいないと思うわ」

きっぱりと自信たっぷりに、ミセス・ウィスタリアが言った。わっと喜んで、今度はスミス夫人が私に抱きついてきたので、二人で子供のようにぴょんぴょん飛び跳ねて喜んでしまった。スミス夫人は嬉し涙でボロボロだ。

「その件については、晩餐会が終わってから話しましょう……アイリーン！　何をしているんですか。今はそれよりもデザートです」

もったいぶったユーリさんにまた苦言を呈されて、私は慌ててイチゴソルベとローズウォーターのゼリーをトレイに乗せて、食堂への階段を駆け上がる。

「転んだらどうするんですか！　走ってはいけません！　こら、アイリーン！」

「だって、急がないとソルベが溶けてしまいます！」

また背後から、ユーリさんのキツイお叱りの声が飛んだ――でも大丈夫、私はもう裾を踏んで転んだりなんてしない。

私は緑羅紗扉を開けて黒いお仕着せと白いエプロンを翻《ひるがえ》し、私を必要とする場所へと向かった。オイルランプの灯りが揺れる時間へ。

# 第三話　奥様と囚われの写真

オークブリッジ邸にお仕えして、二ヶ月が過ぎた。七月の暖かな陽気に、庭はまさに花盛りの季節を迎えている。

特に奥様の部屋のすぐ下に咲いたハニーサックルが、ここ数日とても優しい香りを漂わせている。窓を開け、青々として爽《さわ》やかなのに甘い芳香を、胸一杯に吸い込みながら掃除をするのは嬉《うれ》しい。少し特別なような、とても恵まれた気持ちになる。

いい匂《にお》いが、こんな贅沢《ぜいたく》なものだなんて不思議だ。私の生まれた時代では、『薫《かお》り』は簡単に手に入る。でもオークブリッジは、十九世紀は違う。ラベンダーウォーターできっちりアイロンがけした奥様のシーツ。でもそれを交換する私の体は、汗や埃《ほこり》にまみれて、きっといい匂いじゃない。

「ふ……くしゅっ」

クッションを膨らませようと床にぽすんと落としたら、薫りを楽しんでいた鼻を羽毛が刺激して、大きなくしゃみが出た。いい匂いがするのも考え物。だけどなんだかそんなことも妙に楽しくて、私の唇から笑いが洩《も》れた。

そして大好きなファイターズの応援歌。これは嬉しい時に無意識に出てしまう。場違いなことにすぐに気がついて、一度飲み込んだ。でも抑えきれなくて、こっそり小さく鼻歌にした。勿論《もちろん》わかっている。この曲は、オークブリッジの時間にそぐわない。だったら、本当に十九世紀の英国メイドは、こんな時いったいどんな鼻歌を歌っていたんだろう？

そろそろ奥様が書斎から戻り、紅茶が欲しいと仰《おっしゃ》る頃だ。メイドが掃除をする姿を、奥様の目に触れさせてはいけない。速やかに掃除を終わらせて、階　下《ダウンステアーズ》に戻る。私の足取りは軽い。

最近は特に、毎日が楽しいと感じられるようになってきた。キッチンから解き放たれ、私がしなければならない仕事は、主に奥様のお世話と、お屋敷の掃除だ。洗濯も、奥様のお召し物と自分の服以外、今はほぼ外注している。特別にオークブリッジ仕様に仕上げてくれるクリーニング屋に。

古い道具たちも慣れれば手に馴染《なじ》んでくる。効率の良い使い方も覚える。なにより今の私には、アイリーンというメイド以外の時間はほとんどない。朝から晩まで、掃除と奥様の生活のことだけを考える。

人によっては単調で、退屈で、代わり映えしないと思うかもしれない。でも私には毎日小さな変化がある。風景に埋没してしまう、牧草のように目立たない『愛川鈴佳《あいかわすずか》』だった私の中にも、毎日少しずつアイリーン・メイディが染みこんでいく。最近はそのことが愛《いと》おしい。

奥様を待つ間、繕い物をしようと使用人用《サーヴァント》ホールに向かうと、席に着くなり使用人を呼ぶベルが大広間《ホール》に響いた。奥様のお呼びだ。場所は書斎から。足音は立てず、走らず、けれど素早く速やかに。私は早足で奥様のいる書斎へと向かった。

「お呼びですか、奥様」

部屋には、困り顔の奥様。

「ペンを落としてしまったの」

「まあ……机の下に入ってしまったんですね」

椅子《いす》に腰掛け、机に向かっている奥様が、ふう、と溜息《ためいき》をついた。私は奥様の足下に跪《ひざまず》き、机の下に手を伸ばす。

「う……ん、しょ、っと」

コルセットのせいで、腰は好きには曲がらない。その分床に両手を突いて、這《は》いつくばるようにして机の下から、奥様の愛用の羽根ペンを救出する。

「…………」

羽根のふわふわに、灰色の埃が塊で付いていた。埃を手に、思わず凍り付いてしまった私に、奥様がもう一度溜息をつく。

「……時間のある時で構わないわ。ユーリを手伝わせて」

「申しわけございません……」

確かに重厚な机なので、いちいち机をよけて掃除はしていなかったけれど、毎日きちんと掃き掃除をしているつもりだったので、私はがっくりした。自分に失望する。幸い奥様は、優しい言葉をかけて下さった。でもこんな失態……納得できないのは私の方だ。

「ユーリさんがお戻りになったら、すぐに掃除いたします」

「急がなくてもいいわ。あの子も帰ってすぐでは可哀想《かわいそう》ですよ。それよりお茶をお願いできるかしら」

「承知いたしまし……あ」

私はぺこりと頭を下げ——そして、赤地に金色の模様が入ったカーペットに、ブルーブラックのインク染みがポツン、ポツンとできていることに気がついた。

「落とした時かしら」

「そうみたいですね。でも少しですし、たぶん綺麗《きれい》にできると思います」

再び床に跪き、そして私はふと、奥様のドレスの裾《すそ》にもインクが飛んでいることに気がついた。

「着替えられた方が宜《よろ》しいですね」

「嫌だわ……新しいドレスなのに……」

　奥様が悲しげな声を上げる。新しく夏用に仕立てたドレスは、色こそいつも通りの黒と紫色だけれど、生地は軽く、紗《しゃ》も多く使われている。これは着心地が良いと、奥様は袖《そで》を通してから、ずっと嬉しそうだった。

「大丈夫です。幸い目立ちにくい色ですから。私がきちんと綺麗にしておきますよ。先にお茶を用意してきますから、奥様はお部屋に戻っていらして下さい。丁度さっき、ミセス・ウィスタリアが、スコーンを焼いているところでしたよ」

　私は笑顔でそう付け加えた。奥様はそれでもドレスが心配なのか、頭痛を堪《こら》えるように、額に手を当てて沈んだ表情でドレスの染みを見下ろしていた。

「心配なさらないでも、これからもちゃんとお召しになれますよ」

「失敗したわ」

　奥様の生活にドレスは必要不可欠だ。奥様は一日、書斎で本を読んだりお手紙をしたためたり、刺繍《ししゅう》をして、ゆったりと過ごされている。そんな奥様の何よりの楽しみは、一日数度の着替えだ。その時間に合わせたドレスで身を着飾る。

　今日のドレス、今日の首飾り、今日のリボン……そういうものを選ぶのが、奥様の一番の楽しみなのだ。けれど、奥様はそう何枚もドレスをお持ちではない。

「ミシンがあれば、私も縫ってさしあげられるんですけど」

昔は、侍女《レディズメイド》が奥様の服を仕立てていたという。私は侍女ではないけれど、奥様の身の回りの全《すべ》ては、私の仕事だ。書斎の資料には、ドレスの作り方が載っている本もある。生地とミシンさえあれば、私にも奥様のドレスは縫えると思うのに。

奥様をご自分の部屋へと送り出し、紅茶の用意を済ませ、奥様の部屋に向かう。夕方ののんびりとした時間は、コルセットのいらない、ゆったりとしたティーガウンの時間だ。

本来なら、下着の着替えまで使用人が行うものだそうだ。奥様はただ立って、私の世話を受ける。けれどやはり、今の私たちにはお互い少し気恥ずかしい。下着だけは、いつも奥様がご自身で、私に見えないようついたての裏でお着替えになる。

私は速やかに奥様のドレスを脱がせ、コルセットを外し、午後のガウンで奥様を包んだ。

そのために、紅茶は蒸らすのに少し時間のかかる秋摘みのダージリンにした。着替えを終えた奥様が、心持ち濃いめの紅茶にミルクをたっぷりと入れ、美味《おい》しそうに召し上がるのを確認してから、ドレスの汚れを見る。ぱっと見は目立たないものの、レースの下に手を入れると、やっぱりブルーブラックのインクがぽたぽたと数ヶ所に、丸い染みを作っているのがわかる。

「本当に綺麗になるかしら?」

「思ったよりも、たくさんインクがついているので、どうでしょうか……」

あんまり奥様が悲しげな顔をしているので、私はつい、意地悪をしたくなった。

「そんなについてた？」

奥様の声がしょんぼりと小さくなる。

「……そうですね、このドレスが綺麗になるかどうかは、奥様がそのスコーンを全部召し上がれるかどうかにかかっていると思います」

ドレスを手に、私はとても真剣な顔で奥様に告げる。

「スコーンを？」

「はい。ちゃんと残さず食べられたら、きっとドレスも元通りになると思うんです」

奥様はきょとんと一瞬カップを手に動きを止めた後、口角を引き上げて笑った。ミセス・ウィスタリアのお陰で、一時期よりは顔色も良く、食べる量も増えてきた奥様だけれど、まだ食はとても細いように思う。

「意地悪な子ね！　でも……お前がそう言うなら、食べなければね」

「温かいうちに召し上がって下さい」

そうだ。それで奥様が栄養をしっかりと摂《と》ってくれるというなら、たとえドレスがすっぽりとインクに浸《つ》かってしまったとしても、私は何時間かかったって、ドレスを綺麗にするだろう――そう本気で思ったことに気がついて、自分自身に驚いた。

最初はあんなに怖くて、苦手だった奥様。奥様のお世話は気詰まりで、嫌な仕事の一つだったはずなのに、今ではもう苦にならない。二ヶ月間以上、丁寧に時間を捧《ささ》げていると、不思議と親愛というか、情というか、相手を大事に想《おも》う気持ちが芽生えてくるものだ。

今は奥様が喜んでくださることを探すのが、なによりも楽しい。

仕方がないというように、黒スグリのジャムをとろりとスコーンに落とす奥様を見て、私は微笑《ほほえ》んで奥様の部屋を後にする。書斎の染みもすぐに綺麗にしなければ、奥様がまた気に病んでしまうもの。

ドレスとカーペットの染みとの戦いに勝利を収め、やっと一息ついて使用人用ホールに向かうと、丁度札幌《ロンドン》に行っていたユーリさんが、館《やかた》に戻ってきた。

「お帰りなさいませ」

使用人玄関で彼を出迎え、脱いだ帽子と一緒に、お土産のお花を受け取った。オレンジがかったピンク色の花びらが、何枚も重なった見事なダリア。荘厳《そうごん》さと繊細さが同居したこの花は、きっと奥様も気に入るだろう。

「私がいない間、何か変わったことは？」

「ここの所ずっと天気が良いので、庭のクレマチスとハニーサックルが満開です。とても良い香りがします」

「そうですか」

「ユーリさんは、風邪は良くなりましたか？」

五日前、仕事に戻るユーリさんは、運悪く風邪を引いてしまっていた。熱もあるので、札幌まで車を運転するのは危ないと、彼はＪＲで札幌に帰った。

「お陰様で。もうすっかり良くなりました。昨夜は仕事で寝てないので、今すぐベッドに入りたいのは同じですが」

確かに返ってきた声は、五日前オークブリッジを出ていった時のような、弱々しい鼻声ではない。けれど幾分腫《は》れぼったい目をしている。

「ところで、奥様のドレスのことなんですが、そろそろ暑くなってきたので、もっと薄手のものを何枚か用意できませんか？　キッチンの方が楽になりましたし、ミシンがあれば、私でも縫えるんじゃないかと思うんですが」

「それは……貴方《あなた》の負担になりすぎませんか？」

ユーリさんは思案するように、俯《うつむ》き加減で自分の顎《あご》を撫《な》でた。喉《のど》の辺りに、そり残した髭《ひげ》を見つけてしまって、注意すべきかどうか一瞬悩んだ。けれど他でもないユーリさんだ。きっと奥様の前に出るときは、きちんと身なりを整え直すに違いない。

「でも奥様にとって、着替えは大切な楽しみです。晩餐会《ばんさんかい》以来、来客もありませんから、お一人で寂しそうです。そのぐらい娯楽がなければ、毎日お辛《つら》いんじゃないかと思います」

エドワード様がいらっしゃれば、おしゃべりも楽しめる。最近は私と奥様も、必要最低限以上の会話が増えた。でもそれはやっぱりメイドと奥様の会話でしかなくて、私では奥様の退屈を埋めることはできないのだ。

「わかりました……少し考えましょう。確かに奥様にドレスが必要です。それに貴方にも」

「私もですか？」

「ええ。せめて午後のお仕着せは、もう少し薄手にする必要があるでしょう。熱中症になっては困ります」

東川町は盆地なので、夏は暑く、冬はとても寒いという。そういえばスミス夫人の話では、去年の夏は三十四度まで上がった日もあったそうだ。確かに午後のしっかりとしたお仕着せは、クーラーどころか扇風機もないオークブリッジでは暑すぎる。

「報告は……そのぐらいですか？」

あくびをかみ殺しながら彼が言った。

「はい。お疲れならお茶を淹《い》れますか？」

「お気遣いなく。それより、貴方に実はお願いがあるんですが」

「私にですか？」

そんな風に、改まって彼から何かを頼まれるのは初めてだ。何故《なぜ》なら彼は上級使用人で、私よりも立場が上なのだから、大抵の仕事は命令であって、お願いではない。

「はい。明日、アイリーン・メイディに来客があります」

「来客？」

それがお願い？　いったい何のことかわからなくて、私は戸惑った。彼は頷《うなず》くと、JRの中で知り合ったという、東川に住む新しい友人のことを、私に話し始めたのだった。


オークブリッジへの帰りのJRで、ユーリさんの隣に座ったという青年は、東川町の出身で、最近海外で有名な賞を取ったという、私でも名前を知っている写真家だった。

前の休みに出かけた時、彼の受賞を記念するポスターや写真が飾られていたので、よく覚えている。写真のことはまったくわからないけれど、柔らかい光が印象的で、思わず触れて温度を確かめてしまいたくなるような、吸い寄せられる写真だった。

オークブリッジ式に、『ロベルト』という名前を授かった彼は、ユーリさんの帰ってきた翌日、カメラを手にお屋敷にやってきた。

お母さんがイタリアの出身だという彼は背が高く、容姿も良く、若くして世界的に認められているだけあって、自信と覇気に溢《あふ》れている印象だった。なによりいい匂いがして、私はとても恥ずかしくなった。今すぐお風呂《ふろ》に入りたい。

「動きが硬いな。もう少し普通に……カメラを意識しないで」

緑羅紗扉《グリーンベーズドア》の内側、使用人階段で作業用バケツとモップを持った私を、ファインダーに納めながら、ロベルトさんは私に様々な指示をした。

「アイリーン。普段通りに仕事をしてくれればいいんですよ」

「はあ……」

そんなことを言われても困る。写真のモデルなんてやったことがないのだから。

ユーリさんからお屋敷のことを聞いたロベルトさんは、お屋敷での生活を撮影したいと、強く希望したという。彼の持つカメラは、私たちオークブリッジの時間にはそぐわない。けれど限られた期間しか営まれないオークブリッジの特別な時間を、ユーリさんも何らかの形として残しておきたいのだそうだ。

「あ……っ」

だからといって、どうして私が写真のモデルにならなければならないのだろう。普段とは違う動作を指示されて、うっかり踏んでしまったブーツの紐《ひも》がほどけ、私は内心小さく苛立《いらだ》った。モデルなら、ユーリさんがやればいいのに。

「動かないで」

靴紐を結び直そうとした私を、ロベルトさんが制した。困った私を気遣ってか、ユーリさんが階段に膝《ひざ》を突くようにして、私の靴紐を結び直してくれた。

そんな私たちの姿を前に、カシャ、カシャとシャッターが続けて切られる。

「……普通、執事はメイドの靴紐を、こんな風に跪いて結びませんが」

呻《うめ》くように言って、ユーリさんが顔を顰《しか》めた。

「それはそれ。なんとも背徳的というか、エロティックで良かったですよ。逆にほどく方も撮らせて欲しいぐらいだ」

「エロティ……ッ」

しれっと言ったロベルトさんに、ユーリさんが言葉を詰まらせる。そのまま目を白黒させて、逃げるように離れていった。私もなんだか頬が熱くてひりひりする。

「使用人の日常は、やっぱり私が被写体じゃなくても、いいと思うんですけど……」

手に持ったままのバケツが重くて、思わず階段にゴトンと置きながらぼやく私に、ロベルトさんは返事をしなかった。

「やはりメイドは、わかりやすくお屋敷の象徴ですからね」

代わりに、威厳を取り戻したユーリさんが答える。私はむしろ、お屋敷といえば執事だと思うけれど。

いい加減、つきあうのが億劫《おっくう》になって、私は二人に完全に背中を向けた。

「いいね。そのまま少しだけこっちを向いて」

振り返るように少し首をひねった私に、素早く指示が飛ぶ。

「少し上を向いて。その、棚を眺めるように……もう少し、顎を上げて——うん。とってもいいよ」

首が痛い。私はちっともよくなんかない。

結局その後も場所を変えて、小一時間彼の撮影につきあわされ、まだ昨日の疲れが残るユーリさんが、とうとう我慢できずにあくびを洩らしてしまう頃、やっと満足したらしいロベルトさんが、カメラを下ろした。

「一度にこんなに撮影するものだとは、私も知りませんでした……」

自分でも思った以上に大変な作業になったことを、ユーリさんは後悔したのだろうか。そろそろ言葉数も減って、愛想笑いもできなくなった私に、置き忘れていたバケツを手渡しながら言った。謝罪だったのかもしれない。

「他に従業員は？」

「コックが一人。ただ……彼女は協力的な人じゃありませんので」

確かにミセス・ウィスタリアが、撮影につきあってくれるとは思えないけれど、それ以上にもう撮影は終わりにしたいのだろう。ユーリさんは彼女に確認すらしないで、ロベルトさんにやんわりと、これ以上は協力できないことを伝える。

「エドワード様がいらっしゃったら良かったですね」

「そうですね。でも彼はフランスに行っていますから。恵澄……エズミ様の所に」

エドワード様ならモデルにぴったりだと思うのに。なんだか筋違えしてしまったように痛い首筋を回しながら溜息をつくと、ユーリさんも同じように吐息を洩らした。

「じゃあ、外で使用人と主人が揃《そろ》って、記念撮影とかできないかな」

「揃って？　それはアイリーンだけでなく、私や奥様も、ということですか？」

「当時の写真を参考がてら調べたら、そういうのを何枚も見た」

それはさすがに……と私とユーリさんは目を見合わせた。けれど確かに彼が言うように、書斎に置かれた資料の中に、お屋敷の前で主人と使用人が並んで写した写真を、何度も見たことがある。

「セピアカラーでそれらしく仕上げて、御礼にお渡しするよ」

「…………」

だめ押しのように言われ、私たちは黙ってしまった。奥様とミセス・ウィスタリアは、聞いてみるまでもなく嫌だと言うだろう。でも……確かにお屋敷の前で、揃って写す写真は見てみたいと思った。

「……奥様に、お伺いしてきます。アイリーン、ミセス・ウィスタリアに話をしてきて下さい」

先に折れたのは、私よりもユーリさんの方だった。

「でも、奥様が良いと仰るでしょうか？」

「その時は……執事ではなく、孫として祖母にお願いをしますよ。だから、貴方はミセス・ウィスタリアをお願いします。私に彼女を説得する自信はない」

ユーリさんが眉間《みけん》に深い皺《しわ》を刻んだ。そういう顔は奥様にそっくりだ。

説得には、意外にも二人ともそんなに時間を要しなかった。ミセス・ウィスタリアは、料理の邪魔をされるのは非常に迷惑だけどと、以前に何度か、取材の経験もあるらしい。記念になるならいいんじゃない？　と、快諾してくれた。

奥様の方は、当然最初は断られたそうだ。けれど、当時風に（私たちはむしろ『当世風』と言うべきかもしれない、とユーリさんは言った）仕上げた記念写真という言葉と、そして最後の切り札『孫』を繰り出し、ユーリさんは奥様の説得に成功した。

それでもしばらくはゴネていらっしゃったものの、ドレスを着替え、しっかりと髪を結い上げる頃には、奥様も案外まんざらでもない様子になっていた。

そうして、ギリギリ日が傾く前に、お屋敷の前で記念撮影が行われた。

奥様を中央に、左側にユーリさんと、反対側にミセス・ウィスタリア。そして丁度荷物を届けにやってきた所を、強引に引っ張り込んだスミス夫妻がミセス・ウィスタリアの隣に並び、私は畏《おそ》れ多くもユーリさんの隣に立つことになった。

奥様はその後、結局もう少し撮影につきあわされてしまった。書斎の暖炉の所で、優雅に立ったり、座ったり。そのせいか随分お疲れのご様子ではあったけれど、数日後届けられた写真は、みんなが思った以上に素敵な仕上がりだった。

「……すごい……なんだか、本当に立派なお写真になりましたね」

「わざと少しフォーカスを甘くしたそうです。確かに当時の家族写真の趣がありますね」

散々撮られた『メイド』の写真は、もう少し時間がかかるといってほんの数枚しかなかったけれど、セピアカラーで、全体的にぼんやりとした仕上がりのお陰で、私が私じゃないような、本当に十九世紀英国のメイドのような、そんな雰囲気だった。少なくともこのアイリーン・メイディは、日本人の愛川鈴佳とは別の人だ。

「これは是非、飾っておきましょう。暖炉の上のスペースは、家族写真などを飾るんです」

奥様のお写真も、それはとても威厳と気品に満ちた良いお姿で、これは重厚な写真立てを用意しなければならない。簡素なフレームでは写真に負けてしまうどころか、奥様の立場を汚《けが》すことになる。

「じゃあ、エドワード様がいらっしゃったら、またロベルトさんに来て頂かないと。あと、エズミ様？　のお写真もあったら、奥様はお喜びになるかもしれませんね。それに――」

そこまで言って、私は一度言葉を句切った。その先を言おうかどうか、躊躇《ためら》ったからだ。

「それに？」

ユーリさんが、先を促した。悩んだ末、私は深呼吸を一つした。

「他の、ご家族のお写真も。奥様の……お子様たちの」

「………」

ユーリさんの表情が途端に険しくなった。奥様のお子様――つまり、ユーリさんとエドワード様のお母様だ。他にも今はすっかり仲違《なかたが》いしてしまっているという、奥様のご親族たち。

「まだ、ご家族のご理解は得られないんですか？」

触れて欲しくない部分だというのは、わかっている。わかった上で、私は覚悟を決めて、話を続けた。ユーリさんは不機嫌な表情で、手にした記念写真をじっと見下ろしていた。

「……祖母は自分の財力が続く限り、この生活を続けたいと考えています。ミセス・ウィスタリアも増えて、給金などの問題もありますし、用意した資金は減る一方です」

確かに、当初使用人は私一人という話だった。それは人探しが困難ということもあるけれど、資金面での問題もあったのだろう。キッチン仕事分を引いてもらうように私から申し出たとはいえ、私の給金は、毎月決して安い額ではないのだ。

「それでも、私の方で増やそうと運用していた分で、最近大きな利益を上げられました。あと祖母の持っている土地ですね。一時は親族に残そうと考えていた土地も、祖母は売ってしまうことに決めました。祖父と住んでいた家も、もう手放したんですよ」

「それでは……」

「祖母は本当に何も残さずに、このオークブリッジの時間に、自分の財の全てを注ぎ込む覚悟を決めました。だから……母は余計に、祖母や私たちに腹を立てているんです」

「全てを？」

元々ただの道楽ではないことは知っていた。けれど、奥様がそんなに、何もかもをここでの生活に捧げることにしたなんて、私は驚きと共に不安になった。

「でもそんなことをしてしまったら、このお屋敷を閉じた後、奥様は困ってしまわれるのではありませんか？」

このお屋敷は永遠には続けられない。期間が半年より延びたとしても、たぶん何年もということにはならないだろう。でも……だったら奥様が、『楢橋《ならはし》タエ』に戻った後の生活は、いったいどうするつもりなのだろう？

「心配は無用です。その時は、私がいます」

そんな私の不安を、ユーリさんが一蹴《いっしゅう》した。

「大丈夫です。奥様のことは、私が最後まで責任を持ってお守りします。執事でなくなったとしても、私はずっと彼女の孫ですから」

力強く、きっぱりと。ユーリさんの低い声が、広間《サルーン》に響く。

「そうですか」

ほっと、唇から安堵《あんど》の吐息が洩れた。他でもなくユーリさんが、これからも奥様の側にいるなら、なんの心配もないだろう。

「ありがとうございます。……今、貴方は、本気で祖母のこれからを案じて下さったんですね」

ユーリさんが驚いたように写真から顔を上げ、そっと表情を緩めた。一瞬だけ執事の仮面が剝《は》がれて、祖母思いの優しい孫が私を見つめていた。

「それは……毎日お世話をしていたら、その方のことが大切になるのは当たり前です。でも……それじゃあ、もしお金に余裕があったら、ここでの生活はもう少し続くんですか？」

「貴方のご協力が得られるなら」

「勿論最後まで、奥様のメイドは私が務めます！」

力強く頷く。それはそうだ。今更途中で投げ出すわけにはいかない。

「でも……冬は大変だと思います」

「それでも、おつきあいします。大変なのは今に始まったことではありませんから」

「そうですか」

二人の間の雰囲気が和らいでいる、この時しかない。私はさらに覚悟を決めた。

「でも……今のままなのは、奥様がお可哀想です」

「……はい？」

「奉公先のご家庭のことに、首を突っ込むのは、いけないことだというのは承知しております。でも私、ご家族と疎遠《そえん》になったまま、奥様にこれからの人生を過ごして頂きたくありません。できるなら、和解して頂きたいです」

「それは……」

またユーリさんの表情が歪《ゆが》んだ。口出しして欲しくない、そういう空気がありありと見て取れた。だけど今日は、はっきりと言わなければ。

「私の母と祖母は、仲違いしたまま逝《い》ったんです。二人とも、それを最期《さいご》までずっと、後悔していました。それが可哀想で……たまらなかった」

母は私が小さい頃に、私をお祖母《ばあ》ちゃんに預けたまま、ほとんど家に帰らなくなった。母は、いつまでも母親になりきれない人で、古風で厳格なお祖母ちゃんとは、衝突してばかりだった。

時には泣きながら争う二人をずっと見て、私は育った。二人は修復不可能な関係で、お互いに憎み合い、嫌い合っているのだと、ずっとそう思っていた。

——でも、それでも、二人は親子だった。

母と子の愛は、失われていたわけではなかったのだ。

「私はずっと、祖母の傍、母の傍にいました。私にできることはすべてしてあげました。それでも私は……母の代わり、祖母の代わりにはなれませんでした。ユーリさんとエドワード様が、奥様の味方なのはわかっています。でも……お二人は、奥様のご子息じゃありません」

お二人は、奥様の味方で、理解者だ。

二人とももう大人で、特にユーリさんは、しっかりと自分で生計を立て、働いている。両親を頼る年齢じゃない。だからこそ、自分の足下に自信がある。時には傲慢《ごうまん》に、反対意見を排除してしまえる。

「子供と孫、愛の深さの話ではありません。形の違いの話です。ユーリさんへの愛情と、お母様への愛情は、同じ形ではないと思うんです。そして……どちらも、ないがしろにしてしまうべきじゃありません。絶対に、後悔する時が来ます」

差し出口であることを承知で、私はユーリさんを見つめた。これだけは、わかって欲しかった。奥様に、悲しい想いをさせたくない。これは、奥様に仕えるメイドとしての私の願いだ。

「エドワード様とユーリさんで、どうか、今の関係を改善して差し上げて下さい。お願いします」

誤魔化すように、また写真に視線を落としたユーリさんの右手を摑《つか》んで言った。彼は一瞬戸惑うように腕を引こうとしたけれど、私はその手を離さなかった。だってきっとこの人しか、奥様を救えない。

「お願い、します」

「…………」

やがて彼は細く息を吐いて、一度目を閉じた。羨《うらや》ましいほど長い睫《まつげ》が揺れる。眉間に刻まれた皺はとても深くて、私は怒られることを覚悟した。けれど――。

「母は……あまりに理解がありませんから。祖母も、私も、母たちのことは頭っから切り離して考えていました。わからないならそれでいいと。でも……確かに貴方の言うとおりだ」

彼は自由な左手で前髪をかき上げ、思い悩むようにこめかみを押さえた。掌《てのひら》で、顔を覆《おお》うように。

「そうですね。私が、それをやらなければいけないですね。祖母を守るというのは……私が盾になればいいという、そんな単純なことじゃなかったんですね。祖母を、家族の敵にしてはいけない」

彼は覚悟を決めるように、うん、と力強く頷いた。きっとそれは大変な道のりになるだろうと思う。どんな時も、争うより許すことの方が難しい。それでも抱いてくれた彼の決意に、不意になんだか泣きそうになって、私は努めて笑顔を作った。

「いつか……ここでご家族揃って晩餐会をしましょう。今度こそ本物のウミガメのお肉を手に入れて下さいね」

私は握ったままの、彼の右手を更に強く握った。

「じゃあその時は、今度こそ本当の家族写真を撮りましょう——」

その時、コホン、と咳払《せきばら》いが聞こえた。そして、ふんわりと紅茶の香り。

はっとして振り向くと、広間の入り口に寄りかかるようにして、ミセス・ウィスタリアが立っていた。その手にはティーセットの乗ったトレイが一つ。

「イイカンジの所、邪魔して悪いんだけど」

「べ、別に邪魔なんかじゃ！」

私は慌《あわ》てて、ユーリさんの手を放した。イイカンジ、ではない、決して。ユーリさんも困惑したように、ベストの胸元で掌を拭《ふ》いている。それはいくら何でも失礼じゃないですか？　と、内心カチンとした。

「奥様がお呼びよ、さっきから何度もベルが鳴ってるわ。たぶんお茶だと思うから、用意したけど」

「わ、わかりました！　行って参ります！」

「アイリーン！　足音は静かに！」

慌ててトレイを受け取ってかけ出すと、例の如《ごと》く、執事様からのお叱《しか》りの言葉が飛んだ。やっぱり、ユーリさんはいつだってユーリさんだ。


とはいうものの、私とユーリさんの関係は、その日から少しだけ変わった。

何がどう……と具体的に言えるわけではないけれど。でもなんとなく、二人の間の空気が今までとは違うものになったのを、肌に感じる気がする。

何よりも、彼に認めてもらえるようになった。今までしつこいぐらいにかけられていた確認の言葉が減った。「大丈夫ですか？」ではなく、「大丈夫ですね」になった。時には何も言わずに、〝それでいいですよ〟という、頷きを返してくれるだけの時もある。

次の休日は、二人で旭川まで出かけた。ミシンを購入することになったのだ。最新式のものなので、お屋敷にはそぐわない。『アイリーン』の部屋に、本来存在すべきではないもの。これにはユーリさんも最後まで悩んだ。

今、ドレスは特別に注文をして作ってもらっているそうで、勿論仕上がりは立派で生地も素晴らしい。でもその代わり、一着十数万円するそうだ。

それなら普段のお召し物だけでも、生地の質は下がったとしても、枚数を増やすことを優先しようという、苦渋の決断だった。

ミシンと生地を購入した帰り、また道の駅に寄った。ここで買ったじゃがいものスコーンを、彼はたいそう気に入っているのだ。

私はソフトクリームを買った。しっとり濃厚系で、雪の結晶の形のパイが上に乗っている。食べていると、途中からあっさりとした味わいに変わった。味が二層になったソフトだ。ねっとりクリーム系の甘さで、舌が怠《だる》くなってきた所にサラサラ系――これは嬉しい驚きで、最後まで美味しく食べることができた。

ベンチに腰を下ろして私が一人ソフトを食べている間、ユーリさんはスマホを弄《いじ》っていた。珍しくもなんともない、ありふれた風景だけれど、ユーリさんがやっているとなんとなく違和感というか、複雑な気分になる。私の中にはもう、すっかり十九世紀が根付いてしまっているのだ。

席を立って辺りを眺めていると、大きな筒状の、木製の樽《たる》のような物が、レジの側に置かれていた。正面と上部が透明で、中が見えるようになっている。中は木の螺旋《らせん》階段になっていて、下にお金が散らばっていた。

「旭岳……天人峡協力金……？」

要するに、巨大な募金箱らしい。私はポケットの中の、ソフトクリームのおつりの十円を取り出した。お金を入れる口は四ヶ所縦に並んでいて、私は下から二番目の、一番大きな所にすとん、とコインを落とした。

コン、コン、コロロン、コン……。

まるでシロフォンのような可愛《かわい》らしい音を立てて、コインが螺旋階段を下る。なんて面白くて素敵な募金箱だろう！

「これは……いくらでも募金したくなってしまいますね」

いつの間にか後ろに立っていたユーリさんも、百円玉を一つ落とした。材質が違うせいか、またさっきと違う音がする。

「ふふふ」

たまらなく愛らしい音、愛おしい募金箱。私はポケットの中の小銭だけでは飽き足らず、小銭入れに入っていた合計二百三十八円までも、ついつい全部放出してしまった。

コロロン、コン、コン、コン、コン――肘《ひじ》をついて中をいつまでも覗《のぞ》きこんでいると、そんな私を、じっとユーリさんが見つめていることに気がついた。

「……なんですか？」

「いえ、貴方が笑っているのを見て、今まで本当に貴方に大変な苦労を強いていたのだと、胸が痛んだだけです」

「はあ？」

「貴方はいつも、ここに皺が」

そう言って、彼は自分の眉間を指さした。

「それは、ユーリさんもですけど」

貴方に言われたくない。そんな風に言い返した自分の眉間に、今まさに皺が寄っているのを自覚しながら答える。

「俺は自覚があるんでいいんですよ。アルバムを見る限り、たぶん生まれつきですから」

「それは……私も一緒だと思います。でも、最初の頃が大変で辛かったのも本当ですからね！」

笑う余裕がなかったのは事実だ。ユーリさんは「それは本当に申しわけなかった」と呟《つぶや》いて、お詫《わ》びに募金箱に五百円玉を落としてくれた。今までよりも力強い音に、私は素直に喜んだ。勿論《もちろん》これでチャラにはできっこないけれど。

二人での外出にも少し慣れたのか、なんとなくお屋敷に戻りたくない気分で、私はもう少しだけ道の駅を見学することにした。おあつらえ向きに、道の駅の名前も『道草館』だ。ユーリさんも帰ろうとは言わなかった。

天井から下げられた、大きなウィンドベルを鳴らした後、カメラの展示コーナーを覗いた。東川町は写真の町とも言われ、毎年写真甲子園や、国際写真フェスティバルなるものを開くぐらい、写真文化に力を入れているそうだ。

「あ！　昔のカメラ！」

様々な時代を思わせる、手持ちカメラの展示の奥に、古めかしい大きなカメラを見つけて駆け寄る。

「ホープアンソニーA型　日本製　一九六〇年頃……残念。オークブリッジよりも、後の時代ですね」

もしかしたら、私たちの時代のカメラかもしれない……そんな期待があったけれど、どうやらそこまで古いものではないようだ。

「でも、『ゼンダ城の虜《とりこ》』だ」

けれど、ユーリさんが、どこか嬉しそうに言った。

「ゼンダ……？」

「そうか、知らないんですね。十九世紀英国で書かれた有名な小説なのですが、その作者の名前がアンソニー・ホープというんです。確か書斎にありますから、後で読んでみるといいかもしれませんね」

非常に有名な作品なのだと、ユーリさんは言った。決して難しくはない冒険小説だというし、奥様との話のタネに読むべきだろう。

お屋敷に戻り、自分の仕事を済ませると、私はさっそく夜から奥様のドレス制作に取りかかった。

まず型紙を書斎で探していると、ユーリさんの言っていた『ゼンダ城の虜』を見つけた。分厚い……と思わず本を棚に戻しそうになったけれど、続編も収録されているかららしい。型紙と一緒に本を手に書斎を後にした私は、息抜きがてら使用人用ホールで、その『ゼンダ城の虜』を読むことにした。

ジャンルはなんになるんだろう。冒険活劇？　それとも恋愛小説？

ルリタニア王国を訪れた主人公、英国人ルドルフ・ラッセンディルは、古城で翌日に戴冠式《たいかんしき》を控えた新国王ルドルフ五世と出会う。二人は奇《く》しくも瓜《うり》二つの姿をしていたのだ。

だが翌朝、ルドルフ五世が毒を盛られて昏睡《こんすい》状態に陥っているのがわかる。彼はもう一人の国王候補であった、弟のミヒャエルと王位を争っていたのだった。ルドルフ五世の側近の提案で、ラッセンディルを替え玉として、戴冠式を執り行うが、一方で本物の新国王は誘拐されてしまう。

ラッセンディルは替え玉のまま国を護《まも》り、ミヒャエルの陰謀を退けルドルフ五世を救い出した。しかし運命とは皮肉なもの。彼は本物の新国王の花嫁である、フラビア王女と恋に落ちてしまう。二人は互いに想い合いながらも、国のために別れを選ぶ。

『恋がすべてでしょうか』

フラビアはそう言って、愛に生きる道を自ら断った。ラッセンディルと手を取り合って逃げる道は選ばなかった。

ラッセンディルを強く想いながらも、彼女は彼女を必要とする全てを、国を、王妃として生きることを選んだ——心はラッセンディルに捧げながら。

気がつけば本を読みながらぼろぼろに泣いていた。

なんて綺麗で切なくて、強い愛だろう……。


夜更《よふ》かしのツケの大きさを、かみ殺したあくびの回数で計りながら、私は翌日書斎の大掃除を敢行した。後でユーリさんが来て、机や棚などの普段は動かせない家具を少し動かしてくれることになっている。

さすがに本棚まで動かしてしまうと、一日では終わらなくなるので、本棚は埃《ほこり》を丁寧に全て払うだけの予定だ。

まずは本を片付けようとして、私は奥様の机の前で手を止めた。

「また……動いてる」

前から古い本を一冊、奥様が頻繁に読んでいることに気がついていた。Th- ---so-er of Z--da——タイトルもかすれて読めないその本は、時々居場所を変えるのだ。この日も本は棚ではなくて机の上だ。角のすり切れた見るからに古い外国の本。でも、それほどに愛され、大事にされているのが良くわかる。

優しく本を取り上げて、本棚に戻すつもりが、ページの隙間《すきま》から、不意に白い包みが滑り落ちた。

「あっ」

和紙の封筒？　床に落ちてしまったそれを拾い上げようとして、更にひらりと、中から古い写真が落ちてしまう。

それは、和紙に包まれた、古めかしい写真だった。若い……たぶん、ユーリさんと同じぐらいの年齢の男性の写真。日本の人ではなさそうだ。チェスターフィールドコートや、資料で見た古めかしい帽子――もしかしたら、英国の方かもしれない。

すっかり色あせてしまった写真の裏には、Jonas Higgins と筆記体で淡くにじんでいた。

「じょん……あす……ジョナス？　ひぎ……あ、ヒギンス！」

H.R.ヒギンスコーヒーと同じスペルだ。本当に英語の苦手な私は、中でもとりわけ読み慣れない筆記体に苦戦しながら、なんとかその名前を読み取った。写真の男性の名前なのだろうか。

「ジョナス・ヒギンスさん……奥様の、お知り合い……？」

コルセットが楽なように、奥様のテーブルに上半身を突っ伏しながら、写真を眺める。

美形……というよりも、四角い顔で、柔和そうな男性だ。肩幅も広くて、包容力を感じる。そんなことを考えているうちに、片足をプラプラ、ついだらしない格好になっていた。

「アイリーン⁉」

そういうタイミングに限って、ユーリさんが現れるのは、お約束というものなのだろうか。非難するような声を背後に聞いて、私は慌ててさっと姿勢を正した。

「どうしました？　具合でも？　まさかサボっていたわけでは？」

「え？　あ、いいえ、あの……それより、古い写真を見つけて」

「写真？」

「はい。本の間に挟まっていたものなんです。これ、どなたでしょうか」

上手《うま》く誤魔化せたのかどうかは定かではないけれど、とりあえずユーリさんは写真の方に意識を移してくれた。

「……誰でしょうね」

「ユーリさんもご存じないんですか？」

彼も、写真の男性が誰なのか、覚えがないらしい。オークブリッジに縁のある人なら、ユーリさんは知っていると思ったのに。

「ええ……でもこの建物は」

彼は青年の後ろの建物を指さした。

「建物？」

「はい、なんとなく見覚えがある気がします」

「奥様の昔のお住まい、とか？」

「いや。たぶん見たのはここ最近のことだと思います」

「最近ですか？」

「少なくとも、ここ数ヶ月のことです」

じゃあ、東川町にある建物なのだろうか？　言われてみると、道の駅に少し似ているような気がする。セピアカラーなので正確な色ははっきりしない、黒っぽい壁に白い枠組み。

「この写真は古いと思いますけど」

印画紙の黄ばみ方からしても、加工ではなくて、本当に長い年月を経て、大事にされてきたものに見える。

「最近ということなら、もしかしたらスミス夫人がご存じかも知れないですね。そろそろいらっしゃる時間なので、聞いてみましょうか」

私たちは二人で手早く掃除を済ませて使用人用ホールへ向かうと、丁度野菜や卵を手に、スミス夫人がオークブリッジにやってきた。明るい声に笑い声——基本の表情が笑顔のスミス夫人が来ると、オークブリッジはいつもぱっと華やかになる。

写真を見るなり、スミス夫人は「ああ！」と声を上げた。彼女も見覚えがあるらしい。

「これ、あれ、あそこ。えーと……」

最近、咄嗟《とっさ》に言葉が出てこないのよね……そんな風にボヤきながら、彼女はううーんと首をひねった。

「あ！　そうだ思い出した！　ここあそこよ、東川の郷土館！」

「ああ……そういえば一回行ったわね」

レードルを手にしたままキッチンからやって来て、ミセス・ウィスタリアも頷いた。

「じゃあこれ、東川の郷土館前で写した写真……なんですか？」

「でも、随分ボロボロで古い写真みたいよ。そんな何十年も前からある施設には見えなかったけど」

私たちは顔をお互い見合わせながら、この不思議な一枚の写真を見下ろした。

「……ねえ、私さ。前からずっと疑問だったんだけど、どうしてこの生活を東川で始めることにしたの？」

「え？」

「だって奥様も執事サンも、二人とも札幌に住んでるんだから、札幌近郊でも良かったんじゃないの？」

そう唐突に疑問を口にしたのは、ミセス・ウィスタリアだった。私もどうして東川なのか、という理由はよく知らない。言われてみるとどうしてなのだろう？　ユーリさんに、私たちの視線が集まった。

「なぜかと聞かれると……それは、奥様がこの東川町に英国の雰囲気があると、そう仰《おっしゃ》ったのがきっかけなのですが」

「ふうん」

「後は近年珍しく人口が増加している町だけあって、移住者に寛容なのと、様々な芸術家や工芸家が暮らしているので、屋敷で使う道具を用意しやすいからです」

なるほど、尤《もっと》もな理由だ。けれどミセス・ウィスタリアはまだ納得できない表情だ。

「東川を提案したのはどっち？　奥様？　貴方？」

「それは、奥様からですが……」

「じゃあ貴方は、どこかで英国の暮らしをしたい、と言われたんじゃなくて、東川という町で、英国の暮らしをしたいって奥様に言われたってことね」

「そうですね」

また少し、沈黙が流れた。

「……言っちゃ悪いけど、東川ってそんなに有名な町かしら」

「それは……でもとてもいい町だと思いますけど」

「私もいい町だとは思ってるわよ、アイリーン。でもそういうことじゃなくて。いきなり『東川』って言われて、今執事サンの言った情報を、ピンポイントで説明できる札幌市民って、どのくらいいるのかと思ったの。旭川だったらまだわかるけど、そんなに幅広く有名な町でもないわよね」

「………………」

スミス夫妻は東京に住んでいた時、北海道に移住を考える人たちのコミュニティを通して、東川町を知ったという。私はといえば、最初に旭川の隣と説明されたので、なんとなく北海道の真ん中あたりなのかな？　という想像はついたけれど、確かに今まで『東川』という町のことを、あまり聞いたことがなかった。説明を聞いてから、スーパーで買う野菜の袋にその名前を見たことがあった、と思い出した――せいぜいそのぐらいだ。確かにミセス・ウィスタリアの言うとおり、一般的に知名度の高い町ではないと思う。

「まあね、たまたま奥様が何かで知って……っていうのも、ないワケじゃないと思うけど……もしかしたら奥様と東川って、昔から何か縁があったのかもしれないわね」

その時、奥様が鳴らしたベルの音が使用人用ホールにけたたましく響いたのを合図に、私たちはそれぞれの仕事に戻った。気にはなるが、いつまでも写真のことばかりに係わっているわけにはいかない。

けれどずっと、頭に引っかかって離れなかった。大事に……本の間に隠すように挟まれていた、男性の写真。そして、奥様と東川。

「どうしたの、アイリーニ」

「いえ……」

奥様の髪を梳《す》く手が、いつの間にか止まっていたらしい。私は慌ててブラシを動かそうとして、強く髪を引っ張ってしまい、奥様に叱られてしまった。少なくともこんな雰囲気で奥様に写真の事は訊けない。東川を選んだ理由の事も。


夜、ホットウォーター・カン《ジャグ》にお湯を汲《く》んで、入浴のために屋根裏部屋まで運んでいると、急にジャグが軽くなった。

「あっ」

「持ちましょう」

「すみません」

ユーリさんだった。彼はひょい、と軽くジャグを一つ持ち上げた。いつも思うけれど、彼は見た目以上に力持ちだ。

「暑くなってきましたし……入浴方法は、少し考えた方がいいかもしれませんね」

上級使用人の特権で、本来は男性の立ち入り禁止の私の部屋に、彼はジャグを運んでくれた。そもそも、ミセス・ウィスタリアは通いで、女性使用人棟で生活しているのは私だけなのだから、そう気を遣う必要もない。

「考える、とは？」

「奥様は使用人に清潔さを求められます。私以外に男性使用人もいないことですし、時間を区切って、キッチンの奥で入浴する許可を、奥様に頂きましょうか」

ヒップバスにお湯を空け、キッチンに戻る。私と違って彼は一度に二つ、ジャグを持った。お陰でいつもキッチンと屋根裏を六往復しなければならない所が、今日は三往復で済んでしまった。しかも、いつもより一杯分お湯が多いので贅沢《ぜいたく》だ。

「下でお風呂《ふろ》に入れるのは嬉《うれ》しいですけど……でもそれはルール違反では？」

「悩ましいですね。たぶん、夏の東川ほど、実際のカントリー・ハウスは暑くないと思うんですよ」

確かに暑いと聞く東川だ。お風呂に入るのは一苦労なので、なかなか毎晩というわけにはいかないし、そもそもお湯を捨てに戻るのも大変で、結局お風呂上がりに汗だくになってしまう。

「それにミセス・ウィスタリアや私は、屋敷を離れる機会も多いので、貴方《あなた》にだけこの入浴方法を強いるのは、いつも気が咎《とが》めるんです」

ぼそっと、申しわけなさそうに彼が呟いた。たぶんそれが一番の本心なのだろう。

「でも、昔は実際に、使用人は毎日お風呂に入れなかったんですよね？」

「そうですね、主人がそうしなさいと言わなければ。その……不衛生になる部分だけは毎日洗って、後はそのお屋敷次第でしょうかね。週に一度もお湯を使わせてくれないお屋敷もあったそうです」

お洗濯だって毎日しない時代だ。優雅で格調高いヴィクトリア文化が、実は悪臭にまみれていたと知るのは、改めてなんだか残念だ。

「でも、ミシンのこともありますし、あんまり例外を作るのはいいことじゃないと思います」

そうでなければ、ここで暮らし始めた頃の、あの辛《つら》い生活の意味がなくなってしまうように思う。暮らしやすいこと、お風呂は恋しいけれど、私はオークブリッジにいるのだ。

「そうですか……ではせめて、時々またお湯を運ぶのを手伝いますよ」

お湯を下げる時も手伝いましょうか？　と聞かれたけれど、それは丁重にお断りした。浸《つ》かった後のお湯は、やっぱり他人に、それも男性に、見られるのはなんだか恥ずかしい。

「あの、それよりもユーリさん」

「何ですか？」

「……奥様の写真のことなんですが」

彼はヒップバスをちらりと見た後、考え事をするように、自分のこめかみに触れた。

「じゃあ、お湯が冷める前に、手短に」

「はい。あの……写真を大事に残しておく、ということには私、やっぱり特別な意味があると思うんです」

「そうだったら、何かあるというんでしょうか」

「わかりません。でも……もしあの方の存在が、奥様にとって特別な意味をもっているなら、そして本物の英国紳士なら、オークブリッジ邸にとっても、意味のある人物なのかもしれないと、そう思うんです」

それで？　と、彼は腕組みして、私に、本題を述べるように眼差《まなざ》しで促した。

「それで、あの……明日、午後に少しだけお休みを頂けませんか？」

「休みを？」

「スミス夫人たちが、郷土館の前で撮影された写真だって仰っていました。だから明日の午後、私に郷土館に行くことをお許し下さい。ほんの一時間でいいんです」

「どうやって？」

自分の顎《あご》をなぞりながら、ユーリさんが言った。YESなのか、NOなのか、判断しかねる声色で、私は急に弱気になった。

「あの……奥様のお昼寝の時間なら……。それに、早起きして、やらなければならない仕事は全《すべ》て済ませておきます。もし奥様が途中でお目覚めになっても、代わりにミセス・ウィスタリアがお茶を用意してくれるそうなので……」

しどろもどろになりながら、一応きちんと計画的だということを説明する。お屋敷に迷惑はかけない、奥様にも。けれど彼はそんな私に「違います」と首を横に振った。

「そういう意味ではありません。どうやって貴方は、郷土館に行くつもりなんですか？」

「どうやってって……あ」

「移動手段ですよ」

「それは、歩いて……」

「無理です。歩いて往復するなら、一時間では戻れません」

尻《しり》すぼみの弱々しい私の返答を、ユーリさんがあっさり一刀両断した。

「そう……ですよね」

そもそも私は、郷土館の場所を知らない。道の駅に行けば、地図でわかるだろうと安易に考えていたけれど、その道の駅ですら、歩いて行けば何十分もかかるであろうことを忘れていた。馬鹿《ばか》みたいだ。

「だから、私の車で行きましょう」

「え？」

「その代わり、私も同行します。実は私も近々行ってみようと思っていたんです。ミセス・ウィスタリアの言うとおり、奥様と東川には、何か繋《つな》がりがあったのかもしれませんね」

……それなら、そんな言い方しないで、素直に一緒に行こうと最初から言ってくれたらいいのに。

「では明日、奥様がお休みの間に、二人で行ってきましょう。それまでこの件については一切忘れて仕事に専念して下さい。夕食の時、エプロンの肩紐《かたひも》が捻《ねじ》れていましたよ」

お説教は忘れない彼にお辞儀をすると、お湯が冷めないうちに、と言って、ユーリさんはそのまま女性棟を後にした。

東川町郷土館は、道の駅から遠くない場所、様々な施設の連なる、東川の中心部に建っていた。その歴史を感じさせるデザインは、役場や小中学校などの周辺の現代的な建物の中にあっても引けを取らない。木々に囲まれながら、清閑というか、風格があるというか、独特な存在感で、寡黙《かもく》に佇《たたず》んでいる。

白い枠組み、焦《こ》げ茶色の壁、鶯色《うぐいすいろ》の屋根――手入れが行き届いているのだろう。歴史を重ねているのにもかかわらず、建物はとても綺麗でしっかりしていた。けれど近づくとドアは古めかしく、厳《いか》めしいというよりは少し頼りない。

ユーリさんがドアを開けた。ぎい、と軋《きし》んで、湿ったような、古い建物の匂《にお》いが私たちを迎え入れる。

入り口に、旭川市の情報誌が飾ってあった。この郷土館の建物が、旭川の歴史的建物の保存を考える会の第十八回建築賞として選ばれたという記事の所で、ページが開かれている。

「そうか、この記事だ。どうりで見覚えがあると思ったんです」

ユーリさんが呟いた。

「旧東川町役場庁舎……」

「ここはどうやら、かつての町役場庁舎を移築した建物のようです」

「ではあの写真は、ここではなく、役場の前で撮影されたものということでしょうか」

「おそらくは」

英国人の青年が、東川町役場の前で記念写真を撮る……今であれば、海外からの観光客が訪れても、そう珍しいことではないだろう。実際旭岳の登山目的か、道の駅の隣の登山用品店で買い物をする、海外の方を見たことがある。

でもたぶん、あの写真は何十年も前のものだと思う。その当時、役場の前に英国紳士の姿があるというのは、日常的なことではないはずだ。

「記録が残っていれば良いですね。あの写真について、何かわかるといいんですが」

「そうですね。とりあえず、中に入らせてもらいましょう」

昔の銀行で使っていたと思《おぼ》しき古い金庫や、北海道電力の看板と太鼓型の大きな機械の横を通って中に入る。少し暗くて、平日の昼間だからか、他に来館者の姿はないようだった。

正面に町木や町花、町章等の紹介がされていた。町のスポーツはバレーボールらしい。

「ユーリさんがやっていたのって、なんでしたっけ」

「私はバスケです」

「そうでした。背が高いから、なんとなくバレーボールのような気がしていました」

「バスケも背が高い方が有利ですよ」

そんな話をしながら、まずは順路に沿って館内を見学することにした。壁に日本と北海道、そして東川町の年表が、比較できるよう三段になって、わかりやすく展示されているのがすぐに目に入った。

「ユーリさん。ここ……」

「ええ」

こくん、と緊張に喉《のど》が鳴った。一九五九年、『東川村から東川町になる』の隣に一九六〇年『イギリスからの視察団が来訪』とあったのだ。

「一九六〇年……」

けれど、年表にはそれ以上何も書かれていなかった。

他に何か関係のある展示物がないか、私たちは先へ進んだ。東川開拓時代からの生活の記録と様々な道具が飾られていた。

そしてその奥に、大きな電車が一両、まるまる展示されている。

実際に旭川と東川を繋いでいた電車らしい。一両の、大きめのバスのような。そう、札幌の中心部を走る、路面電車を思い出した。中には他にも電車に纏《まつ》わる展示物や、制服が並べられ、入ってみることができるようになっている。

「あっ」

入ろうとしたユーリさんのジャケットの裾《すそ》を、私は思わず摑んでしまった。

「どうしました？」

「入るんですか？」

「ええ、一応。奥様には関係はないとは思いますが、せっかくなので」

要するに、個人的に興味があるということなのだろうか。

「わ、私は結構です。だって……」

「だって？」

「だって……少し、怖くないですか？」

ユーリさんは、不思議そうに振り返って私を見る。

「古い物って、色々な記憶や思いが残っているみたいで……強い気持ちが、染《し》みこんでいる気がして」

中を覗き込んだだけでも、なんとなく怖い。昔のままの座席、つり革、窓……。人気のない館内の静けさが、余計に少しおどろおどろしく感じてしまう。お化けが出そうだ。

「あ、でも……ユーリさん、電車とか、好きなタイプですか？」

それなら、私を気にせずに、見てきてくれたらいい。私は摑んだままだった彼のジャケットを離し、困惑気味の彼を解放する。

「機械は好きですよ。でも、どちらかというと、陸海よりも空派なので……構いません。今度にしましょう。そう時間に余裕があるわけではありませんし」

「ごめんなさい。でも、そら、ですか？」

「飛行機が好きです。あと、宇宙ロケットとか」

インターネット関係の会社を立ち上げたぐらいなんだから、当然機械とかパソコンとか、そういうことに詳しいとは思っていたけれど、彼がそんな乗り物まで好きだとは知らなかった。

「私、飛行機は高校の時に、修学旅行で一回乗っただけです」

「本当に？　苦手なんですか？」

「乗る機会そのものがなかったんですが……。その時は窓側の席で、翼がものすごくしなってるのが見えて。今にも折れるんじゃないかってずっと怖くて……もう二度と乗りたくないです」

　そこまで言うと、突然彼が声を上げて笑った。

「わ、笑わなくても！」

「翼の所は面白いじゃないですか。エアブレーキのフラップが出る所とか、滅茶苦茶《めちゃくちゃ》興奮しませんか？」

「興奮って……。だって、本当に怖かったんだから、仕方ないじゃありませんか！」

　さもおかしいと言うように破顔した表情は、エドワード様によく似ていた。そもそも声が似ているのだから、骨格とか、顔立ちとか、似ていて当然なのだろうけれど。でもこんな風に、エドワード様のように無邪気に笑うことがあるなんて、思ってなかった。

「そんなにおかしいですか？」

「すみません。でも貴方は年不相応に落ち着いていると思っていたので、こんなことに怯《おび》えるなんて、あまり想像していませんでした」

「ユーリさんは、私のことをなんだと思っているんですか？　それに私だってそんな……ユーリさんに子供っぽいところがあるなんて、思ってませんでしたけれど？」

　むしろ、意外なのは私の方だ。恥ずかしさより彼の笑顔が想定外で、耳まで赤くなるのを感じていた。不思議と嬉しい反面、なんだか騙《だま》されたような気分だ。

「確かに、飛行機が好きなのは子供の頃からです。子供の頃、初めて一人で飛行機に乗った時、丁度乱気流に入ってしまって。隣に座った青年が、不安げな私を見かねてか、ずっと話をしてくれたんです。飛行機が、どれだけ安全な乗り物なのかということをね」

「別に安全じゃないとは、私だって思ってませんけれど」

「今思えば、彼自身も不安だったかもしれないですね。けれど構造のこととか、当時の私が理解するには難しいことばかりでしたが、根気強く説明してくれたんです。興味深い話でしたし、なによりその彼の静かな声に、とても安心させられたんですよ」

飛行機に一人ちょこんと座って、見知らぬ青年から話を聞く、小さなユーリさんの姿を想像した。きっと彼なら騒いだりしないで、じっと一人で震えていたんじゃないだろうか。そんないじらしい彼の姿に、手をさしのべてくれた青年——。

「優しい方が、隣で良かったですね」

「はい。そしてその時、最後に彼がこう言ったんです。『空は、どんな世界とも、時間とも、繋がっているんだ』と」

「時間とも？」

「ええ……最近、オークブリッジの空に飛行機を見る度に、よくそのことを思い出すんですよ」

オークブリッジ邸は、アイリーンの時代、国とも、空で繋がっている——。

「──そんないいお話で纏《まと》めようとしても、私のことを笑ったのは、気を悪くしていますからね」

「じゃあ、上を見てきましょう。ここは、貴方には怖いだろうから」

拗《す》ね気味で言う私に、またユーリさんは軽く吹き出して笑い、意地悪に言った。

「そうですよ。遊びに来たわけじゃないんですから！　見学は今度一人で来て下さい。今はヒギンス氏の手がかりを探さなきゃダメです」

一階の展示を見終え、二階に続く階段へ向かった。窓から陽が差し込んだ階段は、明るく、質素で、歴史が染みこんでいる。一段ごとに、ぎい、ぎいと音をたてた。登り終えた先、淡い緑色の扉が三つある。

一つは戦争にいった人たちの遺品や、写真を飾っている部屋だった。胸が痛く、切なくなるような部屋。もう一つは古い生活道具の並べられた部屋。そして最後の一つは展示室と書かれている。私たちはまず、その大きな二枚扉の展示室を見ることにした。

中は広い空間だった。色々な物が飾られている。下は生活面の展示が中心だったけれど、こちらは主に東川の自然について触れている部屋らしい。

目の前に、東川に生える木や、動物たちの剝製《はくせい》が並んでいた。

「剝製は、動かないので大丈夫ですよ」

「わかってます！」

一瞬足が竦《すく》みそうになった私に、ユーリさんが手を差しのべてくれたけれど、私はパチンとそれを叩《たた》いて振り払った。

東川の地形や、蝶《ちょう》の標本、そういうものの奥に、ピアノや蓄音機、絵などが飾られている一角がある。そのつきあたりの白い壁に、古い白黒写真が飾られている。数えたら二十二枚あった。東川の昔の風景や、人を写したものらしい。

「ユーリさん！」

「写真……」

「これ、この人！」

その中の一枚に、私たちはすぐに気がついた。「六〇年代　〇〇さん寄贈」、と下に説明が入っている。写真には数人の外国人紳士と、彼等を引率するように立った、若い和服の女性が写っている。

「……間違いない、お祖母《ばあ》様です」

ユーリさんが、かすれた声で言う。興奮に、声が震えている。

「……奥様、若い頃から本当にお綺麗《きれい》ですね」

「そうですね」

白黒で全体的にぼんやりとしている。けれど今の奥様の姿には確かに、その面影が残っている。今も十分お綺麗だけれど、当時はそれはもう、きっと誰もが目を奪われただろう。

「ユーリさん……鼻筋が奥様似ですね」

「そうですか？」

「エドワード様もユーリさんも、奥様にそっくりだと思います」

だったら奥様も、声を上げて笑うぐらい喜ばれたら、あんな風に可愛《かわい》らしい笑顔になるんだろうか。

「……このお写真、他にもないんでしょうか」

「聞いてみましょうか？」

「どうかされましたか」

そんな話をしていると、騒いでいる私たちのことが気になったのか、入り口で受付をしていた眼鏡の男性が、いつの間にかやってきて、声をかけてくれた。

「ここに、祖母の姿を見つけたので」

「お祖母様の？」

私たちは手短にだったけれど、オークブリッジの存在も含め、一通り状況を彼に説明した。

「十九世紀英国の生活を？　それは驚いた」

彼は馬鹿にするでなく、ややあって、立ち入り禁止になっている奥の資料室から、数冊のファイルを手に戻って来てくれた。

「これは、駐日英国大使と英国からの視察団が、旭川周辺を訪れたときの写真ですね」

「それで、東川にも？」

「はい。六月の、丁度過ごしやすい、良い時期だったようですね」

ぱらぱらと、間に挟んだ写真を数枚抜き出して、彼は私たちに差し出してくれた。

「この女性についての詳細はありませんが、通訳の補助として、若い女性が一人同行したと記録にあります」

「この男性が、大使の方なんですか？」

私は今回のために再び本の間からお借りした写真を、彼に見せる。彼は少し眼鏡の位置を変えるようにして、じっくりと写真を確認してくれた。

「いいえ、たぶん、英国から来た視察団のお一人でしょう。大使はもう少し年齢が上です」

「ジョナス・ヒギンスという方のことは、記録にありますか？」

写真の裏の名前を示すと、彼はファイルを確認してくれた。カサカサとページを手繰る沈黙の中、私はユーリさんを仰ぎ見た。彼はとても緊張した表情で、深呼吸を一つした。

「そうですね。写真のその人かどうかはわかりませんが、確かにヒギンスという名前はあります」

結局わかったのは、それだけだった。

だけれど一九六〇年に、奥様は確かに英国人視察団の通訳のお手伝いとして、この東川町に来ていた。そこでジョナス・ヒギンス氏と一緒の時間を過ごし、そしてこの建物の前で写した彼の写真を、今でも大事に本の間に挟んで、たぶん時々見ていらっしゃる――。

車に戻ると、ユーリさんはいつもの険しい表情だった。緊張した雰囲気に困惑しながら、私はシートベルトを締めた。

「あの……ユーリさん？」

彼は黙ったまま、私に促されても車を出さなかった。近くの羽衣公園に向かうのか、数人の子供たちが車の横を通り過ぎていく。彼等の笑い声を聞きながら、私は振り返ってもう一度郷土館を見た。近代的な町並みの中、木々に囲まれてひっそりと佇む古い洋館を。

「……奥様が東川を選んだのは、やっぱりヒギンス氏に関係があるんでしょうか」

「わかりません！」

思いがけず強い口調が返ってきた。彼はとても苛立《いらだ》っているようだった。

「そう、ですか？」

　突然のことに驚きながら、私はユーリさんを窺《うかが》ったけれど、その表情を確かめる前に、彼はハンドルに顔を突っ伏してしまった。

「ユーリさん……」

　彼が、何か酷《ひど》く思い詰めているのがわかった。突っ伏した彼の肩に労《いたわ》るように触れたいと思った。でも結局、私にはできなかった。

「どうかなさったんですか……？」

「いえ……ただ複雑で。祖母の、知らない一面なので」

「奥様とヒギンス氏のことが、ですか？」

　彼は低く呻《うめ》くように、「ええ」と小さく答えた。

「……視察団が訪れたのが一九六〇年の六月なら、祖母はその二ヶ月後に結婚していることになります」

「そうなんですか……でも別に、誰もが恋愛結婚をするような時代ではなかったのでは？　もし彼が、奥様の特別な方だったとしても、だからって――」

　彼が何かを恐れるように取り乱す理由が、すぐには理解できなかった。奥様が写真の二ヶ月後に嫁がれたとして、いったい何をそんなに怖がらなければならないのか。

「ですが自分の根源が揺らぐかもしれないんですよ！　動揺しても仕方がないじゃありませんか！」

「根源？」

嗚呼《ああ》、そうか――。

私はてっきり、奥様にご結婚前に想《おも》い人がいたかもしれないと、そういうことに彼が抵抗感を抱いているのかと思った。私も人のことが言えるわけじゃないけれど、ユーリさんは少し硬いというか、潔癖なところがあると思う。だけど、彼が危惧《きぐ》しているのは、そういうことじゃなかった。

「根源……って」

「母は、祖父には全く似ていないんです。鼻筋も通っていて、彫りも深い。身長も女性にしては高い方で……」

「は……？」

「だからもし、祖母が彼と……」

口に出すのも憚《はば》かられるようなことを言いかけて、結局言葉にできずに、彼は飲み込んだ。

「そんな……馬鹿みたい、奥様がそんな不貞を働くわけないじゃありませんか！　奥様は高潔なお方ですよ⁉」

つまり奥様とヒギンス氏の間に、友人以上の関係があったのではないかと、彼はそういうことを言いたいのだろう。確かにユーリさんもエドワード様も彫りが深く、英国人の血を引いていると言われても、違和感はない。

顔を上げたユーリさんの、強《こわ》ばった横顔を見た。そうだ……それに彼は瞳《ひとみ》の色が少し明るい。私のような黒じゃない。だけど。

「そんなの、あるわけないです」

「ですが……誰にだって過《あやま》ちはあります。それに……もし彼が祖母にとって本当に特別な相手だとしたら……祖父の死後、この町で暮らしたいと祖母が言い出したことにも、納得がいく」

「だからって、奥様に限って過ちなんて絶対にありえません。ユーリさんらしくもない。奥様はそんなお方じゃありません。これは奥様への冒瀆《ぼうとく》ですよ。こんな失礼なこと、いくらユーリさんだって許されません！」

けれどユーリさんは、まだ納得できないようで、厳しい表情のままだった。私は写真を見た。ヒギンス氏の四角い顔と、ユーリさんの尖《とが》った顎を見比べる。

「少なくとも、ユーリさんは彼には似てないから、大丈夫です」

「似てない、ですか？」

不安げに彼が私を見た。ユーリさんの気持ちもわかる。奥様はいつも肝心なことは言わないし、それに彼の懸念《けねん》がもし本当だったら、絶対に奥様は明かさないだろう。

「ええ全然似てません。ユーリさんはもっと意地悪な顔です。だから、いいから早く車を出して下さい。私たちには仕事があるでしょう?」

努めてはっきりと答えると、やっと彼の緊張が緩んだ。でも改めて写真を見ると、ユーリさんの笑った時の愛らしい笑い皺《じわ》が、ヒギンス氏の目元によく似ているような気がして、私の胸が急にズキズキ痛んだ。

「意地悪な顔とは、随分ですね」

「でも本当です。奥様がそんな責められるようなこと、するわけありませんから」

「そうですね……二人の関係は不明ですが、私や楢橋家の人間が誰もヒギンス氏を知らないということは、全く疎遠《そえん》になっているからだろうと思われます。私は明日からまた数日札幌に戻らなければなりませんから、少し調べてみることにします」

「そうですか……」

心のどこかで、もうこのことには触れない方が良いのでは? と思った。もし彼にとって不都合な結果がわかったら、彼は、そして奥様はどうなるだろう。

流れる景色を見ながら、チリチリとこめかみを灼《や》く焦燥感を宥《なだ》めるように、窓ガラスに顔を押しつけた。


お屋敷に戻った私は書斎に向かい、写真を元の本の間にそっと戻した。その時、その薄くかすれた本のタイトルが、"The Prisoner of Zenda"――『ゼンダ城の虜《とりこ》』の原書であることに気がついた。

愛し合いながらも仲を引き裂かれてしまった、悲しい二人の物語の間に、奥様は大切に、ヒギンス氏の写真を挟んでいるのだ。

ふっと、ユーリさんの言葉を思い出す。

『誰にでも過ちはある』

その言葉に目眩《めまい》がした。そうだ、誰にでも過ちはある——私にだって。

奥様にとって一番の理解者でもあるユーリさんですら、ヒギンス氏のことを知らない。奥様がかつて、東川の地を訪れていたことも。この、写真のことも。

話せることなら、きっとユーリさんには話していただろう。彼が知らないのは、やっぱり奥様は彼に『話せない』ということなんじゃないだろうか。

本当にこれ以上は掘り返すべきではないのかもしれない。不安を通り越して、私は恐怖めいたものを感じた。

写真を見つけてしまったことを強く後悔した。けれど、割れた卵が元には戻らないように、もう、時間は戻せない。

触れてはいけない奥様の秘密——本の間の恋人。

フラビアとラッセンディルが選んだ道は、秘密と沈黙。互いの手を取らないことで得た、誰にも侵せない永遠の愛と情熱。

何度も何度も、互いの名前を呼びながら交わした口づけ。

幻想的な恋物語のラストシーンが、今はとてもリアルに感じられる。

このことが明るみに出たら、オークブリッジ邸はどうなるのだろう。今は科学的に関係を調べる方法もある。あれほどまでに動揺した彼の姿を思うと、手放しに大丈夫という自信がない。

この先も奥様は奥様でいられるのか、ユーリさんは執事なのか、私は、アイリーンなのか。ユーリさんの気持ちが離れてしまえば、オークブリッジは立ちゆかない。奥様は全てをなげうって、今の生活を続けているというのに。

奥様は大切な人だ。私にとって。

毎日お世話をしているから……それだけじゃない。結局私は、奥様の中に時々『お祖母ちゃん』の姿を見てる。勿論《もちろん》奥様はお祖母ちゃんじゃない。私は他人だ。それもよくわかってる。だけどそれでも、いつでも力になりたいと思うのだ。愛《いと》おしく思わずにはいられない。

なにより奥様は、私に仕事をくれた。とびっきりやり甲斐《がい》のある、私にしかできないかもしれない仕事を、自信を。オークブリッジに流れる、時計仕掛けの毎日を。

奥様に与えられた、スズランの懐中時計をそっと胸から取り出す。スズランの花言葉は『幸せの再来』。私が奥様にもう一度、幸せを差し上げたい。

だったら――私が、しなければならないことを考えた。私にできることを、私の存在の意味を。私は、どうしても奥様の味方でなくてはならない。奥様のメイドとして。それに、一番の本心は、今の生活を奪われるのがいやだった。……私は自分勝手だろうか？

それでもいい。奥様を守らなければならない。この、オークブリッジを。

翌朝早く、札幌に向かうユーリさんを見送りに出た。

「あの、夕べ考えたんですけど……ヒギンス氏のことは、もう調べなくてもいいんじゃないでしょうか」

お弁当代わりのサンドウィッチを手渡しながら言うと、彼の眉間《みけん》に皺が寄る。

「……そうですか？」

「それよりも、何か奥様のためになることをした方がいいと思うんです」

「………………」

ユーリさんは返事をしないまま、窓を閉め、車を出してしまった。遠ざかるユーリさんの車のお尻を眺めていると、またもう一台、車が近づいてきたことに気がついた。

「どうしたんですか、お早いですね」

「出がけに寄ろうと思ってね。君たちは早起きだろ？」

そう言って車から降りてきたのは、写真家のロベルトさんだった。この前お屋敷にいらした時と違いラフな服装で、お屋敷に通すのが躊躇《ためら》われて、私はさりげなく、このまま外で彼の応対をすることに決めた。

「ユーリさんは、札幌にお仕事で向かわれましたが……」

「いいよ、君に用があって来たんだからね」

「私にですか？」

「そ。これさ」

彼が大きめな茶封筒を私に差し出した。少し重みがある。そっと封筒を開けると、中には現像した写真が入っていた。

「…………」

言葉が出なかった。それは私の、アイリーンの写真だった。体中が痛くなるほど何枚も、何枚も、嫌になるほど撮られた写真。いったい彼が何を写したいのかわからなかったけれど、そこには、お屋敷の窓から差し込む穏やかな光の中、仕事をする一人のメイドの姿があった。

「……私じゃないみたい」

「気に入った？」

とても照れくさい、だけどそれには頷《うなず》かないわけにいかなかった。コルセットをした自分の後ろ姿を見るのは初めてだ。二ヶ月の間に、すっかりオークブリッジの時代に適応した私の、アイリーンの後ろ姿は、本当に私とは思えないぐらいほっそりとして、お仕着せのスカートの広がりも相まって、しなやかで、どこか幻想的にすら見える。

　勿論、ある程度はコンピューターで編集して出来上がったアートなのだろう。やっぱりどう考えたって、私はこんなに綺麗じゃない。既に届けられている『家族写真』と同じ、十九世紀風に作られた写真だ。そうわかっていても、こんな風に『アイリーン』に見える自分が嬉しい。

「……ロベルトさん。あの、一つご相談したいんですけど」

「俺に？」

「はい。写真のことで、なんですが……」

　不意にあることを思いついて、彼に自分のその『名案』を話した。後から考えると、愚かなことだったかも知れない。でもその時は――確かにその時は、名案だと思ったのだ。これしかないと思った。


「アイリーニ！」

　数日後、広間で奥様が金切り声で呼ぶのが聞こえた。今まで、奥様が私を呼ぶのはべルでだけだった。こんな風に、声を上げて何度も呼ばれるようなことは初めてで、驚くのと同時に、私は血の気が引く思いがした。すぐに、理由が浮かんだからだ。

「はい奥様、ここに」

広間に駆けつけると、奥様は案の定、暖炉の前で一つの写真立てを手にしていた。私が用意したものだ。きっと喜んでもらえると思っていた。

「どういうことなの⁉」

「……」

「これは、どういうつもり⁉　どういうことなの！」

けれど、奥様の声は、表情は、全て厳しかった。

「あの……写真を、見つけて……それで。あ、勿論、合成しただけです。元の写真には傷も付けていません」

「そんなこと、聞いていないわ！　どうしてこんな写真を⁉」

「それはオークブリッジが本当のお屋敷なら……『旦那《だんな》様と奥様』のお写真が必要だと思ったんです。だから、ロベルトさんに頼んで、奥様の……」

それは、奥様のお写真とヒギンス氏の写真を、合成したものだった。ヒギンス氏の年齢に合わせ、奥様のお顔も皺などを消して、今よりも若々しく見えるようにしてある。さすがプロだけあって、ロベルトさんの技術は見事だった。その写真は紛れもなく、書斎の暖炉の前で写された、オークブリッジの主人二人の記念写真に仕上がっていた。

「……『ゼンダ城の虜』の間から、ヒギンスさんのお写真を見つけたんです。奥様が……大事にしていらっしゃるのはわかっていました。勝手に調べたことはお詫《わ》びします。でも昔ヒギンスさんと奥様が、東川にいらしたことを知りました。だから……」

フラビアとラッセンディル、奥様とヒギンス氏。引き裂かれてしまった二人の姿が重なった。ユーリさんの気持ちは痛いほどよくわかったけれど、どうしても、私は奥様の思い出をそのままにはできなかった。

「だから!?」

「隠すべきではないと思うんです。奥様がヒギンスさんのことをお慕いしていらっしゃるなら、それならいっそ、オークブリッジ邸の旦那様になっていただくべきだと思いました。だってここは、奥様の夢を叶《かな》える場所です！」

秘密にするから、不安になるのだ。ユーリさんも。恥ずべきことはなに一つないと公言して、彼を主人に迎えればいい、正式に。

「お……お前に何がわかると言うの」

「わかりません！　でも……もし奥様にとって本当にご都合の悪い部分があったとしても、私が力になります。奥様をお守りします、何があっても絶対にです！」

そのためなら、ユーリさんたちに嘘《うそ》をつくことになっても構わない。たとえ誰かを欺《あざむ》くことになったとしても、私は――。

パリン！　と、悲しい音を立てて、写真立てが割れた。奥様が写真立てを床に叩きつけたのだ。ガラスの破片が暖炉の前に散らばっている。

「……出て行きなさい」

「え？」

「今すぐ、ここから出て行って！」

奥様が私の二の腕を摑《つか》んだ。普段の奥様から想像できない、強い力だった。指先が食い込む痛みに、私は奥様の怒りが本物であることを思い知った。

「出て行くって、あの……」

「お前はクビよ、アイリーニ。もう二度と私の前に姿を見せないで頂戴《ちょうだい》！」

引きずるようにして、奥様は私を部屋から追い出そうとした。じゃりじゃりとガラスが足下で割れる。私はバランスを崩して、床に倒れ込んだ。膝《ひざ》に、ガラスの破片が突き刺さる。

「でも奥様！」

膝を押さえながら、奥様を見上げた。奥様は私の傷に気がついて、一瞬はっとした表情を浮かべたけれど、すぐにまた険しい表情で私を見据えて、ドアを指さした。

「お前を解雇します。今すぐオークブリッジから出て行きなさい」

恐《こわ》いほど静かに奥様が言った。押し殺した声で、けれどその意志が固いのは明白だった。

私は立ち上がると、膝から血が流れるのも構わずに、奥様にお辞儀をした。

「……失礼、いたします……」

かろうじてそれだけ言葉を絞り出すと、両目に涙が溢《あふ》れた。部屋から出る時、奥様がかがみ込んで、ガラスの破片を拾うのが、涙でにじんだ私の目に、ぼんやりと映った。

膝が痛い。

クビになってしまった、どうしよう。

だけどそんなことより、私の頭に浮かんだ不安は、奥様がガラスで手を切らないかということだった。明日から、誰が奥様のお世話をするのだろう？　ちゃんと、奥様のことを考えてくれるだろうか？

私は、馬鹿だ。

私が次にオークブリッジの正面玄関を使うのは、このお屋敷を去る時だと、オークブリッジに来た日、ユーリさんが言った。あの時は、なんでそんなことをと、正直思った。だけど私は、お屋敷を去る時も使用人玄関を使った。そんな不遜《ふそん》なこと、許されないと思ったからだ。正面玄関を使っていいのは、上流階級の人たちだけ、階上《アップステアーズ》で暮らす人たちだけだ。

私はもうすっかり、アイリーンだった。十九世紀に生きる、使用人。

オークブリッジのメイド、アイリーン・メイディだった。

⁂

メイドじゃなくなるということは、その場所にいる、全《すべ》ての人とお別れするということだ。

別れが一つでも、サヨナラするのは一人じゃない。

奥様だけではなくて、スミス夫人、ミセス・ウィスタリア、ユーリさん、エドワード様——お屋敷のみんな、オークブリッジ邸の全ての人たちから。

そして金色の鍋《なべ》、お気に入りだったシュロのブラシ、大広間《ホール》の柱時計、緑羅紗扉《グリーンベーズドア》、この身体に食い込むコルセット……私の愛《いと》おしかったものの全てから。すっかり馴染《なじ》んだ、アイリーンという名前さえも。

全部、まとめて、何もかもからお別れしなければならないのだ。でも私が望んだことじゃない。全部奪われた。与えられた時と同じ唐突さで。原因は勿論《もちろん》、奥様が私を追い出したからだ。奥様のためにと思ってやったことだったのに。

——いいえ。奥様の大切な写真。奥様の秘密に私は触れてしまったのだ。奥様の心に、不躾《ぶしつけ》に踏み込んでしまったのは私だ。奥様が悪いんじゃない。悪いのは、奥様が私を追い出さずにはいられない状況を作ってしまった、この私。

泣きながら家に飛び込んできた私を前にしても、スミス夫人は理由を問いただささずに、いつものあの優しい笑顔と、ホットミルクで迎えてくれた。蜂蜜《はちみつ》入りの優しい甘さと温かさの中で、お屋敷を離れることだけ伝えると、彼女は私を旭川駅まで車で送ってくれた。

東川に初めて来たときは、まだ春だった。でも季節はもう夏。いや、まだ夏というべきかもしれない。たった二ヶ月しか経《た》っていないけれど、私は二ヶ月前の私と違うだろう。鮮やかで濃い色に変わった町並みのように。どこまでも高くそびえ立つ針葉樹や、畑はすっかり緑色で、車道脇《わき》の草の茂みに咲く、エキナセアとルドベキアが、青空を見上げていた。

空は青色だ。無神経なほどに。押しつけがましい青い空から、私は顔を背けて俯《うつむ》いた。圧倒的な青空までが、私を叱《しか》っているような、そんな身の置き所のなさに苛《さいな》まれながら、オークブリッジを後にした。

ＪＲの窓から見上げる空は、札幌に近づくにつれて曇りに変わって、ほっとすると同時に、見捨てられたような気持ちになった。

家を出たときはカバン一つだった。帰りもそれだけのはずだったけど、スミス夫妻は、札幌に帰る私に、自家製のベーコンや燻煙《くんえん》卵、ジャムや野菜を、二重にした紙袋いっぱいに持たせてくれた。私がお屋敷から追い出されたとわかっているのに。

札幌駅前から乗り込んだバスを降りる。バス停から家までの道のりに感じた、そのずっしりとした重み、手に食い込む持ち手の痛みは、二人からの愛情の証《あかし》のように思えて、嬉《うれ》しさと、それ以上の寂しさがいっそう胸を突く。

「あれ鈴《すず》ちゃん。住み込みで奉公に出たんじゃなかったっけ？」

「……戻って来ました」

「あらそう、長くなりそうだって聞いてたから、みんな寂しがってたんだよ」

アパートに着くと、それでもほっとした。懐《なつ》かしい我が家。花の手入れをしていた、向かいの平屋のおばあちゃんが驚きつつも笑顔で私を迎えてくれた。

「またお世話になります」と、ペコリと頭を下げる。

「そうそう、鈴ちゃんの上の階の本間《ほんま》さん。入院したのよ」

「え？」

「朝、ほらゴミなげに出てこないんで、おかしいと思ってみんなで訪ねたら、案の定、板の間に倒れててね。救急車呼ぶ大騒ぎになったんだから」

ゴミ捨ての朝、そのまま近所のおばあちゃんたちは、小一時間の井戸端会議をする。

腰が痛いなんていう自分の体調や、誰々が病気だとか、孫が生まれたとか、そういった身の回りや家族のこと、スーパーの特売、TVのニュースのことだとか、様々な話題に花を咲かせるのだ。

でもそれは、きっとお互いの安全確認というか、元気であることを見守り合っているのだろう。こういう横のつながりは、時には煩《わずら》わしく感じるけれど、気にかけてもらえているというのは幸せなことだ。特に家族のいない私には。

「それで、本間さんのご容態は？」

「あんまり、よくないらしいね」

「そうですか……」

他にも、私がいない間に起きたあれこれを、気がつけば人数の増えたおばあちゃんたちから、怒濤《どとう》の勢いで聞かされた。ほんのちょっと離れていただけなのに、しっかり時間は流れていた。

お屋敷の毎日は慌《あわ》ただしく、いつも同じことの繰り返しで、育っていく庭のクレマチスでしか時間の流れを計れなかった。でも時計の針は確実に動いていたらしい。当たり前のことなのに、奇妙な違和感が私を混乱させる。

「よい……しょっと」

話の尽きないおばあちゃんたちに、荷物が重いことを伝えて自分の部屋に向かった。

新聞受けの端が茶色く錆《さ》びた、クリーム色のドア。材質は知らないけれど、少なくとも緑色の羅紗《らしゃ》は貼《は》られていない。

ドアノブは銀色。でも銀じゃない。材質は……アルミ？ ステンレス？ わからないけれど、お屋敷のドアノブとは違う、安っぽくて冷たくて、磨き粉《ポリッシュ》でピカピカに磨く必要のないドアノブ。

改めて自分がみすぼらしい生活をしていたことを痛感して、心がささくれ立つ。

自分の狭い部屋に戻ると、かび臭いような臭《にお》いを感じた。たぶん畳の臭いだ。自分の部屋の匂《にお》いのはずなのに。やっと家に帰ってきたのに。札幌に。現在に。帰りたかったはずなのに。

玄関で靴を脱ぎ、そのまま座り込んでしまった。すぐには立ち上がれなかった。涙がこみ上げ、しばらくの間、私は玄関で泣いた。声は出さなかった。薄い壁だから。

悲しい。悔しい。歯がゆい。自分に腹が立つし、奥様にも腹が立った。私を守ってくれなかったユーリさんにも。でも、やっぱり一番悪いのは、結局私だということはわかっている。だから余計に悲しかった。

そのまま泣いて、泣いて、夜が来た。自分のために今日は何かをする気になれなくて、空腹のまま、ただお風呂《ふろ》に浸《つ》かった。蛇口をひねるだけでお湯が満ち、肩まで浸かれるバスタブに。

たっぷりのお湯が出るシャワーで身体を洗った。髪通りの優しくていい香りのシャンプー、肌に馴染んだ化粧水に、ひとつずつ愛川鈴佳を取り戻し、アイリーン・メイディが剝《は》がれていく。コルセットが作ったほっそりとした腰だけが、私に残された。でもこれもきっとすぐに戻ってしまうだろう。

空っぽの冷蔵庫は、スミス夫妻のお陰で満たされたけれど、空っぽの私の胃袋は、そのまま何も満たさなかった。今、自分一人のために料理をしたいとは思えず、かといってコンビニのような手軽さに流れるのも嫌だった。せめて今日だけは、まだ自分を二十一世紀の一部にしたくなかった。

ドライヤーも使わずにすぐにベッドに入る。身体は十分疲れていたし、それにまだ泣き足りなかった。泣きながら眠った。明日には、私の本来の生活に戻らなければいけない。仕事もしなければならないし、買い物にも行かなくちゃ。

だけど迷子の気分だ。私は完全に、二十一世紀と十九世紀の間で、独り迷子になっていた。せめて夢の中ではオークブリッジに帰りたいと思ったのに、その日見た夢の中でも、私は知らない町で迷子だった。

朝、目覚めて目に入る天井が、オークブリッジの屋根裏部屋ではないことに、結局私は一週間経っても慣れなかった。朝起きるたびに失望する。自分がアイリーンではないことに。

毎朝、同じ時間に目が覚めた。きっちり、六時十五分前。ミセス・ウィスタリアが来てからは前より少し遅くまで寝ていられるようになったけど、それでも六時には身なりを整えて、応接室《ドローイングルーム》を掃除し、家中のカーテンを開けた。私が、オークブリッジを朝にするのだ。でも今は、せいぜい開けるカーテンはたった二ヶ所、寝室と、リビングだけ。

そろそろミセス・ウィスタリアは、オークブリッジに着いただろうか？　彼女は私と違って、住み込みではなく通いの形だ。本人は住み込みは大変だと言うけれど、毎朝早く通うのも、それはそれで大変だと思っていた。

あれこれしているうちに、朝八時になった。奥様の朝のお茶の時間だ。ビスケットと淹《い》れ立ての紅茶、ユーリさんがアイロンをかけてパリパリにした新聞。今日は旭川の気温が高い。たぶん東川も暑い一日になる。奥様はしっかりと心地よい部屋で起きただろうか？　今頃、いったい誰が奥様のお世話をしているんだろう。

札幌に戻ってすぐ、ユーリさんから電話が来た。彼は戻って欲しいと希望してくれたけれど、奥様がそれを許しはしないことを、私はわかっていた。

「無理だと思います」

そうきっぱりと断ったのは、もしかしたら奥様が考えを改めて、彼女から私に戻るように言い出してくれることを期待してのことだったと思う。

でももう一週間。あれっきりお屋敷から連絡はない。

きっとユーリさんは既に、新しいメイドを雇ったのだろう。私じゃない新しいメイドが、今頃奥様に紅茶をお出しししているのだ。

動かないでいるのは性に合わないので、ゴミ収集場所へ向かった。今日は燃えるゴミの日だ。黄色いネットをかけているけれど、すでに行儀の悪いカラスがゴミを散らかしていた。どうやら夜のうちに、こっそりゴミを出した人がいたらしい。

仕方なく片付けていると、近所のお年寄りが、ゴミ捨てついでに話に花を咲かせ始めた。仕事を理由にそそくさと部屋に戻ろうとした私に、右隣の部屋のおばあちゃんが声をかけてきた。

「そうそう、お豆もらったんだけどね」

「いい紫花豆ですね。また煮てお渡ししたらいいですか？」

「ありがと。時間のある時でいいし、いつも通り食べたい分だけ持って行ってくれて良いからね」

そう言って、おばあちゃんがビニール袋に入った紫花豆を、手渡してきた。たぶんずっしり一キログラムぐらい。思わず顔が綻《ほころ》んでしまった。私は豆を煮るのが大好きだ。

おばあちゃんの娘さんは、十勝に嫁いでいて、時々お豆を送ってくる。私は代わりにそれを煮て、少しだけもらって、おばあちゃんに返すのだ。おばあちゃんは煮豆を近所に配る。多少は手間だとはいえ、お裾《すそ》分けのお返しまでわざわざ分けてくれるので、私は十分に得をさせてもらっている。

「…………」

「どうかした？」

「いいえ、本当に、美味《おい》しそうなお豆だなって、思って」

思わず花豆を手に黙り込んだ私に、おばあちゃんは不思議そうな視線を向けてきた。首を横に振ったけれど、笑い顔はたぶん引きつってしまっていたと思う。

ただ思い出しただけだ。美味しそうな紫花豆。東川の道の駅でも、たくさんの豆が売られていて、見る度煮豆を作りたいと思っていた。甘い、ほっくりとした和食の煮豆を。同じ種類の豆だとしても、十勝の豆と東川の豆、味は違っただろうか。

とはいえ朝から余計な感傷に浸っている暇はなかった。二十一世紀に戻ってきても、私のする仕事は一つだ。使う道具が少し違うだけ。働くお宅が違うだけ。

家政婦派遣会社の社長・水谷《みずたに》さんは、予定を中断して戻ってきた私を叱らなかった。だけど彼女がまた私に失望したのを肌で感じた。取り返しのつかない問題を起こすのは、これで二回目。若いから仕方ないと、そう赦《ゆる》してもらうのも悔しかった。

だから新しい仕事先では、気を引き締めて頑張った。向かった先は、四十代の女性で、札幌では有名なフラワーコーディネーターだという。

結婚式やイベント会場などを花で飾る仕事をしていて、時にはＴＶの仕事が来たり、最近は本も出したらしい。そんな彼女の家は、そこかしこに花が溢れている。

下の名前は菫《すみれ》さんというそうだけど、菫と言うよりは菖蒲《しょうぶ》のような、すらっと背の高い、凜《りん》とした魅力的な人だ。なんとなく雰囲気が奥様に似ている。ここのお宅に選ばれて良かった。

結局の所、私には仕事しかなかった。動いていれば気が紛れた。ついつい考えてしまうお屋敷のことを忘れるため、私は必死に働くしかなかった。幸い、私の新しい雇い主は、私を気に入ってくれたようだし、私も彼女を好きになれそうだ。

まるで飼い犬が主人を変えるような、奇妙な罪悪感が胸にくすぶっていた。でも私にも生活がある。相性の良さそうなお宅で働いて、『今』に専念しなければ。

日中はそんな風に過ごしていたので平気だった。この一週間、仕事がない時は派遣会社の事務所の掃除をした。どこもかしこもピカピカに。一回だけ、ファイターズの試合を見に、札幌ドームに行った。

自分の部屋に戻りたくなかった。全てに美しさを求めたお屋敷とは対照的な、みすぼらしい場所に戻るのが嫌だった。何から何まで比べてしまうし、一人だと余計にお屋敷のことを考えてしまう。

かといって、仕事の後にずっと出歩いているわけにも行かない。仕方ないので今日は気晴らしに、去年の二十歳の誕生日に水谷社長が贈ってくれた、オレンジ色の重いホーロー鍋で、朝受け取った花豆を煮ることにした。

半日の間にたっぷり水を吸って、黒々と膨らんだつやのあるお豆には、少なくとも沈みがちな気持ちを弾ませるだけの魅力がある。

お屋敷と違って、マッチもいらない簡単なコンロ。茹《ゆ》でこぼすために鍋が沸くのを待つ間、向かいのおばあちゃんが庭で採れすぎたといってお裾分けしてくれた、にょっきりと太い黒さんごを、三分の二は手軽な焼　酎《しょうちゅう》漬けに、残りは酢の物にしてしまうことにした。

わかめを水で戻し、太い黒さんごを半分に切る。育ちすぎているということもあるけれど、酢の物にする時は、黒さんごの種の部分は水分が多く、口当たりも悪い。

真ん中の部分をスプーンでこそげ落とし、薄く切って塩もみした後、白ゴマをすり鉢で半摺《はんず》りし、合わせ酢を作った。鋭い酢の匂いに、またお屋敷のキッチンを思い出した。

香りというのは、なんて残酷なんだろう。目をつぶると、オークブリッジ邸にいるような、錯覚に陥る。

でもここは私の狭いアパートの一室で、食事の席にはユーリさんも、ミセス・ウィスタリアもいない。作った黒さんごの酢の物を、食べるのは、私一人だけだ。

一人で静かに過ごすのが、一番楽でいいと思ってた。でも今は、自分以外の気配がないこの部屋が、たまらなく寂しい。

そんな風に、私は完全にオークブリッジに取り憑《つ》かれていた。アイリーン・メイディに。鏡に映る自分の姿が、未《いま》だに奇妙に感じてしまう。本当の私は愛川鈴佳。それ以外にないのに。

「貴方《あなた》は誰？」

思わず鏡に向かって呟《つぶや》いた。答えはない。だってそもそも、私は結局彼女のことを全く知らなかった。私の顔をした、英国人メイド。

「…………」

十九世紀生まれのアイリーンは、いったいどんな人だったんだろう。

翌日、仕事が入っていなかったので、朝から図書館へ向かった。理由は色々ある。去年の夏の終わりに、壊れたまま新調してない扇風機。今日は真夏日で、日中の最高気温は三十度と朝のニュースで言っていた。そんな日にアパートにはいたくない。

それに新しい勤め先の主人は花を扱う仕事をしている。花についてまったく無知ではないけれど、もう少し様々なことを勉強しておこうと思った。たとえば薔薇《ばら》だ。薔薇の花言葉は、色や咲き具合、本数で意味が変わるという。もし、四本の薔薇の花束のうち、咲いているのが一本、残り三本が蕾《つぼみ》なら、『あのことは永遠に秘密にしてください』――。

だけどなんだかんだと理由をつけて、私が調べたかったのは、十九世紀英国のことだ。今更知っても意味がないとは思う。だけど知ることが、私に取り憑いたアイリーンの弔いになるような気がしたのだ。

当時の資料は、思ったよりもたくさんあって驚いた。私でもわかるような、易しく書かれた本も多い。何冊も取り出して、一日かけて調べた。もう一人の私のことを。

生まれはロンドンだろう。でもきっと下町だ。父母はおらず、母方の祖母が、通いの雑役婦《チャーウーマン》をしながら養ってくれていた。

裕福ではなかったけれど、酷《ひど》く餓《かつ》えることもなかったと思う。兄弟や姉妹はおらず、祖母は一身に愛情を注いでくれた。それ故《ゆえ》にきっと厳しかった。かつてよいお宅でメイド長まで務めた経験のある祖母は、孫がメイドとして困らないように、物心ついた時から、必要なことを全部仕込んでくれた。

私が小学校の頃、母はほとんど家に帰らなくなった。私には義務教育があったけれど、アイリーンに学ぶ機会は与えられなかったと思う。だからきっと、十歳には家を出て仕事に就いただろう。

紹介状はなくても、祖母の人望と人脈から、オークブリッジ邸という素晴らしいお屋敷に勤めさせてもらえるようになった。

まだ若いアイリーンにできる仕事は多くない。最初はたぶん一番大変な仕事、一番下《した》っ端《ぱ》の皿洗い女中《スカラリーメイド》になったと思う。キッチンでお皿を洗ったり、調理器具の手入れをしたり、料理の下ごしらえや、ご主人が銃猟《シュート》で獲《と》った野鳥《ゲーム》を捌《さば》いたり、コックたちに怒鳴られたりするのが主な役目だ。

でもアイリーンが好きなのは料理だけじゃなかった。本当は掃除なんかの方が性に合っている。そのうち、キッチンとお屋敷、両方の仕事を与えられるビトゥイーンメイドとして、数年仕事をした。ビトゥイーンは中間という意味だ。どちらも半人前の、見習いメイドが就く仕事。

数年働いて、アイリーンは最終的にキッチンメイドではなく、ハウスメイドになることを選んだ。皿洗いや下ごしらえから、もう少し本格的に料理に携わらせてもらいたい気持ちもあった。それでもハウスメイドの道に憧《あこが》れたのは、やっぱり祖母のようなメイドになりたかったからだと思う。

だから今でもキッチンをよく手伝うのは、人手不足もあるけれど、キッチンとも顔馴染みだったから。特に新しいコックのミセス・ウィスタリアは、簡単な料理ならこっそりアイリーンに作らせてくれた。

自分で言うのはどうかとも思うけれど、きっと一生懸命、真面目《まじめ》に働いた。仕事が辛《つら》くても、泣きながらでもやったと思う。できないことの方が嫌だし、そもそも働かなければ生きていけなかった。学のないアイリーンが就ける仕事はごく僅《わず》かだ。

それに恋や夜遊びとも無縁だ。お酒も欲しがらない。きっとそんなことより、針と糸と、布を欲しがった。お休みの日も、誘われなければたぶん出かけない。

野心のあるメイドは、ハウスメイドからメイド長、女性上級使用人《ハウスキーパー》、もしくは奥様やお嬢様にお仕えする、侍女《レディズメイド》を目指すらしい。アイリーンに野心はないと思う。逆に、たぶん責任ある立場より、命じられて働く方がいいと思ってた。

だけど奥様のお世話を任されるようになって、ふつふつと、侍女になりたいという気持ちが育ち始めていたかもしれない。人手が少ないので、なかなか許してもらえなかっただろうけれど、自立心というか、向上心というか、彼女の中に芽生えた初めての夢だったんじゃないだろうか。

「……ごめんね、アイリーン」

本を閉じて呟く。びっくりするほどすんなりと、アイリーン・メイディの今までが見えた。これまではぼんやりとした幻のようだった彼女が、くっきりと陰影を持って浮かび上がった。だけどこれ以上は無理だ。せっかく、奥様と上手《うま》く行き始めていたアイリーンの将来を、私が台無しにしてしまったのだ。罪悪感が胸に爪《つめ》をたてる。
結局、なにも気分が晴れないまま、図書館を後にする。夕方なのにまだまだ外は暑い。でも、今日はどこかでお祭りでもあるらしい。浴衣《ゆかた》姿で楽しそうに行き交う人の姿を眺めているうちに、少し気分が晴れてきた。なんにせよ、いつまでもふさぎ込んでいるわけにはいかないのだ。

家に帰って、ファイターズの試合をＴＶで見終えると、とうとうやることが思いつかなくて、リビングに寝転んだ。でも無理はしないことにした。母や、祖母が逝《い》った後もこんな感じだった。

だから大丈夫。悲しみは消えてなくならないけれど、やがて細胞の一つ一つに染みこんで、それも私の身体の一部になる。寂しさが当たり前になれば、もう平気だ。癒《い》えることなんてない。忘れることもない。ただ、いずれ心の痛みは慣れる。

仰向けになって、ＬＥＤの電球が灯る天井を見上げる。青くて白い、強い光が目に痛い。

「……なんだか、眩《まぶ》しい」

蠟燭《ろうそく》の優しいあかりが恋しくて、人工的な光が不快でたまらなくて、気がついたら家を飛び出していた。時間はもう二十一時を過ぎていたけれど、確か近くのスーパーは、二十三時まで営業しているはずだ。蠟燭を買おう。できれば蜜蠟《ビーズワックス》の。

防災用品や、お線香などのコーナーを回って蜜蠟燭《ビーズワックス・キャンドル》を探した。でも残念ながら、置いているのは普通の蠟燭だけ。考えてみたら、確かに今まで蜜蠟なんて使ったことはない。

「そっか、ないんだ……」

探し回って悩んだ末に、テナントの雑貨店で蜜蠟のアロマキャンドルを見つけた。香りはラベンダー。一つ一二〇〇円もしたけれど、このぐらいの小さな慰めぐらい、自分に許してあげよう。

普段はあまり遅い時間に出歩くことはないので、家までの十分ほどの道のりが、長く不安に感じられた。ユーリさんがいたら笑われそうだ。

彼のことは最初は意地悪で、怖い人だと思った。でも今は、少し意地悪で、そして優しい人だと知っている。お酒に少し弱いところも、炭酸が苦手なのも、お芋や豆みたいな野暮ったい食べ物が好きなのも、そして飛行機やロケットが好きだってことも。

彼のことならいくつも思い浮かんだ。思わずくすっと忍び笑いが漏れてしまう。

そして長い睫《まつげ》が好きだったことに、私は今更気がついた。たとえば真剣に、銀食器を磨く彼のキリッとした横顔を、こっそり盗み見るのが楽しみだった。

これが離れて初めて気がつくというものなんだろうか。彼とは友達でもないし、ただの仕事仲間だし。それはずっと変わらないと思うけれど。でも、無性にもう一度彼の隣で、ランプを磨いたり、つくろいものをしたいと思った。時折他愛ない話をしたり、叱られたりしながら。彼は元気にしているだろうか。

今まで母と祖母以外から、名前を呼び捨てにされることはなかった。学校の友人からも、大抵は『愛川さん』。水谷社長や近所のおばあちゃんたちのように『鈴ちゃん』と親しみを込めて呼んでくれる人もいるけれど。

でも呼び捨てにされるのは、特別な気持ちだった。奥様に少し鼻にかかった声でアイリーニと呼ばれることが大好きだったし、なによりユーリさんにアイリーンと呼ばれる度に、得意げな気持ちになった。たとえそれがルールであったとしても。

そんなことを考えながら歩いていた私は、アパートの前に駐《と》まっていた車に、すぐには気がつかなかった。

「アイリーン！」

不意に名前を呼ばれた。幻聴ではない。はっきりと。一瞬わけがわからなかった。

時間はもう二十三時を過ぎていた。大きな通りはまだ人通りがあるけれど、アパートのある横道は、すでに寝静まったように音がない。そんな中、確かに私を呼ぶ声が、暗い住宅街に響き渡る。

「ユ、ユーリさん⁉」

見慣れた車。見慣れた長身の男性が、私のアパートの前に立っていた。咄嗟《とっさ》に、私は彼に背を向けて駆けだした。だって、今ここで、本当に彼に会うとは思っていなかった。会いたいと思ってはいたけれど、実際には会いたくない。

「待ってください！　アイリーン！」

「やだ！　こんな所で、そんな風に大きな声で呼ばないで！」

「貴方が逃げるから！」

けれど元バスケ部の脚力は健在だったようだ。あっさり捕まってしまった私の手首を摑《つか》んで、彼は自分の車に私の身体を押しつけた。

「どうしてここが？」

「水谷さんに伺いました。貴方を迎えに来たんです」

「迎えにって！　だいたいこんな時間に非常識ですよ！」

私が逃げないように、彼はしっかりと手を摑んで離さなかった。私の身体に覆《おお》い被《かぶ》さる形で。ユーリさんの大きな手が熱い。背中に感じる車のガラスの冷たさと対照的に、彼の体温を感じて、頰が上気するのを覚えた。

「確かにこんな時間になってしまったことはお詫《わ》びします。でも日中、屋敷を空けるわけにも行かなかったんです」

「でも」

「——鈴ちゃん？」

はっと気がつくと、隣の部屋のおばあちゃんが、心配そうにドアを開けて私たちを見ていた。

「あ……」

おばあちゃんの手には、玄関掃除用の箒《ほうき》が握られていた。事情があるとはいえ、私が車の助手席のドアに、それも男性の手によって押しつけられているのだから、一見して普通の状況とは思えないだろう。

「ち、違うの！　この人は知り合いで、変な人じゃなくて！」

慌ててユーリさんも私の手を離し、害はないと示すように、両手を挙げて見せた。

「あら、そうだったの。てっきり変質者かなにかかと……ごめんなさいね、だって鈴ちゃんが、外で男の人とそんな……」

隣のおばあちゃんは、そうもごもごと言いながら、顔を真っ赤にして部屋に戻っていった。

『男の人とそんな』

その後に続く言葉を、あらためて考えて、またおばあちゃんが、今度は別の誤解をしたらしいことに気がつく。乱暴されているのではなかったら、じゃあまるで——ああ、これは明日しっかり説明しなきゃ……。私は思わずユーリさんを睨《にら》んだ。

「いい加減、離れてください」

「え、いや……すみません」

咄嗟に頭を下げた彼を、私は思わずぶってしまいたい衝動に駆られたのを堪《こら》え、やや乱暴に彼を突き飛ばす。

「もういいですから、部屋に上がって下さい。ここで話していたら近所迷惑になります」

「でもこんな時間にお邪魔するのは、さすがに……」

「そもそもこんな時間に訪ねてきたのは、ユーリさんじゃありませんか」

声を潜めて責めながら、彼を私の部屋に通した。心臓がばくばくした。夢かもしれないと思った。

けれど夢ではない証拠に、彼に強く掴まれた手首が痛かった。何を言われるのか怖かった。だけど心のどこかで、嬉しいと思っている自分もいた。たぶん私の中のアイリーンだ。


男性を私の部屋に通すのは、生まれて初めてだ。見られて困るような物はないけれど、見てもらいたい物だってない。なんにもない。

畳んであった、折りたたみの小さな四角いテーブルを出し、一つしかないクッションを、座布団《ざぶとん》代わりに彼に渡す。それとなく私の部屋を見回していた彼は、居心地悪そうにテーブル前に正座して、受け取ったクッションを膝《ひざ》の上に乗せた。姿勢の良い彼に、マイクロビーズのクッションは不要らしかった。

「紅茶はないので、お番茶で我慢してください」

番茶――つまり道外でいう所のほうじ茶を準備し、ぶっきらぼうに言う私に、ユーリさんが頭を下げる。彼は普段のようなスーツ姿ではなく、デニムパンツにテーラードジャケットという、幾分ラフな格好だった。それでも暑くなってきたのにジャケットスタイルを崩さない所が、ユーリさんの執事らしい一面に思える。

彼はそのジャケットに一瞬手をかけて、結局脱がなかった。長居はしないという意思表示だろう。

「お構いなく。こんな時間ですし」

「本当です。ルール厳守の執事が、メイドの部屋をこんな時間に訪ねてどうするんですか。ユーリさんらしくありませんよ」

『メイドの部屋』。キッチンでお茶の用意をしながらそこまで言って、自分がもうメイドではないことを思い出し、ばつが悪くなった。

「……それで、何しにいらしたんですか？　楢橋さん」

「貴方を迎えに来たんですよ、アイリーン。ただ衝動的にここに来てしまったものの、この時間に訪ねるのはさすがに不躾かと悩んでいた所に、貴方が帰宅したんです」

「衝動的に？」

二人分のお茶のお湯を、電気ケトルが素早く沸かしてくれる便利さ。お湯が沸くまでの間に、世間話を楽しむ必要や余裕は、現代にはないのだろうか。

「びっくりしました。ユーリさんでも、衝動的になることがあるんですね」

「貴方は私をロボットかなにかだと思ってるんですか？　それに、ロボットにだって不具合くらいありますよ」

お煎茶《せんちゃ》ではないので、そのまま急須《きゅうす》に熱湯を注ぎ、香りが立った所で一呼吸置いてから、手早く湯飲みに注ぐ。

「何か……あったんですか？」

「実は新しいメイドのことで、奥様とミセス・ウィスタリアの両方からお叱りを受けまして」

「はあ」

「新しい通いのメイドのエミリーは、仕事を必要最低限しかしないんです。隠し持っていたスマホを弄《いじ》ったり、口答えもします。オークブリッジのメイドにふさわしくない」

確かに私は仕事は真面目に頑張ったし、スマホも触らなかったけれど、口答えはよくしてしまった自覚がある。ましてクビになったのだから、私以上にふさわしくないメイドもいないだろう。

　頭痛に耐えるように額を押さえるユーリさんを前に、私は困惑した。でも、他にこの悩みを打ち明けられる相手も、事情を知る私以外にいないのかもしれない。陰口を叩《たた》くようなタイプの人でもないので、よっぽど耐えかねているのだろう。

「あ、そうだ」

　話が長くなられても困るが、追い返すのも気が引ける。それならばと、私は冷蔵庫の紫花豆を器によそった。

「夕べ煮たんです。そろそろ味も馴染んでいると思います……」

　ふっくらと煮上がった紫花豆を、ユーリさんに差し出す。彼は受け取りながら苦笑いした。

「お嫌いですか？」

「いえ、ずっと食べたいと思っていました。煮豆が得意だと伺っていたので。でもそうだな、それは今じゃない方が良かった」

「……いらっしゃるってわかってたら、カボチャも煮ておいたんですけど」

『今じゃない方が良かった』――彼が暗に、今の状況に不満をほのめかしたことに、あえて気がつかないフリをする。できれば他の話題にしたかった。

「あ、でも、冷凍庫にカボチャ団子があります。あと小豆も。冷凍してあるので風味は少し落ちますけど、もしお腹《なか》が空《す》いていらっしゃるなら、ぜんざい風にして――」

言いかけた言葉を遮るように彼は右手を挙げ、首を横に振る。

「アイリーン。そんな話をしに来たわけではないのは、貴方もわかっているはずです」

「じゃあ、私を叱りに来たんですか?」

ユーリさんは少し黙って、額に深い皺《しわ》を刻む。私も俯いて何も言えなかった。

「そうじゃありません。ただあの日屋敷を出る前に、貴方はまず私に連絡するべきだったんです。そうしたら……そうしたら俺だって、すぐに屋敷に戻った。君がいなくなる前に」

勿論彼に連絡することを、一番に考えた。でも奥様のお怒りは本物だし、それに忙しい彼に負担をかけるのも、そして失望されるのも嫌だった。

「それにお屋敷のご主人は奥様です。ユーリさんが何を言おうと、奥様が私をお許しにならなければ、私はお屋敷にはいられませんよ」

「本当に? 貴方も奥様に対して、腹を立てているんじゃないですか?」

「私が? どうして?」

「散々尽くしてくれた貴方を、奥様はこんな風に乱暴に解雇した。貴方に悪意はなかったはずです。貴方だって怒って当然だ」

「まさか!……怒っているとしたら、奥様を怒らせてしまった、私自身にです」

なんて誤解だろう。驚いて声のトーンが上がってしまって、慌てて自分の口元を押さえた。時間も遅いし、お隣に迷惑だ。だけどそんな風に思われていたなんて心外だった。

私はユーリさんを睨んだ。

「じゃあもしかして、私がお屋敷に戻らないのは、私も奥様に腹を立てているせいだと思われていたんですか？」

「てっきり、そうなのかと」

じわっと沸き上がる苛立《いらだ》ちを堪え、ささやくような掠《かす》れ声で聞く私に、同じようにユーリさんも声を抑える。

「どうしてそんな？」

「電話の時、貴方はとてもそっけないというか、怒っているようだった」

「電話はもともと苦手なんです。お屋敷や奥様に対して、悪いことは思ってません。むしろ今すぐ戻りたいくらいです」

ユーリさんが瞬《まばた》きをした。驚きを表すように。

「……でも私、そんなにそっけなかったですか？」

彼は頷《うなず》く代わりに、苦笑を返してきた。

「そうだったなら、それについては謝ります」

昔から、電話は苦手。いや、正確には嫌いだ、大嫌い。

私からかけても出ない癖に、こっちの都合なんてお構いなしにかけてきて、だらだら長話する母。電話を切る頃には、いつも祖母は母と受話器越しに喧嘩《けんか》をしていた。

だけどこのことを、そのままユーリさんに説明するのは憚《はばか》られる。なんと言えば良いか思いあぐねていると、腕を組んで思案するように視線を落としていた彼が、小さな溜《ため》息《いき》を一つ洩《も》らした。

「結局……私がすぐに直接貴方に会えば良かったですね。――いいや。そもそもあの日私がいたら、こんなことにはならなかった。これは私の不手際《ふてぎわ》です。私が貴方に謝罪するべきだ」

解いた腕を両腿《もも》について、彼が私に頭を下げた。

「そんな！　それは違います。私の責任です。頭を上げて下さい！」

「いや、私です。上級使用人である私は、ハウスメイドである貴方の監督をし、責任を取る立場にあります。奥様が貴方を叱ったなら、私が奥様に頭を下げ、許しを請うべきだった。貴方が屋敷を去ることがないよう、私が貴方を守るべきだったんです」

「でも……」

「本当に、申しわけない」

「私こそ、ごめんなさい。わざわざ、ここまで来て下さって」

こんなによくしてくれたにもかかわらず、期待に応《こた》えられなかったのに、本当に謝らなければならないのは私なのに、逆に頭を下げてくれる彼に、姿勢を正して頭を下げ返した。お互いに悪いのは自分だと主張するけれど、どう考えても彼が謝るのはおかしい。私は譲れない。

「……これでは、話が前に進まない」

やがて諦《あきら》めたように、ユーリさんが頭を上げて苦笑した。渋々私も頭を上げると、まっすぐ私を見る彼と目が合った。

「貴方を、良きパートナーだと思っていました」

「私を？」

「新しいメイドは、貴方の後任を務めるには力不足です。でも思うんですよ。一般的なのは彼女の方で、特別だったのは貴方の方なんです。やっぱり、貴方じゃなければ駄目なんですよ、アイリーン。奥様を理解できるのも」

「私は別に、特別だなんて」

第一、奥様を本当に理解できていたら、こんな風に追い出されたりしなかった。

「そう言ってもらえるのは嬉しいし、ユーリさんの力にもなりたいです。だけど私は戻れません。奥様の前には出られません。奥様が私を許してくれるはずないもの」

「勿論そのことも考えました。奥様は確かに貴方にお怒りです。けれど本来ハウスメイドは主人に顔を見せないものです。奥様の前に出る仕事はすべてエミリーに任せ、貴方はそれ以外の仕事をお願いします」

「でも……」

大きくはないお屋敷で、本当に顔を合わせないで生活できるだろうか？

「奥様には気づかれないようにします。貴方がいないと、本当に屋敷はやっていけません。心配で屋敷を空けるのもままならないんです」

それは確かに困るだろう。ユーリさんは札幌で自分の仕事もある。お屋敷につきっきりではいられない。彼が心から困ってここに来たということはわかった。だけどだからといって、戻りますと、簡単には言えなかった。

本音を言えば、お屋敷には帰りたい。もう一度。純粋に、またアイリーンとして働きたい。

私の中の彼女も、それを強く望んでいる。でも同時に愛川鈴佳には怖かった。戻っても、お屋敷はずっとあるわけじゃない。いずれかならず別れが来る。もう一度、同じ思いをしなければならない。せっかく別れを受け入れる覚悟ができたのに。

「……それに、ミセス・ウィスタリアには申しわけありませんが、ポテトスノーは貴方が作った方が美味しい」

「え？」

ぽつんと、ユーリさんが呟くように言った。そして紫花豆を口に運ぶ。美味しそうに彼は目を細めた。

「それ、ミセス・ウィスタリアが聞いたら、気を悪くされますよ？」

悪戯《いたずら》っぽく、彼が口角を上げる。その表情は奥様そっくりだ。

気がつけばもう午前零時を過ぎていた。きっちり煮豆を完食し、彼は帰ると言って腰を上げたのでほっとした。もしかして、お屋敷に戻ると答えるまで、帰ってくれないんじゃないかと不安だったから。

「明日の昼過ぎに迎えに来ます」

靴を履いた彼が、私に靴べらを返しながら言った。

「え？　そんなに早く？　それに私、まだ帰るって言ってません！」

慌てた私に、またシニカルな笑みが返ってきた。

「あ」

帰る、と言ってしまった。行く、ではなくて。私の心は、やっぱりあのオークブリッジ邸に置いてきぼりなのだ。

「もう……ユーリさん、時々凄《すご》い強引ですね」

そういえばお屋敷で働くと決まった時も、なんだかんだと彼のペースで話を推し進められたのだ。

「結局顔を見て話せば、貴方は性格的に断りにくいんじゃないかと思ったんですよ」

「酷い！　ユーリさんって、意地悪ですね」

「せめて策士と言ってください。高校の卒業アルバムの尊敬する偉人欄に、諸葛孔明《しょかつこうめい》と書きましたから」

なんて人だ。もう少し、愛嬌《あいきょう》のある人を書けば良いのに。でもユーリさんらしい。

「私は、メアリー・ポピンズと書きましたよ」

答えると、彼は声を上げて笑った。なんで笑うんだろう。そんな変なことを書いたつもりはないのに、失敬な。

外まで送ろうとした私を、「もう遅いから」と玄関に留めた彼は、ドアを開けて出る前、私に振り返った。

「……オークブリッジにも、東の風は吹くでしょうか？」

メアリー・ポピンズは、ある日、不思議な東の風にのってやってきた。

「それは、天気予報に聞いて下さい」

ドアを締めて、彼を少し強引に家から追い出した。だけど私にもわかっていた。たぶん、明日はオークブリッジにも、東の風が吹くだろう。私にメアリー・ポピンズのような魔法は使えないけれど。

翌朝、水谷社長と、新しく勤めていた派遣先の菫さんに頭を下げに行った。水谷社長は、私がまたオークブリッジに戻ることを、わかっていたようだった。派遣先に迷惑をかけることを怒られるかと思いきや、ただ残念だと言われただけだった。

「私にしか、できない仕事なんです」

引き留めてくれた菫さんに、そう説明すると、

「仕方ないわね。花ごとに適した環境が決まっているように、人にも綺麗《きれい》に咲くためのハーディネスゾーンがあるもの」

と、微笑《ほほえ》まれた。

ハーディネスゾーン――日本語にするなら、植物耐寒性区分というのだろうか。植物の生育の指標になる、土地の最低気温の平均値を十一段階に分けた数字。花を扱うのに長《た》けた、彼女らしい言葉だと思った。

今、私に適したハーディネスゾーンは、札幌ではなく東川なのだろう。札幌は寂しくて、アイリーンが育つには寒すぎる。

お別れにもらった真っ赤な薔薇を一輪手にして、私はユーリさんの車に乗り込んだ。またしばらく、家とはお別れだ。そう思うと、あの狭い我が家を恋しく思う。なによりお風呂が。ずいぶん狭い上に、二十一世紀にしてはシャワーの水圧の弱さも不満に思っていたけれど、オークブリッジのヒップバスに比べると、あんなに快適な物はない。

不安もあるけれど、心は晴れやかだった。まるで亡霊のように私の心に取り憑いていた、あのお屋敷に戻ることが、本当に正しいことかはわからないけれど。

「……一つだけ、お願いがあります」

東川までは車で二、三時間といった所だ。高速道路を走り始めたユーリさんの横顔に、私はおずおずと話しかけた。

「昇給ですか？」

「え？」

「貴方には新たにメイド長のポストに着いて頂こうと思っているので、その分少し給金に上乗せを考えてました」

それは嬉しい申し出だ。クビになってみるものだ。でも、私が言いたいのは、そういうことじゃないし、そんなこと考えてもいなかった。

「あ……ありがとうございます。でもそうじゃなくて、その……お屋敷に帰ったら、毎朝立派な赤い薔薇を、一輪届けて頂きたいんです。黒いぐらい、真っ赤な薔薇を」

そう、私の膝の、大輪の黒薔薇のような。

「……わかりました。約束しましょう」

メイドが薔薇を欲しがるなんて、と彼は思っただろうか？　何か言いたそうに、一瞬私を横目で見たけれど、今は運転中だ。それに今日ばかりは、私の機嫌をとりたいのかもしれない。結局何も訊《き》かず、彼は素直に了承してくれた。

東川は今日も晴れらしい。あんなにも嫌だと思った青空も、今日は私を傷つけない。

雲一つない空にくっきりと浮かび上がる、オークブリッジ。煉瓦《れんが》の塀や壁にツルを伸ばす、ハニーサックルやクレマチス、ツルバラの間を、白い蝶《ちょう》が飛んでいた。

「白い蝶は……亡《な》くなった方の魂なんでしたっけ」

そういえば以前、彼からこの同じ場所で、そんな話を聞いたことがあるような気がする。

「旦那様《だんな》が、奥様を見守ってらっしゃるんでしょうか」

ユーリさんは何も言わずに頷いて、それよりも私に早くお屋敷に入るよう促した。

「アイリーンちゃん！」

裏口を通り、使用人用《サーヴァント》ホールへ向かうと、お茶を飲んでいたスミス夫人が、嬉しそうに立ち上がった。あんまり勢いがよかったので、木製のテーブルが揺れる。さっとミセス・ウィスタリアは、自分の紅茶がこぼれないように、受け皿ごと持ち上げた。もう一人、私より少し年上とおぼしき見知らぬメイドが、こぼれてしまった紅茶を見下ろして、

「あー」と顔を顰《しか》める。

「おかえり」

ミセス・ウィスタリアは、どうということのない調子で、私にひらひら片手を振る。

まるで私が、ただのお使いから帰ってきたみたいに。

「出戻ってしまいました」

「そうだろうと思ってた。丁度いいから、今夜のポテトスノーは、代わりにお願いするわね」

ぺこりと挨拶《あいさつ》をすると、彼女は向かいに座る新しいメイドを指さした。

「手伝いがいなくなって大変だったわ。この子、エミリーね。びっくりするほど全然使えないんだもの」

「あははは」

面と向かって、酷いことを言うミセス・ウィスタリアにも驚いたけれど、それ以上にまったくこたえない調子で、声を上げて笑う『エミリー』にギョッとしてしまった。私の後ろで、ユーリさんが小さく溜息をつく。

「私エミリー、宜《よろ》しくね。本名も笑美里《えみり》。貴方は？」

そう言ってエミリーが立ち上がり、私に握手の手を伸ばしてきた。綺麗に整えられた爪、すっぴん風に見せかけて、たぶんまつげエクステか何かで盛られた、アーモンド形の瞳《ひとみ》。茶色い髪、銀色ピアス。

美人で、背が高くて、そして同性の私でも思わず目がいってしまうほど、豊かな胸の新人メイド。にかっと笑うと、口元じゃなくて、目の下にえくぼができるのも、可愛《かわい》らしい。なんとなく猫みたいな雰囲気だ。

「アイリーンです……宜しくお願いします」

「私の方が年上だって聞いてるけど、アイリーンは先輩になるんでしょ？　だからタメ口でいいよ」

「え？」

「その代わり、私も敬語なしね。いいでしょ？　プラマイゼロってコトで」

「はあ……」

差し出された手をおそるおそる取ると、彼女はもう片方の手も伸ばし、私の両手を摑んでぶんぶんした。

その時、奥様のお部屋のベルが鳴った。

「ほらエミリー、奥様がお呼びよ。お茶をお持ちして」

「えー？　私、まだ飲み終わってないのに」

「奥様優先に決まってるでしょ。給料分ぐらい働きな！」

不満げなエミリーを、ミセス・ウィスタリアが叱咤《しった》する。彼女は渋々キッチンへと向かった。やれやれといった調子で、ミセス・ウィスタリアも腰を上げる。

「ね？　ハウスメイドよりは、客間《パーラー》メイド向きなのよあの子。完全に見た目重視ね。まったく、いくら急に人が必要になったからって、メイドカフェなんかでスカウトしてくるからよ」

　すれ違いざま、ミセス・ウィスタリアが、ユーリさんに毒づいた。

「でもいつか、パーラーメイドが必要になったら、その時は適任じゃありませんか」

　半ばやけくそのように、ユーリさんが返す。

「お客もないのに、何言ってるのよ。それに私はコックなんだから、メイドの世話までしてられないわよ。それなら先にハウスキーパーを雇ってちょうだいよ」

　パーラーメイドとは、主にお客様が来たときにおもてなしをする、見栄《みば》えの良いメイドのことだ。私のように、人目につかずに働くメイドと違って、姿を見せるためのメイド。お屋敷の品格を上げるために存在する。

　だけどそもそもお客の少ないオークブリッジには、パーラーメイドよりも、むしろお屋敷を管理する、ハウスキーパーの方か、もしくは奥様のお世話を専属にする侍女の方が必要だろうに。

「……それにしてもユーリさん、メイドカフェに行かれたんですか？」

「てっとり早いと思ったんですよ、一から探すより」

　後悔がありありとにじみ出る声で、ユーリさんがボヤいた。スミス夫人が苦笑する。

「でもまあ、もうアイリーンちゃんが帰ってきたから大丈夫ね」

「だけど奥様の前には出られませんから、彼女に頑張ってもらわないと」

途端に、スミス夫人とユーリさんの顔が引きつった。

「頑張ってもらう前に……もしかしたらもう一人、メイドを探さなきゃいけないかもね」

「一応、考慮はしておきます」

ぼそぼそと、暗い表情で話す二人に、私も不安に顔がひくつく。心配になってキッチンに向かうと、奥様のティーセットをトレイに乗せたエミリーが、こっそりビスケットを口に運んでいる所だった。

「な！　つまみ食いは禁止ですよ」

「だって、奥様、どうせ残すもん」

「残された物に手を付けるのは構いませんが、奥様が召し上がる前は駄目です！」

「ケチ。同じことじゃん」

「違います！」

「それに食べ残しって嫌じゃない」

「でも、貴方のためのお菓子じゃないんですから」

なんて人だ。私は驚きと戸惑いに、耳がかっと熱くなるのを覚えた。これは本当に大変そうだ。

奥様のことがたまらなく心配になった。彼女に奥様を任せるなんて。本来なら、メイド長である私が主人のお世話をするべきだ。だけど私は奥様の前には出られない。今まで以上に、私はこのお屋敷を守る妖精《ようせい》にならなければならないのだ。奥様に知られることなく。

はらはらする胸を押さえ、エミリーの後ろ姿を見守った。明らかに彼女を選んだ執事に問題がある。私と同じように、不安げにエミリーを見送っていたユーリさんを、咄嗟にキッと睨みつけると、彼は逃げるように使用人用ホールに姿を消した。

『エミリーは、オークブリッジのメイドにふさわしくない』

最初にそうユーリさんが言った意味を、私はほんの数日で嫌と言うほど思い知らされた。一通り仕事を終えて使用人用ホールに向かうと、エミリーは木のテーブルに腰掛けて、スカートの裾をぺろっとめくって、太腿をむき出しにしていた。

「な、なんて格好してるんですか！」

「なんか、蚊に刺されたっぽくて」

ぽりぽり、確かに少し赤くなった外腿を、恥ずかしげもなく掻《か》くエミリー。むき出しの白い太腿は、目のやり場に困ってしまう。

「って……え？　ちょっと待って。エミリー、ドロワーズは？」

「穿《は》いてないけど？」

「はあ!?」

「だってなんか汚い感じしない？　蒸れそうだし。どっちみちスカート長いから、中なんて見えないでしょ」

「じゃあ、まさかいつもなんにも穿いてないの？」

「うん」

それがなにか？　という風に、エミリーが見た。なにかじゃない。ドロワーズは下着だ。身につけてないということは、つまりショーツを穿いていないと同じことだ。一日お尻《しり》を丸出しで仕事してるなんて！

「そ、そんなの駄目に決まってるでしょ！」

「えー？」

面倒くさそうに顔を顰め、あろうことかエミリーはテーブルの上であぐらをかいた。勿論《もちろん》足の間はクロスした足とスカートで隠れているけれど。

「駄目！　そんな格好！」

「あはは、大丈夫、見えない見えない」

「見えたら困るし、見たくないってば！」

慌てて彼女の足をテーブルから下ろそうとしていると、後ろからコホンと咳払《せきばら》いが聞こえた。

「アイリーン……」

　確認するまでもなく、怒りを堪えた声の主はユーリさんだ。

「はい、すぐに指導します」

「奥様の部屋前の廊下の隅に埃《ほこり》が残っていました。あのフロアの担当はエミリーですね。気をつけてください」

「そんなん、どうせ奥様は老眼だから見えてないって」

　ははは、と不遜《ふそん》なことを口にして、エミリーが笑う。

「エミリー！」

　と、思わずユーリさんと私の、彼女への批難の声が重なった。

「……宜しくお願いします」

　ユーリさんは額を押さえ、そのまま泣きそうな声で、ホールを後にする。正直、お願いされたくない。

　結局、新人メイドのエミリー・タウラーは、決して勤勉とは言えなかった。足音を立てて歩くし、つまみ食いはやめないし、遅刻の常習犯だった。

　だけどお屋敷の、キッチン以外の仕事は、今まで全部私一人でこなしてきたのだ。彼女がこっそり棚の後ろに隠した埃の塊を綺麗にするのも、磨いたと言ってたぶん二、三回撫《な》でた程度のドアノブを金色に磨き直すのも、ミセス・ウィスタリアの料理の下ごしらえを手伝うのも、全然苦にはならない。

むしろ嬉しくてたまらない。またアイリーンと呼ばれることが、コルセットで守られた身体が、時計仕掛けの日常が。

ただ心配なのは奥様の様子だけだ。エミリーはきちんと奥様の支度を調えられただろうか？　機嫌を損ねていないだろうか？　奥様は居心地よく午後を過ごせているだろうか？

だけど奥様が心配なのと同時に、エミリーがいずれ奥様に気に入られることも、本当は心の隅で怖かった。奥様が私を忘れてしまうことが。完全に他人になってしまうことが。

でももう仕方ないのだ。ここで働かせてもらえるだけで幸せなのだ。

当時のメイドも、こんな風に考えたのだろうか。心の隅に不満を抱えて？　それでも、自分にはこれしかないと、そう信じて暮らしていたんだろうか？　選択肢のない世の中で。人にはそれぞれ、たくさん選択肢があるように見えても、結局選べるのはほんのわずかな道だけだ。

もう一度やり直していいと言われても、きっと私は家政婦の仕事を選んだし、オークブリッジに来ただろう。私の今までの人生だって、選んだと言うよりも流れついたと言うべきだ。

与えられた選択肢をそのまま享受《きょうじゅ》するのは、用意された箱にそのまますっぽり収まるのは、そんなに退屈なことだろうか。だけど私が面白みのない人間だとしても、やっぱりオークブリッジに来たことは、大きな変化と冒険だと思う。

きっと私の人生は、この先も退屈で平凡で、何も変わらないまま終わりを迎えるはずだ。隣に誰かがいてくれる気もしない。だからこそ、この特別な毎日を、記憶のアルバムに貼り付けていこう。

私のために、頑張ろう。

それでいい——たとえ奥様が、私を忘れてしまっても。

そう考えられるようになると、随分気持ちも軽くなった。もしかしたら、いつでもあっけらかんと明るい、エミリーのお陰かもしれない。


「代わります」

夜、一通り仕事を終えた私は、キッチンで明日のためのビスケットを焼きながら、鍋を金色に磨いていたミセス・ウィスタリアに声をかける。

「大丈夫。あと少し」

振り返らないいまま、短く彼女が答えた。息を吸うと、酢のせいでむせそうになるのだ。

「でもやりたいんです。家に帰って、なんだか無性にこの匂《にお》いが恋しくなってしまって」

キッチンは、夜に焼いたチキンの匂いと、オーブンから漂うビスケットの、質の良いバターの薫《かお》り。そして酢で作った洗浄剤の、刺すような臭《にお》いが入り乱れている。懐《なつ》かしいキッチンの香り。

「……そ。じゃあこっちをお願いね」

腕まくりをしながら告げると、ミセス・ウィスタリアは、一瞬考えるように手を止めて、隣のシンクに残った最後のソースパンを、赤くなった指で差した。

そのまましばらく二人で鍋やパンを磨き、肉や魚を叩くテンダライザーや、スカートのように先の広がった、卵泡立て器を丹念に洗って（どちらも、気をつけないと隙間《すきま》に汚れが挟まっているのだ）、拭《ふ》いて壁に吊《つる》した。

隅々まで整えられ、綺麗に磨かれたキッチン。これは毎日ミセス・ウィスタリアが一日の終わりに、しっかりと掃除しているからに他ならない。立派な人だ。彼女は手を抜ける部分ですら、絶対に適当に誤魔化さない。

「ウィスタリアさんは、本当にキッチンを綺麗に使われるんですね」

「そうね、感謝してるからね」

「感謝？」

「食材に、道具に、働かせてもらえる自分の居場所に、喜んで食べてくれる人に感謝。あと美味《おい》しいレシピを考えてくれた、偉大なる先人コックたちの魂に」

洗って拭き終わった、オートミール叩き用の溝が入った伸《の》し棒を、颯爽《さっそう》と天井に向かって突き上げる。その芝居がかった仕草と、彼女の言葉に思わず私は吹き出した。

「……何か変？」

「いえ……でも、なんとなく意外な気がして」

笑うところではなかったのだろうか。じろっと睨まれ、肩を縮めて俯《うつむ》きつつも、素直な疑問を口にする。こう言っては失礼だけど、ミセス・ウィスタリアに、そういう謙虚な姿勢はちょっと似合わない。

「そうね。でも『だから』だと思う」

「だから？」

「私、自分でも図々《ずうずう》しい性格だと思うから、感謝することは絶対に忘れないようにしなきゃいけないのよ。とくに、料理ってついつい人に『作ってあげてる』気持ちになるの。馬鹿《ばか》みたいに上から目線で」

棚に伸し棒を片付け、最後にシンクを磨くために、両端使用の流し用ブラシを手にして、剛胆そうな性格からは想像できないくらい丁寧に、蛇口の根元を磨き始めた。ブラシが動く、繊細な音が響く。

「でも……それを言ったら、食材や道具を作ってくれる人や、それを売ってくれてる人、それを買うお金を私に支払ってくれる人は、どうなんだって話なの。別に私なんて偉くもなんともないのよ。世の中の歯車の一部でしかないでしょ」

話をしながらも、仕事を忘れないミセス・ウィスタリアが、顎《あご》をしゃくって私にオーブンを見るように指示する。ビスケットは丁度頃合いよく焼き上がっていた。それをクーラーに移して冷ましながら、彼女の言葉に耳を傾けた。

「でも一生懸命、必死に仕事をしていると、余計にそんな風に勘違いしてしまうの。感謝されたい、評価されたい、褒められたい。いや、褒められて当然だ。だって私は、こんなに頑張ってるんだからってね」

ビスケットを移す手が、思わず震えた。胸に彼女の言葉が鋭く刺さる。

「それが向上心につながることもある。だけど慢心や驕《おご》りになるのは最低ね。だから、感謝することを忘れないようにしなきゃいけない――まあ、偉そうに言ってるけど、このことに気がつくのが遅すぎた人間なんだよね、私は」

――だから、私の場合はもしかしたら、感謝というより贖罪《しょくざい》かもしれない。

ミセス・ウィスタリアは、そう小さくささやくように言った。ともすれば、ブラシでかき消されるような声で。聞かないであげれば良かったのだろうか。私は俯いて、すでに綺麗に並べたビスケットを、もう一度整列させるフリをした。

「……私は、特別になりたかったんだと思います」

ミセス・ウィスタリアはかっこいい。大変な時こそ鼻歌を歌うような人だ。苦労を苦労に見せず、いつだって余裕綽々《しやくしやく》なスタイルを崩さない。そんな彼女がどうして、こんな話を私にしてくれるのかがわかって、私は唇を噛《か》んだ。

私も心のどこかで、『奥様のお世話をしてあげている』気持ちになっていた。私がいなければ、奥様はベッドから出て着替えることもできないのだ。床に落ちたペン一つさえ拾えない。

なんでも私がやってあげる。やってあげている。奥様の望む形に。私がなんでも先回りして、不満は一つも感じさせない。

そんな毎日の中で、私は奥様の特別な人になりたいと思っていた。無条件で大切にされるユーリさんやエドワード様には勝てなくても。だけど少なくとも私は女だから、女性である奥様の暮らしは、きっと二人よりも詳しいし、手助けできる。孫である二人にはできないことも、私だからできる――いつの間にか、私の心には、そんな卑しい荊《いばら》がツルを伸ばしていた。

「私も、驕っていたんですね」

だから奥様は私をクビにした。図に乗って、踏み込んではいけない部分にまで入って、土足で踏み散らかしてしまったから。私は自分なら、奥様の隠していた秘密に触れても良いと思っていた。私が守ってあげるのだと。とんでもない慢心だったのに。

「あの写真のことは……絶対に誰も、触れてはいけなかったんです」

大切な、奥様の秘密。触れてはいけない記憶。開いてはいけない扉。

深い溜息をこぼす私に、ミセス・ウィスタリアは手を止めて、濡《ぬ》れた手で私のエプロンを汚さないように、肘《ひじ》でとん、と脇腹《わきばら》をこづいた。励ますように。

「そうだね。人がさ、話したくないことには、それだけの理由があると思う。大切な人のことだから、余計に話せなかったりね。だから踏み込まないのも愛情。優しく手をかけるだけが愛じゃない。シュー生地が、途中でオーブンを開くと膨らまないのと一緒――でもまあ、戻ってきたからには、落ち込んでないで頑張りなさい」

不意に泣きそうになって、顔が引きつる。ミセス・ウィスタリアは声を上げて笑った。

「大丈夫だって！　ポテトスノー、奥様、今日はペロッと召し上がっていたわ。前みたいなのは無理だとしても、それでもここにアイリーン・メイディがいなきゃ駄目なのは本当。やっぱり奥様には、アイリーニが必要だと思うわ」

「本当に？　戻ってきて良かったんでしょうか、私……」

ぶわっと涙が込み上げてきた。そんな私を、「馬鹿ねえ」と笑い飛ばしながら、ミセス・ウィスタリアはブラシを置いて、エプロンで手を拭いた。そして、ぎこちなく両手を広げて見せる――喜びのハグはスミス夫人の専売特許。彼女はそれをマネて私を笑いながら抱きしめた。お互い慣れない、気恥ずかしい抱擁は、それでもとても暖かい。

「少なくとも私たち階下《ダウンステアーズ》の人間はさ、アイリーンが頑張ってることを知ってるし、帰ってきてくれて本当に嬉しいのよ。そりゃあ私は帰ってくるだろうってわかってたけどね。でも特に執事サン……少しは彼に優しくしてあげなさいよ」

「私は別に、彼に意地悪をした覚えはありませんけど」

「そういう意味じゃなくて――まあいいか。アイリーンは奥様が全《すべ》てだもんね」

「はい？」

耳元でくぐもった溜息が洩れる。よし、といって彼女は私から身体を離した。涙を拭くように、布が突き出される。でもこれ台ふきです、ミセス・ウィスタリア。私も思わず吹き出してしまった。

「じゃあこのビスケットと珈琲《コーヒー》、執事サンに届けてあげて。今夜もまだ部屋で仕事してるだろうから」

「でも、私、男性棟には」

「いいから！」

なんだかわけのわからないまま、ミセス・ウィスタリアの指示で、ジンをひと垂らしした珈琲《イングリッシュ・コーヒー》を、ビスケットと一緒にユーリさんに届けた。勿論彼の部屋には入れないので、廊下の仕切りドアの前でのやりとりだったけれど、彼は申しわけないと言いながら、とても喜んでくれた。

でもそのことを伝えにキッチンに戻ると、帰りの支度を始めていたミセス・ウィスタリアはエプロンを脱ぎながら、何故《なぜ》か盛大にチッと舌打ちを一つしたのだった。


五時四十五分から始まる日常。

私がカーテンを開けて、迎え入れる朝。私が作る一日の始まり。

応接室の清掃を終えた後、ミセス・ウィスタリアの朝食の準備を少し手伝う。奥様に朝食トレイを届け、着替えを手伝うのはエミリーの仕事。

手早く私たちも朝食を済ませてから、リネンの準備や奥様の寝室の掃除をする。この時が一番気を遣う。奥様に姿を絶対に見られないようにしなければならないから。まさしく私は家の妖精になる。お手本通りのメイドに。

奥様は今日は、お部屋で一日刺繡《ししゅう》をして過ごされるらしい。ちょうど良かった。書斎の整理をしたかった。奥様はたくさん本を読まれるけれど、本をしまうことには少し無《む》頓着《とんちゃく》だ。また奥様が読みたい本をすぐに探せるように、本棚をきちんと整えておこう。

奥様の大切にされている本は、外国のものらしい立派な背表紙で、何が書いてあるのかはさっぱりわからないけれど、重厚な表紙の向こうに、きっと大切な言葉がたくさん詰まっているのだと思わせられる。

それを一冊ずつ手にとって、綺麗に並べ直していく作業は、なんだか特別な仕事をしているような気分になる。子供の頃よく通った、学童保育施設の図書室も、こんな匂いがしていた。古い本が纏《まと》う、時間の香り。

本の次は机の上を整える。奥様が気持ちよく使えるように、インク吸取器《ブロッター》の吸水紙を取り替え、インク壺《つぼ》の残量を確認し、机の上に飾った真っ赤な薔薇《ばら》を見る。

ユーリさんは、きちんと私との約束を守って、毎日赤い薔薇が一輪届くように手配してくれた。黒いほど真っ赤な薔薇。今朝花屋さんが添えてくれたメモには、パパ・メイアンと品種名が書かれていた。

昨日奥様の寝室に飾ったロイヤルウィリアムも（実際に英国のウィリアム王子に捧《ささ》げられた品種らしい）、剣弁高芯《こうしん》咲きで薫り高かったけれど、今日の品種はもっと整った形に加えて、とても強く良い香りがする。薔薇の匂いはそんなに好きじゃなかったけれど、オークブリッジに来てから好きになった。人の生活に寄り添ってこそ好ましい薫りなのだろうか。

一昨日はロゼット咲きのトラディスカント。薔薇はこれで三輪目。一日一輪とはいえ、毎日丁寧に水を替えたりすれば、良い薔薇は切り花でも一ヶ月近く咲く。この調子なら、奥様の周りは真っ赤な薔薇で一杯になる——これなら奥様も喜んでくれるだろう。

私のアイデアとわかってくれなくていい。構わない。ただ奥様が朝目覚めて、最初に目に入る薔薇に、顔を綻《ほころ》ばせてくれたら、それだけで幸せだ。私を忘れてしまっても。エミリーのことを好きになってしまっても。

私がまた働くからには、奥様に生活の上での不満は抱かせたくなかった。なにもかも、ドレスの小さな解《ほつ》れですら許したくない。実際エミリーも、奥様に怒られることが極端に減ったと言っていた。当たり前だ、私はもうメイド長だ。上乗せされた給金の分、エミリーのサポートだってしっかりこなさなきゃ。

すっかり整え終わった部屋を見回して、よし、と満足感を覚えながら再確認していると、不意に背後でドアの開く気配がした。てっきりユーリさんかエミリーだと思って、なにも考えずに振り返った私は、そのまま心臓が止まりそうになった。

「あ……」

紫色のドレスを目にし、一瞬にしてざあっと全身から血の気が引くのを覚えた。暑い日なのに、指先が冷たく感じる。なのに心臓だけは暴れるように早鐘を打った。

「奥様……」

慌《あわ》てて頭を下げて、部屋の脇に避《よ》ける。奥様は何も言わなかった。まるで私など見えないよう、私の前を通り過ぎ、そして一つの本棚の前に立つ。

「そこの本を取って頂戴《ちょうだい》」

「え？」

「届かないわ。私に踏み台に乗れと言うの？」

「いいえ、まさか！　私がお取りします」

書架の一番上の段を指して言われたので、私は慌てて木製の脚立《きやたつ》を手に、奥様に駆け寄った。

「これですか？」

「そう」

長いスカートの裾《すそ》を片手でたくし上げ、踏まないように気をつけながら、上段の一冊に手を伸ばす。それはどうやら、刺繍のデザインについて書かれた本らしかった。

「この本だけで宜しいですか？」

「じゃあ、その横のものも取ってもらおうかしら」

「はい」

隣にあった一冊も手に、脚立を降りる。

「重いですし、お部屋までお持ちします」

「結構よ」

「でも」

素っ気なく断って、私から本を取り上げる奥様だったが、思った以上に重みがずっしりと手首に伝わったようで、一瞬顔を顰めた。

「……やっぱり、最初の一冊だけでいいわ」

「いいえ、二冊ともお持ちします」

案の定、一冊諦めようとした奥様から、二冊とも取り上げると、奥様はばつが悪そうな表情で私を見た。少し痩《や》せた気がする。

「……ポテトスノーの味でわかりましたよ」

「え？」

「それに、急にエミリーの技術が上がったから。あの子、幾ら言ってもコルセットさえきちんと締められなかったのよ」

「でもコルセットの件は、強く締めてお身体に害がないか、彼女は怖がっていたんです。奥様のことを心配していたんですよ」

私の弁解に、奥様はフンと鼻を鳴らした。コルセットのことだけではないと言いたいのだろう。それ以上は結構というように、掌《てのひら》を向けて私の言葉を制した。そしてもう話は終わりと、書斎から出て行こうとした。

「奥様！」

「…………」

足は止めてくれたものの、振り返りはしなかった。呼び止めるのは失礼だと言うのだろう。私はメイドだから。だけど今謝らなければ、きっとその勇気を持てないまま、日常に戻ってしまうだろう。奥様もまるでなかったことのように、振る舞っているから。

だけど絶対になかったことにはならない。しこりが私の中にも、奥様の中にも残ったままになるだろう。そうしてきっと奥様は、私をもう二度と信用しない。

「勝手に戻って……申しわけありません。だけど、お屋敷が大変だと聞いて、いてもたってもいられなくて」

「ユーリが決めたことなら仕方ないでしょう。家の運営は彼に任せているのだから。それにたかだかメイド風情《ふぜい》に、そんなにいちいち気を配ってなんていられませんよ」

吐き捨てるような、少し乱暴な口調。それで終わりかと再び歩き出そうとした奥様を、私はまた呼び止めた。言わなければならないのは、謝らなければいけないのはこのことじゃない。

「まだ何かあるの？」

「あります。この前は本当に、本当に申しわけありませんでした！　でも奥様が、喜んでくださると思ったんです。傷つけてしまうつもりはなくて、私――」

何度も、謝罪の言葉を考えた。その機会をもらえたなら、ああ言おう、こう言おうと。上手な言い方を、綺麗な言葉を。

「私……あの……」

だけどいざ奥様を前にして、全ての言葉が吹き飛んでしまった。頭が真っ白になった。そして代わりに、溢《あふ》れてきたのは涙だった。

「馬鹿ね、なぜ泣くの」

振り向いた奥様が、深く息を吐く。呆《あき》れたように。首を横に振って、言いわけしようとしたけれど、声は全て嗚咽《おえつ》になってしまう。私は掌で自分の口を両手できつく押さえた。

まったく――奥様はそう溜息を洩らし、やおら私に歩み寄ると、手袋を脱いで私の手をそっと、解かせた。

「もういいわ。私も感情的になりすぎたとは思っているの」

「勝手なことをしてごめんなさい。でも私、奥様に……」

「もう良いと言っているの。これ以上同じことは言わせないで――それよりもガラスを踏んだ膝は大丈夫だった？　血が出ていたわ」

俯いたまま頷《うなず》く。奥様が微笑んだ気がした。そんな吐息を感じた。

「仕方ない娘《メイド》ね。主人に慰めさせるなんて……それにお前、『ゼンダ城の虜《とりこ》』を読んだのね？」

「はい。道の駅で、ホープアンソニーというカメラを見つけたのをきっかけに」

「そう……そういえば、飾ってあったわ。ふふふ……懐かしいわね。彼の写真は、あのカメラで撮《うつ》したのよ」

「え？」

思わず顔を上げると、奥様と目が合った。悪戯な瞳。

「あの人の、ヒギンスの写真」

「そうだったんですか？」

「ええ。でも私はフラビアじゃなかったの。彼と永遠の愛は誓わなかった。写真もあれだけ。あの日以来、彼と私の人生がつながることは、一度だってなかった」

驚く私の顔を喜ぶように、奥様の瞳が笑みに細まる。けれどそれが、すぐに悲しい形に変わった。寂しげに。いや、寂しさよりも痛みに。心の痛みに堪えるように。

「……こんな話、余計ね。仕事に戻りなさい」

奥様はさっと表情を強《こわ》ばらせ、私に言った。けれど私は、やっぱり動き出すことができなかった。

「どうしたの？　仕事はまだ残っているのでしょう？」

「はい。でも……お話を聞かせて下さい、奥様。ヒギンス様とのことを」

「どうしてお前に話さなければならないのかしら」

キッと奥様が私を睨《にら》んだ。当然だ。ピリッと空気が張り詰めたのがわかった。

ミセス・ウィスタリアが話してくれたことを思い出す。触れないのも愛情。それは尤《もっと》もだ。膨らんでいないシュー生地なんて、お菓子失格だ。だけど、それでも、やっぱり私はこのことを避けては通れないと思った。好奇心とは違う。驕りともまた違う。押しつけがましい愛情じゃない。

「傲慢《ごうまん》だというのはわかっています。それでも……それでもやっぱり私は、奥様のお世話を完璧《かんぺき》にこなしたいんです。奥様の触れてはいけない傷なら、今後一切触れません。でもうっかり触れてしまわないために、私はもっと奥様のことを知りたいんです」

「お前は十分よくやって……」

「よくやっていたら、私はクビになりませんでした！」

遮るように口にしかけた奥様の言葉を、更に打ち消すようにきっぱり言うと、彼女は目を見開いた。怒られるかと思った。いや、たぶん怒っているだろう。それでも、私はもう引くわけにはいかなかった。

「札幌に帰って、愛川鈴佳に戻った生活が、私はとっても辛《つら》かった。大事な人生をここに置いてきた気がしました。アイリーン・メイディを、私が殺してしまったような罪悪感に、奥様を傷つけてしまったことに、毎晩後悔しました」

「アイリーニ……」

「もう二度と、あんな思いはしたくありません。今度お屋敷を去る時には、泣きながら裏口から逃げるんじゃなくて、胸を張って正面玄関から出て行きたいと思います」

そうだ、二度と私はクビにはならない。もう二度と。

「だから奥様が完璧な貴婦人になりたいように、私は奥様に忠実にお仕えする、完璧なヴィクトリアンメイドになりたいんです。そのために……私はやっぱり、奥様のことを知りたいんです」

奥様が深い溜息を一つ吐いて、沈黙した。私はうなだれて俯くのではなく、奥様にお辞儀をして頭を垂れた。彼女の言葉を待つために。

「……嫌な子ね。そういう言い方をされたら、断れないじゃないの」

「申しわけありません、奥様。でも私――」

慌てて顔を上げ、謝罪する私を奥様が手で制する。

「いいわ。わかりました……お前は私に似ているのね、アイリーニ。確かに私も雇うなら完璧なメイドがいいわ。では完璧を目指すお前を信じて話すことにしましょう。口の軽い娘はメイド失格ですもの。だから……あの子たち《ユーリ》にも内緒よ。知らなくて良いことだわ……すでにもう『死んでしまった女』のことだから」

「ユーリさんには」

私以上に、奥様に尽くしているのはきっと彼だ。彼が知らないのはフェアじゃない。ましてや車の中で、思い詰めていた彼を知っている。お屋敷のゴタゴタで、すっかりそれどころではなくなってしまったけれど、でも今でも彼の心には、あの時の葛藤《かっとう》がシミになって残っているはずだ。

だけど奥様は、それは絶対に許さない、と私をきつく睨んだ。約束できないなら、この話は終わりだと。

『大切な人だから、余計に話せなかったりね』――ミセス・ウィスタリアの言葉がまた私の胸を過《よ》ぎる。

「……わかりました」

私が渋々頷くと、奥様はふっと安堵《あんど》の息を洩《も》らした。

「それで何が聞きたいの？」

「恋人……だったんですか？」

「まさか」

怒られるかと思ったけれど、奥様は軽く肩をすくめて見せた。もしかしたら、心のどこかで奥様も、誰かに話したかったのかもしれないと、そんな気がした。

「そもそも、彼とは手を繋《つな》いだだけだったの。一度だけ、一緒にダンスを踊った。それだけよ」

「ダンスを、お二人で？」

「そうよ、それだけ」

奥様の唇が、皮肉な形に歪《ゆが》む。奥様は彼と繋いだ手を抱きしめるように、愛《いと》おしむように胸に押しつけ、目を閉じた。大切な思い出を、心の奥から取り出すために。

「彼は父の友人だった英国大使の、甥《おい》にあたる人なの。建築家を目指していたわ。大使が私の英語の勉強に彼と文通をすることを勧めてくれたのが、ヒギンスとの最初の出会いと言えるかもしれないわね。初めはほんの短い手紙だった。でも年数通のやりとりが、四年続く頃には、彼に会いたいと強く想《おも》うようになっていた」

「彼に、恋をしたんですね」

「わからないわ、そういうことは。でも興味を抱いたことは確かね。そんな時、英国から視察団があると知ったの。しかも彼も同行すると聞いて、大使に一緒に連れて行ってと頼み込んだわ。そして必死に両親を説き伏せた。勿論最初は許してもらえなかったけれど。結局両親に背いたのは、あれが最初で最後だったわね」

奥様はそこまで言うと、細い息を吐いて私を見た。これ以上話すかどうか、思いあぐねるように。

「それで、どうなさったんですか？」

私は怒られるのを覚悟で、身を乗り出して奥様に話の続きを強請《ねだ》った。奥様は急に弱気な表情になり、視線を落とした。でも、すぐにその顎が上げられる。挑むように。

「どうにもならないわ。ただ、仕事をしただけよ。通訳や町の案内、日本の暮らしについてのあれこれをね。特に彼は視察団の中で一番年若かったから、色々難題を押しつけられていたの。小さな冒険のようだったわ。それでも二人で一つ一つ解決していった。私たちは……良い友人だったから」

奥様の鼻の頭に皺が寄る。まるでやっと絞り出した、友人という言葉が、苦くてたまらなかったように。

「彼は本国に婚約者もいたのよ。どうこうなるわけがないでしょう？　なによりラッセンディルはルリタニア王国に縁があったけれど、私はただの日本人。彼も私も、祖国は一つだった」

『そう。私は日本人』――奥様が、もう一度噛みしめるように繰り返した。オークブリッジ邸の女主人ではなく、楢橋タエの声で。

今とは違う時代。国の違いは、圧倒的な障碍《しょうがい》だっただろう。特に戦争中、日本とイギリスは一時期敵だったはずだ。

「だけど……素敵な人だったわ。一緒にいると、楽しかった。話してくれる言葉の全てが、私に喜びを与えてくれた。私はね、旧姓が菊池《きくち》なの。だから彼は私をマーガレットと呼んでくれたわ。最後の夜のダンスは、永遠に曲が終わらなければ良いと思った」

絹鳴りと共に奥様が、一冊の本を手に取る。あの題名も掠れた古い本、奥様の秘密。『ゼンダ城の虜《The Prisoner of Zenda》』。頁《ページ》の間には、ヒギンス氏の写真。

「彼が残してくれたのは、一冊の本。お土産の“The Prisoner of Zenda”と、そしてこの写真だけ。ラッセンディルとフラビアのように約束の指輪もなければ、毎年赤い薔薇が一輪届けられることもないの」

写真が少しでも劣化しないようにか、奥様はハンカチで写真を包んだまま、本の上で優しく撫でた。

「手紙も全て処分したわ。嫁ぎ先に持って行けなんてしませんし……余計な思い出は、置いていかなければ耐えられなかった。だからマーガレットという名前と共に、全て燃やしてしまった。マーガレットは炎の中で死んだんです。これからは楢橋と呼ばれなければならなかったんですもの」

秘密の名前を葬《ほうむ》って二ヶ月後、奥様は楢橋家に嫁いだ。だけどこの本と、写真だけは、どうしても手放せなかったのだろう。薄れた背表紙の文字が、奥様の苦しい想いを物語っているように見えた。

「別に夫が嫌いなわけじゃなかったの。病弱だったけど、優しい人だった。寄り添うのは大変だったけど、それでも三人の子供に恵まれて、ユーリのような、可愛い孫たちも傍にいてくれるのだから、私は恵まれた歳《とし》の重ね方をしたはずだった。だけど、夫が死んで、久しぶりにこの本の中に彼の写真を見つけた瞬間、あの日のことが燃えるように蘇《よみがえ》った——私は愚かね」

コルセットで押さえつけられた奥様の胸元が、溜息の形に上下する。薄紗のドレスが衣擦《きぬず》れですすり泣いた。

「今、ヒギンス様に連絡を取る手立てはないんですか？」

「夫が死んでから、彼がどうしているのか調べたの。彼は十年前に既に病気で亡くなった後だった……子供が五人いて、孫が十二人もいたわ。彼は幸せな一生を終えていた」

自嘲《じちょう》気味な笑い。その唇が微《かす》かに震えている。気丈な奥様は私に、一筋の涙も見せなかった。だけどその顔にはくっきりと、悲しみが刻まれてもいて、ぎゅっと胸が締め付けられるように痛んだ。こんな表情の奥様は、見たくない。

「これで、お前もわかったでしょう？　彼はオークブリッジの主人にはなれないの。そんなことを思うのは烏滸《おこ》がましいわ。随分昔に、咲きもしなかった恋よ」

「……本当に、そうでしょうか」

「え？」

私は本の上に預けられた、奥様の手に自分の手を重ねた。

「この本が、それこそが、ヒギンス様の答えなんじゃないでしょうか」

「この本が？」

「そうです。『恋がすべてでしょうか』――奥様」

本当のことは勿論わからない。ただの友人、そう思うこともできる。だけどもしかしたら……もしかしたら彼も、奥様に会いたくて日本に来たんじゃないだろうか？　両親に背いてまで、一緒に行きたいと願った奥様のように。彼も躊躇《ためら》いの中、奥様への想いを胸に秘めていたんじゃないだろうか？　だから『ゼンダ城の虜』を携えて日本に来たんじゃないだろうか？

別れを選んだのはフラビアだけじゃなかった。恋をしたのも。そう、フラビアを連れて逃げなかった、ラッセンディルにも答えがある。

「ヒギンス様は結局、お互いの立場を、これからの人生を、守らなければならない人たちを選んだのでしょう。ラッセンディルとフラビアのように、ヒギンス様も選んだんですよ。これから自分たちそれぞれの世界で生きていこうと。奥様の立場や、奥様が捨てなければならないものを考えた上で」

「アイリーニ……」

「私には、恋愛のことは難しくてわかりません。だけど奥様がお慕いした方です。きっと立派な方だったに違いありません。高潔で、なにより優しかったんですよ。一つの愛で、たくさんの人を傷つけることができなかったんです」

そうだ、私に恋はわからない。私はまだ、ちゃんとした恋を知らない。その先のことも、愛を得る喜びも、失う悲しみも。だけどそんな私にだってわかる。残されたこの本と、写真に込められた意味が。

「お二人の間に芽生えた想いは、きっと同じだったんじゃないでしょうか。添い遂げるのは無理だとわかっていても、それでも海を越えて、奥様に会わずにいられなかったほどに。だからこそ彼は、奥様の手にこの本を残していったんです。この本はきっと『旦《だん》那《な》様』のお心です、奥様。旦那様も奥様のことを、大事に思っていらっしゃったに違いありません」

「でも、私は……」

「もう！　お忘れになったんですか？　ここは、奥様の時間を取り戻すためのお屋敷です。私はそのためにここにいるんです。奥様はもう楢橋タエさんじゃありません。このオークブリッジの女主人、マーガレット様じゃありませんか！」

私は、机の上の薔薇を手に取った。滴《したた》る水で奥様の手を汚さないよう、エプロンの端っこで吸い取って、棘《とげ》で奥様の手を傷つけないよう、机の上の便箋《びんせん》でくるんだ。

「黒いくらいに赤い薔薇の花言葉をご存じですか？」

「薔薇？　いいえ」

突然の質問に、奥様は戸惑ったように、首を少し傾けた。

「深紅の薔薇の花言葉は、『永久に滅びることのない愛』です」

菫さんに教えられた、花の意味。これがヴィクトリア朝でも同じ意味かは知らない。そうかもしれないし、違うかもしれない。でも違うとすれば、逆に運命のようだ。今日この花を、奥様が手にするための。

「これは旦那様からの薔薇です。旦那様は亡くなる前に、私に毎日奥様のお部屋に、赤い薔薇を飾るように命じられました。『永久に――貴方のルドルフより』と。奥様への想いを捧げるように、私に申しつけて逝かれたんです」

そっと真っ赤な薔薇を、奥様に手渡す。彼女はそれを震える手で取った。

「お前に？　お前は……そんなに長い間屋敷にいたかしらね」

「そうですよ。お忘れですか？　アイリーン・メイディは、十歳の頃にお屋敷に来たんですから。そして私がまだビトゥイーンメイドだった頃です。ご病気の旦那様が、お部屋の暖炉に石炭を入れている私に、ベッドの上からそう命じられたんですよ」

小さなスカラリーメイドは、最良の奉公先に恵まれて、立派な主人と、厳しくて優しい執事、しっかりもののコックに導かれ、今はメイド長にまで成長した。

先見の明のある主人は、いずれ私が奥様にお仕えすることに気がついていた。だからその年若いメイドに、小さな約束を残していったのだ。自分亡き後、最愛の妻が少しでも寂しくないように。

「さあマーガレット様。今年もやっと薔薇の時季が来ましたね。また毎日、旦那様からの薔薇が届きますよ。今まで通り。勿論これからもですよ。毎年、ずっとです。だって旦那様は奥様のラッセンディルなんですから。そのお気持ちが揺らぐことは、決してありません」

私は力強く言った。驚いたように私を見ていた奥様の、榛色《はしばみいろ》の瞳が揺らいだ。きゅっと形の良い唇を噛んで、奥様は俯いた。右手に薔薇、左手に『ゼンダ城の虜』。私はさっと、奥様の瞳からこぼれる涙で濡れないように、大切な本を救出する。

「……そうね、楽しみだわ」

頷くと同時に、その頬を大粒の涙が滑り落ちた。でも気がついたら、私の目も同じように涙で熱くなっていた。これじゃあ、本を助けた意味がない。

本を安全な机に預け、結局私と奥様は、額を寄せて、抱き合うようにしてすすり泣いた。何が悲しいのか、嬉しいのか、よくわからない。優しくて、寂しくて、でもあたたかい涙だった。

やがて涙の発作が治まると、今度は私たちに堪えようのない笑いが取り憑《つ》いた。どちらからともなく、声を上げて笑った。うふふ。くすくす。少女のように。ユーリさんたちに気づかれないように、ちょっと抑えてはみたものの、結局我慢できなくて、声を上げた笑いになった。

「でも、東川が奥様の特別な場所なのはわかりましたけど、どうして十九世紀なんですか？」

「そのことについては、またいつか、気が向いたときに話すかもしれないわね。それにしても、お前は随分ロマンチストなのね」

今度は笑いすぎで溢れた涙を指でぬぐいながら、誤魔化すように奥様が言う。

「何を仰《おつしや》るんですか。それを言うなら奥様もですよ。そんな可憐《かれん》でいらっしゃったなんて、私の方が驚きです」

「おだまりなさい。私の生まれた時代では、それが当たり前だったのよ」

毒づく言葉を聞き流しながら、少し乱れてしまった胸元や、ドレスの裾やレースを正していると、不意に視界の端に、白いものが過ぎった。

「あらいやだ、窓から蝶《ちよう》が入ってきてしまったわ」

奥様が顔を顰める。見ると確かに部屋の中に、真っ白い大きな蝶が飛んでいた。モンシロチョウかと思ったけれど、後から調べたところ、エゾシロチョウというらしい。近くのエゾノコリンゴの木で、越冬した蛹《さなぎ》たちが一斉に羽化していたのだ。

「薔薇の匂いに誘われたんですね。でもきっと旦那様ですよ。追い出すなんて不遜なこと、私はできません」

白い蝶は、還《かえ》ってきた大切な人の魂。奥様のことを案じる、旦那様の魂。奥様も、それもそうね、と諦めたらしい。花瓶に薔薇を挿し直した。

「まあいいわ。お茶をお願いできるかしら。喉《のど》が渇いてしまったわ。部屋に戻るから、今日からまたお前にお願いするわ。エミリーは足音が五月蠅《うるさ》くて苛立つの」

「承知いたしました、奥様」

お辞儀する私に刺繍の本をドサッと持たせ、奥様は優雅に書斎を後にする。机の上には、旦那様から贈られた本と約束の薔薇。

「……あ」

その時白い蝶が、本の上にひらりと舞い降りた。『ゼンダ城の虜』の上に。まるで私を肯定してくれるように。

「――大丈夫ですよ、旦那様」

そっと白い蝶にささやくと、蝶はゆっくりと羽根を揺らめかせた。私は奥様のお茶を用意するために、緑羅紗扉の向こうへと歩き出した。

特別篇

# 執事、スペイン風邪をひく

「え？　ユーリさん、具合悪いの⁉」

いつも通り、頼んでいた食材を持ってきてくれたスミス夫人が、大きめな目を更にぱっちり開いて私に訊《き》いた。

「はい。昨日の夕方札幌から戻って来て、その時はそうでもなかったそうなんですが、夜中から急に熱が上がってきたって」

「ただのサボリじゃないの？　もしくは日頃の行いが悪いとか」

説明する私の後ろで、エミリーが退屈そうに呟《つぶや》く。彼女はさっきから、頼まれたじゃがいもの皮剝《む》きが、一向に進んでいない。

「アンタとは違うのよ」

エミリーがなんとか剝き終わった一つを見て顔を顰《しか》めながら、ミセス・ウィスタリアが毒づいた。

「でも心配ね。急にだなんて。病院に行かなくて平気？」

心配そうに俯《うつむ》くスミス夫人に、私も頷《うなず》いた。心配だ。病院に行かなくていいかと、既に訊いたけれど、彼は〝平気です〟の一点張りだった。

「もう！　なんで男の人って、なかなか病院に行きたがらないのかしら。主人だってこの前ぶつけたって、足の小指が腫《は》れ上がってね。明らかに平気じゃないと思うのに、冷やせば大丈夫だとか言って！」

「結局折れてたのにね」

フンフン鼻息を荒らげるスミス夫人。あははとミセス・ウィスタリアが笑いながら付け加える。骨折してたなんて、全然笑い事じゃないけれど。

「そう！　だからね、本人がいいとか大丈夫とか言っても、無理矢理にでも病院は行かせた方がいいわ！　絶対よ！」

ぎゅっと、スミス夫人が私の手を握って言う。説得するなら、年上のスミス夫人や、ユーリさんが少し苦手にしているミセス・ウィスタリアの方が向いていると思うのだけれど。

でも二人は、何故《なぜ》だか私が適任だと言った。もしかしたら押しつけられたのかもしれないと、内心思う。とはいえ、ここは何が何でも彼を説き伏せなければ。

「じゃあ、説得してきます」

私がはい、と頷くと、何故かスミス夫人とミセス・ウィスタリアが拍手をしてくれた。

やっぱり面倒くさいとか、そういうことに違いない。

「あ、それなら私が運転してあげる。病院まで送ってくね」

さっとじゃがいもを作業台に放り出し、エミリーが手を上げる。

「アンタ……とことんサボるつもりね」

渋い顔でミセス・ウィスタリアが呻《うめ》いた。確かにユーリさんが自分で運転するのは心配だし、無理そうだ。でも私たちに仕事がないわけじゃない。ましてユーリさんがいない分、他にもしなければならないことが増える。たとえばディナーだ。誰か一人、お給仕を務めなければならない。

「やっぱり、ユーリさん以外に男性がいないのも、考え物ですね」

かといって、そう簡単に人を増やせないのが現状だ。仕方ない、じゃがいもは私が戻ってから剝きますと、ミセス・ウィスタリアに告げると、病院を嫌がる『大きな子供』を説得しに、屋根裏の階へ向かった。

大きな子供は大きいだけ知恵が回って、あれこれ理由を付けて病院に行かないで済むよう、私を丸め込もうとしたけれど、私もだてに病人の世話に慣れてはいない。叱《しか》ったり、なだめすかしたり、最終的に泣き落としまがいの説得を重ね、なんとか彼をベッドから連れ出すことに成功した。

週半ばの午後だけあって、病院は空《す》いていたらしい。エミリーの運転で病院に行った彼は、二時間ほどでお屋敷に戻ってきた。車でほんの十分の場所なのにエミリーは彼が診察中もお屋敷には戻らなかった。じゃがいもの皮剝きも、いんげんの筋取りも、結局みんな私が代わった。シーツの繕いもだ。

「お帰りなさい。どうでした?」

ユーリさんは熱が高いらしく、幾分おぼつかない足取りで、自分の部屋へと向かった。心配になって、せめてお部屋まで見送ろうかと後を追いかけると、彼はそれを手を上げて拒んだ。

「今日ぐらいは、私が男性棟に入ることを、許して下さってもいいと思うんですが」

確かにルール違反はわかってる。だけど既にドア越しながら彼の部屋の前で、病院に行く行かないの押し問答を終えたばかりだ。

「そういうことではなく……今は私に近づかない方がいい。スペイン風邪でした」

彼は、話すのも億劫《おっくう》だというように言って、私を下がらせた。

「はい?」

スペイン風邪? 聞き慣れない、いや、もしかしたらどこかで聞いたことがあるような……学校の世界史? でもどんな病気なのか、さっぱり思い出せない。

仕方ないので奥様の書斎にお邪魔して、何かわからないかと資料をひっくり返した。

スペイン風邪——Spanish flu。

英語が苦手な私でも、スパニッシュはわかる。スパニッシュオムレツは、残った野菜を美味《おい》しく使い切るために、私が自宅でよく作るメニューの一つだから。次点は福神漬け。

そんなことを考えながら、資料を手繰っていた私は、すぐにその内容に凍りついた。

「やだ……」

スペイン風邪は一九一八年から世界的に大流行した伝染病らしい。

一説には、死者は七〇〇〇万人以上とも言われていて、罹患者《りかん》の十人に一人は亡《な》くなってしまったという。お年寄りや小さな子供のみならず、若者までが肺炎などを併発し、帰らぬ人になったそうだ。

日本語の資料は少なくて、私にはそれ以上のことはわからなかったけれど、むしろそれだけわかれば十分だ。

「奥様！」

風邪という響きに油断していた私は、矢も楯《たて》もたまらず、奥様の部屋に飛び込んだ。

「なんですか騒々しい」

「申しわけありません。でも、ユーリさんがスペイン風邪に罹《かか》られたって」

当然ながら、キッと私を睨《にら》み付けた奥様に頭を下げる。でも緊急事態だ。私は奥様にそうお伝えした。ユーリさんは他でもなく、奥様の孫なのだから。

「あらまあ、こんな時季外れに？」

だのに奥様は、妙にのんきな口調でそう言って、膝《ひざ》の上で手を止めていた刺繍《ししゅう》を再開しようとした。そんな悠長にしている場合じゃないのに。

「大丈夫なんでしょうか？　私、いったいどうしたら？」

自分でもオロオロしているのがわかった。だけど、十人に一人の死亡率は、決して少ない数じゃない。若くて健康なユーリさんでも、その可哀想《かわいそう》な一人に含まれないとは言い切れない。

するとそんな慌《あわ》てた私を見て、奥様が苦笑いをした。

「子供ではないのだから、寝かせておけば大丈夫でしょう」

「寝かせておけばって……でも、たくさん人の亡くなった、恐ろしい病気じゃないんですか？」

「スペイン風邪が？」

「はい」

頷くやいなや、奥様がほほほ！　と笑い声を上げた。さもおかしいというように。

「……奥様？」

「いやね。インフルエンザよ」

「え？」

「スペイン風邪は、今で言うインフルエンザのこと。でもそうね、日本でも流行《はや》ったし、私の年齢なら、スペイン風邪という呼び方に違和感もないけれど、若いお前は知らなくても仕方がないわね」

「インフルエンザ!?　でも、じゃあ……」

どうしてそんなに人が亡くなったんだろう。インフルエンザは毎年のように流行している。いくら今より医療が進歩していないとはいえ、そんなに大勢の人が亡くなるものだろうか？

「第一次大戦の頃に流行したの。みんな疲弊していたのよ、たとえ貴族でも、栄養満点の食事をとれて当たり前とは行かないぐらい、苦しい時期だったの。だから余計に一気に流行したんでしょうね」

「あ……」

「それとも一つ、アスピリンね。一説にはアスピリン過剰投与が原因だったのでは？とも言われているわ」

「アスピリン、ですか？」

「ええ。高い熱が出たのでしょうね。解熱《げねつ》剤としてアスピリンが使われたの。大量に投与されると、肺や脳などの器官に浮腫《ふしゅ》の症状が出るんですって。そうするともう手の施しようがなくて、あっという間に亡くなってしまったそうよ。他にも色々な説があるけれど、あの時代だからこその大流行だったんだと思うわ」

「じゃあ……ユーリさん、大丈夫なんですか？」

ほっとした私に、奥様がゆっくりと頷いた。

「確かに今も、重症化するとインフルエンザは恐ろしい病気よ。でもそんなに、過剰に心配する必要もないわ。だからお前も心配しなくて大丈夫よ。それに、当時流行したウィルスの型ではないでしょうしね」

「そうですか……」

本当にほっとした。自分でも思った以上に平静を失っていたみたいで、手がびっくりするほど冷たくなって、堅くなっていた。無意識に強く握りしめていたのだ。

「それにしても、冬ならまだしも、夏にインフルエンザなんて、おかしな子ねえ」

奥様は呆《あき》れ声だ。確かにインフルエンザの季節からは、外れているかもしれない。

「あの……お言葉ですが奥様、ユーリさんはいつも何も仰《おつしや》いませんが、毎日お疲れだと思うんです。昨日も札――ロンドンから帰っていらしたばかりですし」

夏風邪と思っていたら、季節外れのインフルエンザだった、なんて話も偶《たま》に聞く。普段の健康な時ならいざ知らず、夏バテ気味だったり、疲れていたら、冬でなくともウィルスに身体が屈してしまうんじゃないだろうか。

きっと、彼は疲れているのだ。奥様に意見するなど、差し出口だとはわかっていても、そう言わずにいられなかった。このお屋敷に、奥様に、誰よりその身を捧《ささ》げているのは、ユーリさんだと思うから。

「……確かにそうね。今はすっかり大きな身体になってしまったけれど、あの子は昔は随分身体が弱くて。疲れるとすぐに熱を出していたのよね」

奥様がぽつりと独りごつように呟いた。目尻《めじり》が幾分下がった柔らかい表情。それはマーガレット様ではなくて、タエさんの顔なのだろう。

「……もし宜《よろ》しければ、せめて今日だけでも、ユーリさんのお世話をさせて頂けないでしょうか。特に使用人階は水の設備もありませんし、病身でキッチンと行き来するのも、お辛《つら》いと思うんです」

ましてて他人にうつしてしまう可能性のある病気だ、なおのこと屋敷の中を歩き回らない方がいいだろう。奥様にうつったりしたら、ユーリさんには申しわけないけれど、そっちの方が一大事だ。

それに病気の時ぐらい、せっかくだから彼にはしっかり休んでもらいたいと思った。私も仕事をしていないと、落ち着かないタイプだけれど、彼は私以上に勤勉だ。まるで回遊魚か、動いていないと爆発する、爆弾を背負わされているかのように。

「そうね。たまにはそういう日があってもいいかしら」

奥様はそう言うと、突然部屋のソファから立ち上がり、そのままスタスタと部屋から出て歩き出した。

「奥様⁉︎」

部屋を出て、そのまま階段《ステアケース》を下り、一階の大広間《ホール》へ。そして階下《ダウンステアーズ》へつながる、緑羅紗扉《グリーンベーズドア》へと。

「奥様！」

困惑する私になんて目もくれず、奥様はまっすぐ使用人用《サーヴァント》ホールへと向かった。丁度今は、使用人たちのお茶の時間だ。のんびりスコーンと紅茶を楽しんでいたスミス夫人、ミセス・ウィスタリアの二人が、奥様の姿に気がついて、さっと表情を強《こわ》ばらせる。

慌てて二人は紅茶を置いて、ガタガタッと椅子《いす》から立ち上がった。のんきに二人を見るエミリー。私は奥様の後ろから、彼女に立つように手で指示をする。

「奥様……何かご用でした？」

お茶の時間を邪魔されたというように、エミリーも不満そうに言いながら立ち上がった。

「いいのよ楽にして。ここに私が来るのは、貴方《あなた》たちに迷惑なこともよくわかってるわ」

奥様はそう言って、みんなに座るよう指示した。でもそれでも座ろうとしたのはエミリーだけで、結局動かない私たちを見て、彼女も腰を上げ直した。

「ユーリの具合が悪いと聞いたわ。だから彼が治るまでディナーなしにして、食事はしばらく部屋で取ることにします――ああ、ミセス・ウィスタリア。卵酒《エッグ・ノック》か粥酒《コードウル》は作れて？」

「はい、奥様」

簡潔に答えて、ミセス・ウィスタリアは頭を垂れて見せた。

「お酒はシェリーにしてね」

「でも奥様、ユーリさんはあまりお酒を好まれないのでは？　たとえアルコールをしっかり飛ばしても、体調の優れない時に、お酒の匂《にお》いがする物を、彼が喜ぶとは思えませんが」

やはりそこはミセス・ウィスタリアだ。奥様の指示とはいえ、食卓のことは自分の信念を曲げられないらしい。彼女は食べる人の幸福と健康を常に考えているのだから。

「そうね、だからお酒の量は控えめにしてやって頂戴《ちょうだい》。ブランデーは嫌がるでしょうけれど、シェリーならまだ大丈夫だと思うわ。それに貴方なら、あの子でも好む粥酒を作ることができるでしょう？」

「わかりました」

ものすごい無理難題を、さらりと奥様はミセス・ウィスタリアに課した。けれどさすがミセス・ウィスタリアは、眉《まゆ》をピクリと動かしただけで、澄ました顔は崩さなかった。

「スミス夫人」

「はい、ここに」

きびきびと、奥様が今度はスミス夫人を呼んだ。彼女の口元に張り付いた微笑《ほほえ》みが、緊張に少し強ばる。

「使いを頼まれてくれるかしら、急ぎになるけれど構わない？」

「勿論《もちろん》です、奥様」

「それとエミリー」

「は？」

すかさずポケットからメモを取り出したスミス夫人。奥様はさっとそれを取り上げ、彼女の万年筆で（使い込まれた、スミス夫人愛用の品だ）お使いの品を書き付けながら、つまらなそうに足をクロスして立っているエミリーに、言った。彼女の方を見ないままに。

「今日はアイリーニは、ユーリの看病をするそうよ。彼女の仕事を代わってあげて頂戴」

「えええ？　私が!?」

突然振られ、思わずといった感じでエミリーが不満を口にする。彼女に一斉に非難の視線が降り注いだ。

「……はぁい。奥様」

渋々頷いたエミリーに、一瞬奥様はピクリとこめかみを震わせ、ちろりと私を見た。

『後でしっかり言っておきます』……そう視線で訴えて、奥様に頭を下げる。エミリーときたら。せめて返事ぐらいは、しっかりしてくれたらいいのに。

「いいでしょう。では各自そのように。宜しくお願いするわ」

メモ帳と万年筆をスミス夫人に返すと、奥様が私たちの顔をぐるっと見渡して命じる。決して身長が高いわけではないのに、見下ろされているような気持ちになるのは、奥様の威光と貫禄《かんろく》のせいに他ならない。

私たちは一斉に頭を垂れた。お屋敷の女主人は、たとえ階下に降りようと、完全なる貴婦人だった。


エミリーには随分ゴネられたけれど、今日一日だけ病人のお世話係に正式に任命された私は、使用人階の仕切りのドアを抜け、ユーリさんの部屋を訪れた。

ノックをしてから、そっとドアを開けると、彼はベッドの上で目を閉じていた。いつもより深い眉間《みけん》の皺《しわ》が、彼の辛さを顕《あらわ》している。

「…………」

男性の部屋を訪ねるのは初めてではない。仕事では何度もある。仕事以外では一度もないけれど。

ユーリさんの部屋は、私の部屋とインテリアはそう変わらない。古めかしいベッドと机とクローゼット。白い簡素なリネン。机の上にパソコンがあることだけが、やけにくっきりと、時代錯誤のアンバランスさで浮かび上がっている。

「熱が、随分高いですね」

部屋に籠《こ》もった湿った空気と汗の匂いが、彼の熱の高さを物語っていた。窓を開けて空気を入れ換えてから、彼の額にそっと触れると、案の定とても熱い。体温計がないので正確にはわからないけれど、たぶん三十九度近いだろう。

「君に、うつしたくない」

ゆっくりと目を開けたユーリさんが、かすれた声で言った。

「大丈夫です。私、今まで一度もインフルエンザに罹ったことありませんから」

「本当に？」

彼の額にうっすら浮かんだ汗を拭《ふ》いてから、額に濡《ぬ》らした布を当てる。

「風邪も何年かに一度です。私、頑丈なんです」

「しかし……」

彼がまたいつものように小言を始めようとしたので、自分の唇に人差し指を押し当てて見せた。

「具合が悪い時ぐらい、お小言はなしです」

「しかし、奥様のディナーが」

「ユーリさんが良くなられるまでお部屋で、トレイで召し上がります。お給仕の心配はありません」

彼を寝かしつけるように毛布を整えて、ぽんぽんと首元を叩《たた》いた。

「まったく……私と来たら、不甲斐《ふがい》ない」

悔しそうに、弱々しくユーリさんが呟いた。

「お疲れだったんですよ。たまには休みなさいと、神様が仰っているんです。お屋敷の方は何も心配しなくて大丈夫です。今、ユーリさんのお仕事はただ一つ。早く元気になられることですよ」

私の言葉に、今ひとつ納得していない様子だけれど、実際問題動ける体ではないし、他の人にうつしてしまうわけにもいかないので、ユーリさんは結局横になっているしかなかった。歯痒《はがゆ》いのだろう。その苛立《いらだ》ちはよくわかったけれど、同時にこんな時ぐらい、私たちを信用して欲しい気持ちもあった。

一度キッチンに戻り、エミリーのブツブツ文句を聞き流しながら、あれこれ仕事の指示をしていると、スミス夫人がお使いを終えて戻って来た。

やがてミセス・ウィスタリアが、「自信作よ」と、ミルクとシナモン、そしてシェリーの香りが漂う、あつあつのオートミール粥を完成させてくれた。美味しそうだったのに、トレイに乗せて上に戻ると、ユーリさんは溜息《ためいき》を一つ洩《も》らした。

「コードゥルだそうです。少しお食べになりませんか」

「食欲はあまりないんだ」

「でも少しは召し上がって下さい。水分もたくさんとられた方がいいです」

グラスの水だけは受け取って、ぐいっと喉《のど》を鳴らしてそれを呷《あお》ると、彼は叱られた子供のような目で私を見た。

「ほんの少しでもいいですから……あ、そうだ」

もう一つ、小皿に乗せられたフルーツを彼に差し出す。

「これは、奥様からのお見舞いです」

「奥様から？……白葡萄《しろぶどう》？」

「はい。お好きなんですか？」

それはふっくらと粒の大きな白葡萄だった。薫《かお》りも爽《さわ》やかで華やかで、思わず私もゴクンと喉が鳴った。白葡萄は大好物だ。旬《しゅん》の季節だけ、北海道の葡萄の産地として有名な余市《よいち》に住みたいくらい。

「いや……ただ、高価な果物です。切り裂きジャックが、娼婦《しょうふ》を連れ出すのにも使ったと言われるぐらい」

「そうなんですか？」

「一説にはね。現場に葡萄の房が落ちていたそうで」

殺人鬼の誘いにも、乗らずにはいられないほど、魅惑的な果実。蠱惑《こわく》的な馨《かお》りは、食欲のないユーリさんでも、食指が動くらしい。

「でもこれ、マスカット・オブ・アレキサンドリアですよ。本当に高級な葡萄です。それに葡萄はカリウムにミネラル、ブドウ糖と、栄養たっぷりですよ」

普段からお世話になっている執事を労《ねぎら》うように、高価でも美味しくて、栄養価の高い葡萄を。

「じゃあ……少し頂きます」

みずみずしい一粒を、ユーリさんが口に運ぶ。甘い香りが立ちこめる。また私の喉がゴクンと鳴ってしまう。

「コードゥルも一口」

誤魔化すように一さじ粥酒をスプーンで掬《すく》うと、彼が顔をくしゃっと歪《ゆが》めた。

「自分で食べられますから、貴方は戻って大丈夫ですよ」

「本当に？　そう言って食べないつもりでしょう？　召し上がるまで、私はここから動きませんから」

「…………」

私の本気を感じ取ったらしいユーリさんが、諦《あきら》めたようにトレイを受け取った。私の勝ちだ。

「しっかり食べて、きちんと身体を休めて。ユーリさんあってのオークブリッジなんですからね、みんな心配してるんですから」

空いたグラスに水を注ぐと、ユーリさんが苦笑した。

「どうしたんですか？」

「いえ……ただ、たまには熱を出してみるのも、悪くないのかなと」

「な！　お屋敷中にご迷惑をかけて、何を仰ってるんですか！」

まったく信じられない。私がもし、もう少し乱暴者だったら、病人とはいえゲンコツをお見舞いしていたところだ。もしくは、美味しそうな葡萄を、横取りして食べてやるところだった。

すごすごと肩をすくめ、スプーンを手に取るユーリさん。食べるまで監視……と言ったものの、人が食事をしている所を、じっと見つめるのはさすがに不作法だ。なんとなく目をそらすと、ベッド横の棚に、処方された薬の袋が置かれていた。

中は見なかったけれど、今はもう、アスピリンは処方されていないだろう。勿論アスピリンそのものは、今でも普通に使われている薬なのだから、必ずしも有害じゃない。

ただ、使い方が良くなかっただけ。使う量を、間違えただけ。特に今では、高い熱が出るのは、ウィルスを退治するための体の防衛反応だ、と言われている。

たった百年で、医学は本当に進歩した。恐ろしいスペイン風邪を、奥様が笑い飛ばせてしまうほどに。

「……今だけは、本当は二十一世紀で良かったって、思います。ここで暮らしていると、つい過去ばかりが美しく見える気がするけれど。でも……スペイン風邪が怖い時代じゃなくて、本当に良かった」

「確かに……医師はリレンザを出してくれましたからね」

執事がスペイン風邪で倒れたら、きっとアイリーン・メイディは、心の底から心配しただろう。同時にとても恐れたはずだ。自分や、お屋敷の仲間や、なにより奥様まで病気に罹ってしまうことを。外の世界を。

二十一世紀にだって、世界中を悲しみに沈めた恐ろしい『スペイン風邪』は起こりえる。今も世界のどこかで、人々を苦しめる病は存在している。だけどそれでも、十九世紀よりも立ち向かう術《すべ》や、身を守る術があるだろう。

どの時代も、大切な人を失いたくない気持ちは同じだ。

「でもどんなにお薬があったって、体力を付けなければ、病気には勝てないんですからね！」

思わず潤《うる》んでしまった瞳《ひとみ》をぐいっと手の甲でこすって、スプーンでスープボウルをただかき混ぜていたユーリさんに檄《げき》を飛ばす。

「貴方は時々、奥様の複製のような気がします」

ぼそっとユーリさんが呟いたので、思わず微笑んだ。私には最高の褒め言葉だ。

できることなら普通の白いお米のお粥が食べたいんじゃないだろうか。そんな風にも思ったけれど、口には出せなかった。『執事のユーリさん』は、体調が悪いからって、ここでは白粥を食べないはずだ。アスピリンの代わりにリレンザを自分に許した手前、これ以上の二十一世紀は受け入れたくないだろう。

でも勿論そのことは、粥酒と指定した奥様も、作ってくれたミセス・ウィスタリアもわかっていた。オークブリッジの住人は、彼だけではないのだから。

体調の悪い彼でも我慢して食べられるように、ミルクとシナモンと、コックのプライド（と、優しさ）で絶妙に仕上げられた粥酒。一口食べて、そのことにきっと気がついた彼は、スープボウルによそわれた一杯を、頑張って完食した。

ヴィクトリア時代に病気になったら大変だ。

それでも頑張って粥酒を食べた甲斐あってか、それとも医師に処方されたのが、アスピリンではなくリレンザだったお陰か。ユーリさんの熱は三日ほどですっかり下がった。本当に三日で良かった。色々な意味で。

例えば熱が高い時、わざわざお手洗いのために下まで降りてくるのは辛い。ここはヴィクトリア朝らしく、おまる《チェインバーポット》の使用を勧める私に、ユーリさんは最後まで抵抗した。陶器製で、真ん中に人の目と、『私をキレイに使って！』と、悪趣味なメッセージまで描かれたおまる。

使用人は夜の間、お手洗いはおまるを使い、下位の使用人がそれを朝一番に下げるというルールだったそうだ。男性使用人はユーリさん一人。下僕《フットマン》や給仕《ホールボーイ》の存在しないオークブリッジ。私は私で、今は一応メイド長のポストでも、住み込みなのは私一人なので、二人とも暗黙の了解のように、部屋の隅に置いたまま一度も使ったことがない。

とはいえ、今は言うならば緊急事態だ。気にしないで使えば良いし、私はそれを片付けることを厭《いと》いはしない。何故なら彼は病人なのだから。それにたぶん、私たちメイドは本来、そういった汚れにも慣れているものだと思う。二十一世紀が清潔すぎるのだ。

だけど清潔なのは大切なことだ。綺麗《きれい》な方が気分が良いし、汚れは別の病気を運ぶ。彼の調子を窺《うかが》って夜着やシーツ、毛布を交換したり、高熱と闘う体が流す汗を拭いてあげたりした。

ミセス・ウィスタリアはユーリさんでも食欲の湧《わ》く食事を用意し、奥様はエミリーのお世話に耐えた。不満にも岩のように口を噤《つぐ》んで。スミス夫人と、そして高校が夏休みに入ったというスミス夫人の娘さんが手伝いに来てくれたこともあって、オークブリッジ邸に吹き荒れた、スペイン風邪の嵐《あらし》は収束した――はずだった。

「それにしても、アイリーンには本当にうつりませんでしたね。驚きました」

久しぶりのディナーでしっかり給仕を務めたユーリさんが、これまた久しぶりの使用人用ホールでの夕食の席に着き、アスパラを口に運びながら上機嫌で言った。

「気合いで乗り切りました」

ふふふ、と思わず笑みが洩れる。健康に産んで、育ててくれた母と祖母に感謝。とっても誇らしい気分だ。

「気合いね。なるほど、そりゃあズルッズルのエミリーが罹るわけだわ」

そうなのだ。

あのエミリーが、昨日熱を出した。お医者さんの診察結果はスペイン風邪。

エミリーはユーリさんを病院に送って行って以来、直接彼と接触していない。その日から五日後の発症なので、一日、二日という潜伏期間を考えると、たぶんその時に……ということではなさそうだ。

「流行ってるらしいから。私たちも気をつけなきゃね」とスミス夫人。今朝の新聞に、そんなことが取り上げられていたらしい。

「ま、一週間のお暇をもらえるんだから良かったんじゃない？　あの子は散々サボりたいって言ってたし」

涼しい顔で言うミセス・ウィスタリアに、スミス夫人と思わず目を合わせてしまった。

「今回はサボ……れてるんですかね？　さすがにちょっと可哀想なんですが……」

「ドームコンサート……もとい、えーと……オペラハウスのリサイタル？　チケット取ってたって言ってたもんね」

彼女の大好きなイケメンアイドル……美形のオペラ歌手を見に、札幌《ロンドン》に行くことを、彼女はずっと楽しみにしていたと知っている私たちは、さすがのエミリーでも不憫《ふびん》過ぎて、戻ったらしばらくは、優しくしてあげようと思ったのだった。

この作品は『yom yom』vol.33〜37に連載された、『緑羅紗扉の向こうの時間』を改題したものである。

朝井リョウ・飛鳥井千砂
越谷オサム・坂木司
徳永圭・似鳥鶏
三上延・吉川トリコ著

**この部屋で君と**

腐れ縁の恋人同士、傷心の青年と幼い少女、妖怪と僕!? さまざまなシチュエーションで何かが起きるひとつ屋根《ふたりぐらし》の下アンソロジー。

河野裕著

**いなくなれ、群青**

11月19日午前6時42分、僕は彼女に再会した。あるはずのない出会いが平坦な高校生活を一変させる。心を穿つ新時代の青春ミステリ。

竹宮ゆゆこ著

**知らない映画のサントラを聴く**

錦戸枇杷。23歳（かわいそうな人）。そんな私に訪れたコレは、果たして恋か、贖罪か。無職女×コスプレ男子の圧倒的恋愛小説。

谷川流著

**絶望系**

助けてくれ――。きっかけは、友人からの電話だった。連続殺人。悪魔召喚。そして明かされる犯人は？　圧巻の暗黒ミステリ。

法条遥著

**忘却のレーテ**

記憶消去薬「レーテ」の臨床実験中、参加者が目にした死体の謎とは……忘却の彼方に隠された真実に戦慄走る記憶喪失ミステリ！

有川浩著

**レインツリーの国**

きっかけは忘れられない本。そこから始まったメールの交換。好きだけど会えないと言う彼女にはささやかで重大なある秘密があった。

朝井リョウ著
# 何者
直木賞受賞

就活対策のため、拓人は同居人の光太郎や留学帰りの瑞月らと集まるようになるが——。戦後最年少の直木賞受賞作、遂に文庫化！

伊坂幸太郎著
# あるキング
—完全版—

本当の「天才」が現れたとき、人は〝それ〟をどう受け取るのか——。一人の超人的野球選手を通じて描かれる、運命の寓話。

上橋菜穂子著
# 精霊の守り人
野間児童文芸新人賞受賞
産経児童出版文化賞受賞

精霊に卵を産み付けられた皇子チャグム。女用心棒バルサは、体を張って皇子を守る。数多くの受賞歴を誇る、痛快で新しい冒険物語。

江國香織著
# 犬とハモニカ
川端康成文学賞受賞

恋をしても結婚しても、わたしたちは、孤独だ。川端賞受賞の表題作を始め、あたたかい淋しさに十全に満たされる、六つの旅路。

小川 糸著
# あつあつを召し上がれ

恋人との最後の食事、今は亡き母にならったみそ汁のつくり方……。ほろ苦くて温かな、忘れられない食卓をめぐる七つの物語。

川上弘美著
# パスタマシーンの幽霊

恋する女の準備は様々。丈夫な奥歯に、煎餅の空き箱、不実な男の誘いに喜ばぬ強い心。女たちを振り回す恋の不思議を慈しむ22篇。